'Dit is geen autobiografische uitbarsting die zich opkropte en er nu uit gekieperd wordt. Huff schrijft gevoelig en behoedzaam, en het resultaat is daarom des te indrukwekkender.'

THOMAS DE VEEN, NRC HANDELSBLAD

'*Wat je van bloed weet* is een mooie, pijnlijke en eerlijke roman over leven mét en overleven zonder geweld. Huff vertelt zijn verhaal in de tweede persoon, alsof het niet hém, maar een buitenstaander betreft. Die aanpak werkt. Gedoseerd, voorzichtig, van "zonder omhaal van woorden" tot ronduit poëtisch.'

LIES SCHUT, DE TELEGRAAF

'*Wat je van bloed weet* is een knappe en ontroerende roman. Huff zet de complexe ouder-kindrelatie én de liefde tussen de kinderen onderling treffend neer en maakt goed invoelbaar hoe levensbepalend hun afkomst is.'

HUMO

'De beste passages zijn die waarin de hoofdpersoon gedwongen is tot innerlijk conflict, zelfonderzoek na botsingen met zijn omgeving. Dan blijkt hij een veelkantig personage en blijkt dat het wel degelijk mogelijk is om trouw te zijn aan zowel de waarachtigheid als aan het ambacht van een krachtige vertelling.'

CHRISTIAAN WEIJTS, DE GROENE AMSTERDAMMER

'Op elke pagina van het boek voel je de barre noodzakelijkheid.'

DIRK LEYMAN, DE MORGEN

Werk van Philip Huff

Dagen van gras. Roman, 2009 (De Bezige Bij)
Niemand in de stad. Roman, 2012 (De Bezige Bij)
Goed om hier te zijn. Verhalen, 2013 (De Bezige Bij)
Boek van de doden. Roman, 2014 (De Bezige Bij)
Het verdriet van anderen. Essays, 2015 (De Bezige Bij)

PHILIP HUFF

WAT JE VAN BLOED WEET

2022 Prometheus Amsterdam

Eerste druk januari 2022
Tweede druk februari 2022
Derde druk maart 2022
Vierde druk maart 2022

De auteur ontving voor het schrijven van dit boek een projectsubsidie van het Nederlands Letterenfonds.

Nederlands letterenfonds
dutch foundation
for literature

Omslagontwerp en -illustratie Claire Witteveen
Foto auteur Daniël Cohen
Opmaak binnenwerk ZetSpiegel, Best
www.uitgeverijprometheus.nl
www.philiphuff.net
ISBN 978 90 446 5051 8

Trouwen, een gezin stichten, alle kinderen die maar willen komen aanvaarden, ze in deze onzekere wereld behoeden en ze ook nog een beetje leidinggeven, dat is naar mijn overtuiging het allerhoogste waarin een mens kan slagen. Dat zo veel mensen daar schijnbaar in slagen is geen bewijs van het tegendeel, want ten eerste slagen er in feite niet veel mensen in, en ten tweede 'doen' die nietveelmensen het meestal niet, maar overkomt het ze gewoon; dat is dan wel niet dat allerhoogste, maar toch nog heel groot en heel eervol (vooral omdat 'doen' en 'overkomen' niet zo goed van elkaar te scheiden zijn). En tenslotte gaat het ook helemaal niet om dat allerhoogste, maar alleen om een soort verre, maar fatsoenlijke benadering daarvan; het is toch niet nodig rechtstreeks op de zon af te vliegen, maar wel naar een mooi plekje op de aarde toe te kruipen, waar de zon soms naar binnen schijnt en waar je een beetje warm kunt worden.

Franz Kafka, *Brief aan mijn vader* (1952),
vertaling Willem van Toorn
(2019; Athenaeum – Polak & Van Gennep)

Je zit in de zandbak, het zand is licht en warm en droog, als het zand dicht bij de duinrand. Je speelt met een plastic schepje en een kleine hark. Aan de andere kant van de zandbak, boven op de betonnen rand, zit je vader, rustig, ontspannen. Zijn ellebogen op zijn knieën. Hij knikt en lacht.

Of stel je voor: je hangt aan een klimrek, je vliegt van spijl naar spijl, met tussenlandingen op houten platformen, hoog boven de grond. Je vader, die alles ziet en hoort, beweegt met je mee, zorgt dat hij telkens naast je staat, zijn armen gespreid, zijn handen zullen je dragen, als het moet. Zijn mond, met de snor die prikt, zal je een kusje geven. Zolang hij er is, gaat alles goed. Zolang hij er is, ís alles goed.

1

Laren en Epe, 1992

Je wordt wakker in je broertjes bed. Je arm, die uitgestrekt onder zijn rug ligt, slaapt nog. Dit is je eerste indruk van de dag. Dan: je mond is droog en het voelt alsof iemand op je borstkas zit.

Daarna: de stilte.

Je houdt je adem in. Je luistert aandachtig, anticiperend op mogelijke geluiden, terwijl het stof danst en glinstert.

De klokken van de kerk in het midden van het dorp luiden. Verder hoor je niets. Je ademt uit en draait je op je zij.

De indrukken worden onderdeel van een reeks. Alexander, met zijn korte, krullende haar, zijn duim in zijn mond, ligt naast je te slapen, eindelijk rustig, zijn knuffellam met glimmende ogen en bruine hoefjes in zijn duimhand. Voorzichtig trek je je arm onder hem vandaan. Je drukt je lippen op zijn wang – nog altijd zacht. Zijn haar ruikt naar boter.

Je stapt uit bed, pakt je nieuwe jojo van de vloer – een cadeau van je oom en je mooiste bezit –, loopt naar de deur en luistert nog eens goed, maakt dan het haakje los.

Op de gang: scherven van een vaas. Op de lichtgroene vloerbedekking is het restant van een vochtvlek te zien, de bloemen liggen verspreid op de grond.

Je moet zo lang plassen dat je denkt dat het eeuwig zal duren. Het haalt iets van de druk van je borst, maar je mond is nog steeds droog. Je neemt enkele slokken water uit de kraan. Daarna ga je op je tenen staan om door het wc-raampje naar buiten te kijken.

Je wist het al: zijn auto staat niet op het pad.

Het bed is leeg. De donsdeken ligt aan één kant opengeslagen, het onderlaken is gerimpeld. Je moet uitkijken met je blote voeten: op de vloer ligt een kapotgeslagen lijst, veel glas.

De foto is van het huwelijk. Je vader en moeder lachend op de bumper van een oldtimer. Je vader houdt je zus vast, haar ogen bijna helemaal gesloten door haar wangen die door een glimlach omhoog worden geduwd. Ze is vijf jaar oud op die foto – drie jaar jonger dan jij nu bent, en bijna een jaar ouder dan je broertje.

Emilie zit al op de middelbare school en is tweedejaars C1. Ze heeft je vannacht wakker gemaakt om naar de wc te gaan, zodat je niet in bed plaste. Daarna heeft ze je in Alexanders bed gelegd. Vanochtend vroeg is ze naar de hockey gefietst.

Je ziet jezelf weer in de spiegel van de klerenkast. Dunne armen, een ronde buik. Twee knokige knieën. Kleine voeten die nog steeds te dicht bij je hoofd voelen. Je hoofd, dat wél groot is. Je ademt diep in, trekt je schouders recht en stoot je borst vooruit. Dat is al beter. De deur van de klerenkast is niet helemaal dicht. Je trekt hem verder open.

Een brede rij jasjes – grijs, donkerblauw, lichtbruin – met daaronder schoenen in dezelfde kleurschikking. Op de planken: polo's, truien en shirts. Aan de binnenkant van de deur hangen dassen, naast elkaar, op elkaar, over elkaar. Je pakt een zwarte met diagonale grijze en gele strepen. De stof glijdt door je vingers. Je doet de deur dicht, ziet jezelf in de spiegel en hangt de das om je nek. Je kunt hem niet strikken, dus vouw je hem twee keer om jezelf heen. Met de das om loop je de gang in.

In de keuken ruikt het naar koffie.

'Goedemorgen,' zegt je moeder. Ze draagt een ochtendjas van dunne, glimmende, hier en daar versleten donkerblauwe stof. De zijkant van haar gezicht is rood en gezwollen. Ze probeert te glimlachen, maar het doet te veel pijn. Je twijfelt nu of het een goed idee was een van je vaders dassen om te doen.

'Goedemorgen,' zeg je aarzelend en je gaat aan de keukentafel zitten. Je voeten kunnen niet bij de grond, het riet drukt in je billen en bovenbenen.

'Je broertje slaapt nog?'

Je knikt. Je hebt niet nagedacht over wat de das voor je moeder kan betekenen. Gelukkig zegt ze niets.

Zittend werp je de jojo uit met je hand open en je pols strak – als je harder wil gooien, vertelde je oom, moet je dat niet vanuit je pols doen, maar vanuit je elleboog – en laat hem tollen. Met je vrije hand pak je het touwtje in het midden vast tussen je duim en twee vingers en daarna pak je het nog eens vast met je werphand, vlak boven de jojo. Je schuift, terwijl je je vingers spreidt, de duim van je vrije hand tussen het dubbelgevouwen touw – er ontstaat een driehoekje waar je de jojo doorheen laat schommelen.

'Wil je wat eten?' vraagt je moeder. 'Een gebakken eitje?' Ze neemt een slok van haar koffie. Je moeder drinkt haar koffie met een kleine scheut melk en twee klontjes suiker. Dat weet je, omdat je haar 's ochtends voordat je naar school gaat vaak koffie brengt. In het weekend doe je dat niet, dan mogen jullie tv-kijken of naar de hockeywedstrijd van Emilie, op zondag is iedereen vrij. Vandaag is het zaterdag, maar je denkt niet dat jullie nog naar je zus gaan kijken en je durft niet voor de televisie te gaan zitten.

'Ja,' zeg je.

Je moeder opent de brommende ijskast. De regen tikt zacht tegen de keukenruiten, de druppels maken vlekken op het glas en kringen in de drinkbak buiten. Een vogel hupt het terras op. Het is een ringmus, een kruin bruin als een kastanje, met een zwarte wangvlek en een witte halsring.

Je weet waaraan je ringmussen kunt herkennen (de wangvlek, niet de halsring). Dat heb je geleerd van je oom. Als jullie bij hem en je tante logeren, gaan jullie vogels kijken. Lopend over het bospad vol wortels en bladeren horen jullie ze zingen. 'Hoor je dat?' zegt je oom dan. 'Hoorde je die niet al eerder? Goed luisteren. Hoor je de melodie? Wat is dat voor een vogel?'

Je oom heeft je ook geleerd dat er vreselijk veel verschillende vogels zijn en dat alle vogels, overal en ongeacht hóe verschillend, vier dingen gemeen hebben: veren, vleugels, eieren en een kompas. Vogels hebben als enige dieren veren, waarmee ze door weer en wind kunnen gaan. Alle vogels ruien, twee tot drie keer per jaar, waarbij nieuwe veren de taken van de oude, versleten veren overnemen. Alle vogels hebben vleugels en de meeste soorten kunnen vliegen – ze kunnen dus snel weg, wanneer ze willen. Vogels stammen af van de dinosauriërs, zijn warmbloedig, lopen op twee poten en leggen eieren met een harde schaal. Ze hebben in hun ogen een magnetisch kompas. En bijna allemaal maken ze geluid, zingen ze.

Je oom probeert je zoveel mogelijk bij te brengen – van het verschil tussen een kruin en een kuif tot snaveltypes – en hij leert je soorten herkennen, aan hun gezang en hun uiterlijk: 'Hoe meer je weet,' zegt hij, 'hoe meer je ziet. Hoe meer je hoort en ziet, hoe beter je alles kent en kunt liefhebben. Als we de namen van dingen niet kennen, geven we minder om ze. Maar als je de namen leert, word jij meer van de wereld en de wereld meer van jou.'

De mus zit nu op de rand van de drinkbak. Je beweegt niet, omdat je bang bent hem weg te jagen. In je hoofd zeg je: 'Dag vogeltje, goedemorgen, hoe is het? Heb je goed geslapen? Je hoeft niet op je hoede te zijn, echt niet. Drink maar wat.' Je denkt dat je – als je je maar genoeg concentreert – in gedachten met alles en iedereen kunt communiceren. Soms, als je langs een blaffende hond loopt, blijf je staan. Met het hek tussen jullie in hou je je handen omhoog. 'Shhh,' zeg je dan in gedachten. 'Je hoeft niet te blaffen, echt niet. Ik doe je niks. Ik ben een vriend.'

Meestal stopt het blaffen dan niet. Dat ligt niet aan jou, maar aan de hond: het is een stomme hond. Dit musje luistert wel. Het drinkt nu even snel, schudt daarna zijn kopje heen en weer.

De afzuigkap stopt met loeien. 'Ik doe alles voor je vader, alles in dit huishouden, en wat doet hij?' Je moeder zet een gebakken eitje neer op tafel, legt een hand op je hoofd en aait met haar vingers over je wang. Ze draagt vandaag geen ringen.

Je moeder slaat jullie – in de auto, naast de auto, op de parkeerplaats, op het grindpad voor de deur, thuis. Met haar vlakke hand op de wang. Ze draagt veel ringen: een verlovingsring, een trouwring, een zegelring en een erfstuk van een of andere oudtante met allemaal kleine blauwe edelsteentjes. Soms draait ze haar ringen naar binnen. De steentjes en behuizingen halen je wangen open, dat doet meer pijn dan de klap.

Ze kan door het huis achter je aan rennen; de kamers door, de hal in, de trap op; dan trek je boven in de gang alle deuren dicht, vlucht je kamer in en duikt achter je bureau, tussen het schuin aflopende dak en de achterkant van een van de twee ladekasten waarop een breed, houten blad rust – je hart bonkend in je slapen.

Het gevaar is altijd voelbaar, hoe lief je moeder zich ook gedraagt: het kan zomaar misgaan. Terwijl ze naar het aanrecht loopt, zegt je moeder dat oom Otto zo komt; je broertje en jij logeren deze herfstvakantie een paar dagen bij hem en tante Josephine. Je zus blijft slapen bij Marthe, een vriendinnetje uit haar hockeyteam. Ze zet een glas water op tafel. 'Goed?'

Tante Josephine, de zus van je vader, heeft een schorre stem, ruikt naar sigaren en draagt loszittende spijkerbroeken. Ze heeft allemaal rode adertjes op haar wangen en vriendelijke ogen omringd door kleine rimpels. Als ze lacht, zie je die nog beter. Ze is getrouwd met oom Otto, die geen sigaren rookt, maar pijp. Hij is de oom van de vogels. Ze wonen op de Veluwe. Tante Josephine en oom Otto hebben vier honden: Boubie, Max, Mabel en Joan. Hun huis staat op een ophoging met een grasveld dat in een glooiende lijn omlaag loopt. Als het mooi weer is, ga je boven aan de helling liggen en roept Boubie, je lievelingshond, die boven je komt staan. Je slaat je armen om Boubies lijf, trekt haar omlaag, haar dikke vacht dicht tegen je aan – en rolt zo met haar het gras af. De wereld draait rond en rond en rond en het enige wat je ziet is Boubies grote hondenkop; het enige wat je voelt is dat lijf, die vacht en het gras.

Je wil niet dat de buren of je vriendjes van hockey of de kinderen in je klas weten dat je ouders ruziemaken. Het liefst zou je bij tante Josephine en oom Otto wonen. Elke avond een warm bad, een warm stapelbed en een kop avondthee. Dat je naar hen toe gaat, vind je dus alleen maar fijn, maar dat zeg je uiteraard niet tegen je moeder; je vertelt haar niet eens over Boubie. Ze mag niet weten wat je voelt of denkt.

'Ja,' zeg je dus. 'Goed.' Dan zet je je mes en vork in de boterham met ei, terwijl je je onderarmen netjes vlak boven de tafel houdt, de vork naar je mond brengt en eet zonder te smakken – precies zoals je hebt geleerd.

Als je mond leeg is, neem je een slok water.

'Niet metselen,' zegt je moeder.

Het pad door het bos is op veel plekken weggeregend; de aarde ligt verscholen onder plassen. Soms zakken je laarzen zo diep weg dat je het rubber niet meer kunt zien. Dikke regendruppels vallen van de bomen. Een ervan landt – *plok!* – op je neus.

Alexander loopt aan de hand van je tante voor je uit. Hij draagt een blauwe rugzak met Lam erin, een rood jasje, een bruine broek en kaplaarzen. Zijn haar zit in een strakke zijscheiding. Alex denkt dat hem met Lam in zijn rugzak niks kan gebeuren, maar jij weet dat het niet zo werkt: jíj moet hem beschermen, dat heb je Emilie ook beloofd, maar dan moeten andere mensen – én dieren – wel naar je luisteren.

Boubie en Mabel en Max scharrelen over de natte bladeren op de bosbodem.

'Hé,' zegt je oom, 'wat horen – en zien – we daar?' Een kleine zwarte vogel hupt zingend over een dikke, groen uitgeslagen tak; zijn borst zwelt en slinkt.

'Een merel,' zeg je. Je zou het ook hebben geweten als het een vink of een koolmees was geweest, of een wintergast, zoals de sijs.

'Heel goed!' Je oom klinkt triomfantelijk. 'Een veelvoorkomende standvogel, inheems, vreet alles.'

'Mooie woorden,' zegt je tante. 'Standvogel. Inheems. Alleséter.'

Je knikt. Andere alleseters zijn, bijvoorbeeld, raven en spreeuwen. Raven zijn slim, maar ook angstaanjagend, met hun zware snavels en zwarte lijven. Merels zijn lief. Niet zo lief als Boubie, uiteraard.

'Boubie!' roep je. 'Bou-bie!' De hond blijft staan tussen de bomen en draait haar kop naar je toe. 'Boubie! Kom eens hier!' Met samengepakte haren aan de onderkant van haar poten, met druppels water en klonten vochtige aarde in haar zwart-bruin-witte vacht, komt ze aangerend. Haar kop schudt vrolijk heen en weer.

Zie je wel, denk je, ik ben de baas. Ze luisteren.

Als tante Josephine de deur van de ijzeren kennel opent, schieten Max en Mabel door de kier naar binnen, hun lijven tegen elkaar aan gedrukt. In de andere kennel tilt Joan, een zwarte schnauzer met grijze haren rond haar mond en snuit, haar kop op. Je tante laat Boubie bij haar naar binnen.

'Wat is er met Joan?' vraagt Alex. Hij kijkt bezorgd. Joan is zijn lieveling; de schnauzer volgt hem normaal gesproken overal. 'Ze ligt nog steeds te slapen.'

'Joan is oud aan het worden,' zegt je tante. Ze steekt een sigaartje op. 'Ze heeft last van haar heupen. Eén keer per dag lopen is voor haar genoeg.' De hond zucht diep en legt haar kop weer te rusten.

'Net als bij opa?'

Tante Josephine moet lachen. Het klinkt hetzelfde als bij je broertje: een combinatie tussen een kuch en een lach. 'Net als bij opa. Kom, binnen is er warme appeltaart.'

Je kijkt met Alex en oom Otto naar *The Jungle Book*. Je broertje moet veel lachen, Joan ligt op zijn voeten. Jij bent jaloers op Mowgli, die met alle dieren kan praten – ook de gevaarlijke.

'Wonen er geen vrouwen in de jungle?' vraagt je broertje.

Oom Otto is een moment stil. Zegt dan: 'Jawel, maar niet in deze film.' Voordat de film eng kan worden, zet je oom de video uit. 'Wil je helpen met Joan naar buiten brengen?' vraagt hij Alex, die meteen opspringt van de bank. Ze lopen samen de kamer uit.

Tante Josephine heeft in haar studeerkamer zitten werken en komt op de bank naast je zitten. Ze strijkt door je haren. Haar nagels zijn veel korter dan die van je moeder en ze hebben een zwart randje, net als die van je broertje en jou.

Je leunt naar voren, werpt je jojo uit, vouwt het touwtje twee keer dubbel, zodat de driehoek ontstaat en dan trek je een punt van de driehoek omhoog en doet alsof het een pizzapunt is. Terwijl je mond opent en sluit, laat je het jojotouwtje door je vingers glijden, waardoor de pizzapunt verdwijnt. Daarna haal je de zoemende jojo weer op.

'Dat gaat al goed, oom Otto zal trots zijn.'

Je knikt. Het blijft even stil.

'Hadden papa en mama erge ruzie?'

Je haalt je schouders op. Maakt een geluidje van: valt wel mee. 'Papa kwam gisteren laat thuis. En toen ging het mis.'

Je hebt geen zin verder nog iets te zeggen, dus kijk je maar naar je lege bord op de lage tafel voor de bank.

'Wil je nog een stukje taart?' vraagt je tante dan.

Je knikt. 'Graag.'

Het bad is warm en ruikt naar venkel. Het knisperende schuim komt een flink stuk boven de rand uit en prikt in je ogen.

Alex staat op met een schuimbaard van hoofdhaar tot navel. Hij blaast een mond uit het schuim, veegt zijn ogen vrij. De baard is jaloersmakend goed gelukt; Alex ziet het zelf ook, hij kijkt in de spiegel boven de wasbakken en gromt luid: 'Ik ben Sinterklaas!' en moet dan hysterisch lachen.

Oom Otto zit op de wc naast het bad, met de deksel omlaag en zijn benen over elkaar gevouwen. 'Heel goed, Sinterklaas,' zegt hij. 'Mag ik dan nu iets drinken?'

Dit is een ander spel: Alex en jij bemannen een bar en oom Otto bestelt drankjes. Jullie dompelen het glas onder water en besprenkelen het met schuim, overhandigen het aan oom Otto, die dan net doet alsof hij een slok neemt. 'Jammie, jammie,' zegt hij vervolgens, elke keer weer iets dronkener, waarna hij het glas terugzet op de badrand. 'Wat een heerlijke cocktail, zeg. Wat zit er allemaal in?'

'Billenwater!' roepen jullie.

'Zalig. Mag ik er nog eentje?'

Alex en jij moeten elke keer heel hard lachen, tot jullie oom dronken van de wc zakt.

'Wil jij ook wat?' vraagt Alex nu, nadat het lachen is bedaard en hij voor het eerst in lange tijd niet 'Nog een keer!' heeft geroepen. Hij heeft een dot schuim op zijn hand verzameld. Zijn wangen zijn bol en rood en zijn haar plakt op zijn hoofd. Dan tuit hij zijn lippen en blaast met een giechel het schuim jouw kant op. Het vervliegt voordat het je gezicht raakt.

'Hé!' roep je luid en je trekt aan de voet van je broertje, die luid lachend onderuitzakt in het bad.

Oom Otto lacht. 'Wat zijn jullie nou voor barmannen?'

'Oom Otto?' Alex komt iets omhoog in het water.

'Ja jongen?'

'Ik vroeg me af: mag Joan binnen slapen? Misschien dat het dan beter gaat.'

'Wat lief van je,' zegt oom Otto.

'Joan is mijn lievelingsdier.'

'Ik zal het eens vragen aan tante Josephine.'

'Maar ze is niet mijn lievelingsdier van allemaal.'

'Wat is je lievelingsdier van allemaal dan?'

'Lam.'

'En hoe komt dat zo?'

'Nou, omdat ik me niet kan herinneren dat Lam er niet is.'

'Ah. Hij is er altijd… Dat is lief, ja.'

Je ligt onder dekens die strak over je lijf zijn getrokken, je maag gloeit nog van het kopje avondthee dat je net hebt gedronken. Je broertje ligt in het bed onder je, je tante zit naast hem, op de rand van het bed. Ze zegt 'Slaap lekker' tegen Alex en geeft hem een kus. Daarna staat ze op. Je matras komt aan de trapkant van het stapelbed omhoog en je helt naar de muur toe.

'Zo,' zegt ze. 'Ik heb een kussen onder je matras gestopt, dan kun je niet meer uit bed vallen. Ik kom je vannacht wel wakker maken om naar de wc te gaan.'

Je knikt en je tante geeft ook jou een zoen en je ruikt de sigaartjes en Campari Soda en ze zegt nog eens 'Slaap lekker', dit keer tegen jou. Als ze bij de deur is, zeg je: 'Tante Josephine?'

'Ja?' Ze draait zich om.

'Dank.'

Je tante glimlacht. 'Altijd. Wij vinden het heel fijn met jullie.' Dan doet ze het licht uit.

In het donker kijk je omhoog. De kamer ruikt naar de zolder thuis. Het onderlaken is dun en de dikkere, harde stof van de deken schuurt erdoorheen tegen je knieën. Alex fluistert je naam. 'Denk je dat het goed komt met Joan?' vraagt hij. 'Of of?'

Je broertje zegt altijd 'of of' om een tegenstelling aan te geven. Hij zegt dus niet: 'Gaan we nu naar huis of nog niet?' maar: 'Gaan we nu naar huis of of?' en 'Blijft Joan leven of of?'

'Ik denk het wel,' zeg je. Maar je weet het niet. Je bent opgelucht dat je broertje even niks zegt.

'Waar waren de vogels vandaag?'

'Huh?'

'Waar gaan de vogels heen als het regent? Ik zag ze niet.'

Blijkbaar heeft Alex de merel gemist. Hij gaat nooit mee vogels spotten met oom Otto. Liever blijft hij thuis met tante Josephine om te leren pianospelen. Jullie hebben thuis ruimte genoeg voor een piano, zeker in de voorkamer, maar Peter en Annabelle 'peinzen er niet over'. Je moet niet vergeten te vermelden dat Alex weer piano heeft gespeeld met tante Josephine, al denk je dat hij dat deed om bij Joan in de buurt te kunnen blijven. Als je maar vaak genoeg benadrukt hoeveel hij hier pianospeelt, mag hij misschien wel op les. 'Ze schuilen dan in de struiken en bomen. Hun veren houden best veel water tegen.'

'Heeft oom Otto je dat geleerd?'

'Ja. Nee. Dat wist ik al.'

Hij blijft een moment stil. 'En welke vogel vliegt het snelst?'

'De gierzwaluw. Die heeft een topsnelheid van bijna honderdzeventig kilometer per uur.'

'En welke vogel in duikvlucht?'

'De slechtvalk. Bijna vierhonderd kilometer per uur.'

Je broertje begint onstuimig te lachen. 'Nee, hoor.'

'Wat dan?'

'Vogels in duikvlucht vliegen niet, toch?'

Je bent kort teleurgesteld dat het je broertje is gelukt je zo voor de gek te houden – of je het nu wil of niet, in zekere zin is alles tussen broers een wedstrijd – en daarna ben je boos dat hij je zo'n flauwe vraag heeft gesteld, maar dan – hij blijft maar lachen – moet je zelf ook heel hard lachen.

'Zullen we spelen?' vraagt Alex, als jullie eindelijk zijn bedaard.

'Wat wil je spelen?'

'Vliegtuig. Of of pizzawagen.'

'Doe maar vliegtuig.'

Het stapelbed is een gevechtsvliegtuig. Jullie vliegen de hele wereld over; boven woestijnen en oceanen raken jullie verwikkeld in bloedstollende luchtgevechten om mensen te beschermen tegen de legers van tirannen en machtige generaals. Bij schade moeten jullie gevaarlijke handelingen verrichten om het vliegtuig te herstellen; terwijl een van jullie twee de stuurknuppel hanteert, hangt de ander buiten het bed om een klep te herstellen of een kogelgat te dichten.

Je hebt je broertje al een tijdje niet meer gehoord. Zijn adem klinkt rustig en regelmatig, met een kleine rasp, voor in zijn neus. Je leunt over de bedrand heen. 'Ben je nog wakker?'

De hand waarmee hij duimt omklemt Lam.

'Alex? Hé?'

Hij murmelt wat. 'Ja?'

'Niets,' zeg je dan, je vingers stevig om de rand van het matras. 'Blijf maar lekker slapen.'

De deur klikt open. Het licht uit de gang valt naar binnen. Je voelt je adem vastlopen in je keel. In paniek draai je op je zij, zoekt met je arm naar Alexander, die niet ligt waar hij hoort te liggen en dus draai je snel de andere kant op, maar dat gaat moeilijk. Je draait weer terug, knippert met je ogen.

Het is niet het hoekige figuur van je vader of het dunne lichaam van je moeder in de deuropening. De deur is ergens anders. En het plafond is dichterbij. Je bent niet thuis.

Het haar van je tante ruikt vertrouwd, naar anijs. 'Lieverd, word je wakker? Dan gaan we even plassen.'

’s Ochtends, voor het ontbijt, maakt tante Josephine twee plakken kandijkoek klaar met daarop een dikke laag zachte roomboter. De koek komt uit een langwerpig rood blik.

‘En kijk eens, deze is voor jou.’ Ze gaat weer met een hand door je haar, met de ander overhandigt ze het bordje met de koek. ‘Ik dacht, vanavond kunnen we misschien voor en na het tandenpoetsen proberen te plassen. Dat schijnt ook goed te werken. Wat denk je? Goed idee?’

Je knikt. De koek plakt tussen je kiezen. Op de zijkant van het koekblik zie je een man met een forse neus en bakkebaarden en een zin die je niet begrijpt.

‘Wat betekent dat?’

Je tante kijkt op van de broodplank, een geplakte leesbril op haar neus.

‘“*All mankind love a lover.*” Dat betekent…’

Door de deurpost zie je Alex in de aangrenzende kamer aan de ronde tafel zitten, ellebogen op het tafelblad. Hij neemt muizenhapjes uit de koek; Joan ligt onder zijn bungelende voeten. Je kijkt weer naar je tante.

‘Dat betekent?’

‘Dat betekent dat iedereen van iemand houdt. Ik hou bijvoorbeeld van oom Otto en… en jullie moeder houdt van jullie vader en –’

‘En ik hou van Alex,’ vul je aan.

‘Nee. Of: jawel. Jij houdt van je broertje en jullie zus houdt van jullie. Maar dit betekent iets anders. Liefde is een abstract woord. Net als ruzie. Maar ruzie is ook telkens iets verschillends. Een ruzie tussen koningen en landen of tussen twee mensen. En houden van, nou ja, je kunt van elkaar houden zoals jij van je broertje houdt, inderdaad, maar in dit geval betekent het dat iedereen van iemand houdt, of dat iedereen het fijn vindt als iemand op hen verliefd is. Ongeveer. Weet je wat dat is, verliefd?'

'Ja, natuurlijk. Ik was verliefd op juf Marie. Maar nu is ze weg en ben ik verliefd op Nina.'

'Uitstekend. Wie is Nina?'

'Met Nina fiets ik elke dag naar school. Nou ja, met haar en twee andere kinderen. Charlotte en Maurice, maar ik ben niet verliefd op Charlotte en Maurice vind ik stom.'

'Aha.'

Je geeft tante Josephine je lege bord. 'Dank u wel.'

Je loopt naar de zitkamer en kijkt door het raam naar buiten. Boven het weiland dat grenst aan de achtertuin hangt ochtendmist. Vlak achter het hek staan twee koeien geesteloos te kauwen of herkauwen.

Goedemorgen, denk je. Hebben jullie goed geslapen?

En je vraagt je af of je je tante te veel hebt verteld over Nina.

Oom Otto, Alex en jij lopen over een pad tussen twee weilanden, de honden voor jullie uit. Joan is mee. Oom Otto vertelt je broertje dat Joan nu zo veel last heeft van haar heupen, dat ook staan, zitten en liggen haar pijn doet. Eigenlijk heeft ze elk moment van de dag pijn. Het is dus beter als ze ergens heen gaat waar ze geen pijn meer hoeft te hebben, dat ze beter een ster aan de hemel kan worden.

Aan weerszijden van het hekwerk staat hoog gras, aan één kant staan koeien, aan de andere kant schapen, allemaal even bang voor de drie honden die voor jullie uit rennen.

'Wat vinden jullie?' vraagt je oom.

Alex stopt met lopen. 'Joan hoeft geen sterretje te worden,' zegt hij. 'Daar zijn er al heel veel van. Van Joan is er maar één.'

Je oom kijkt naar jou. Je knikt.

Na de wandeling beginnen Alex en jij in de tuin met het bouwen van een fort, voor de honden en voor jullie zelf. Het is Alexanders idee. Als jullie met de eerste houtblokken en een plank het gras op lopen, komt tante Josephine de schuur uit met een emmertje zaden en loopt terug naar de groentetuin. 'Wat gaan jullie doen?' vraagt ze.

Je voelt je betrapt en probeert te bedenken welke smoes goed zou kunnen werken.

'Een fort bouwen,' zegt Alex. 'Voor Joan en onszelf.'

'Waar?'

Alex wijst naar de schommel die oom Otto voor jullie aan een boom heeft opgehangen.

Tante Josephine knikt, haar getapete neusbril voor op haar neus. 'Alex, kom eens hier,' zegt ze. Hij laat de houten plank los die jullie samen dragen, maar niet de blokken, die hij met een arm tegen zijn jas houdt.

Tante Josephine legt haar hand op Alex' wang en zegt dat hij heel sterk is en heel lief voor Joan. 'En sterk en lief, dat is de beste combinatie. Aan de slag!'

Later brengt ze glazen priklimonade, op een wit blad met opstaande rand. Op een bord liggen twee scholiertjes en twee mandarijntjes. 'Jullie eten ook de mandarijntjes op,' zegt ze streng, terwijl ze een sigaartje opsteekt, haar wijs- en ringvinger kromgetrokken van alle voorgangers die ze al vasthielden. 'Jullie mogen buitenspelen wanneer jullie willen, maar dan moeten jullie wel goed eten. Hebben jullie het warm genoeg?'

Alex knikt, jij glimlacht alleen maar.

'Goed zo. Kom je straks nog even pianospelen?'

Je broertje houdt zijn hoofd stil. 'Misschien.'

's Avonds, als tante Josephine je broertje pianoles geeft, loop je naar de hal. Joan ligt op een speciaal hondenkussen te slapen. Het fort is voor overdag, heeft oom Otto uitgelegd, 's nachts is het te koud, hoe goed het ook is gebouwd. Met je jojo in je hand ga je naast de hond op de grond zitten. Je aait zachtjes haar rug, van kop naar staart; 'Dag Joan,' zeg je. Je ruikt de lucht van oude honden. Het dier opent haar ogen, die dof en blauw zijn. Je aait de zijkant van het lijf en daarna, nadat Joan is gedraaid, de onderkant van haar buik.

'Ik zou het heel fijn vinden,' zeg je, 'als je nog even blijft. Ik weet dat je pijn hebt, maar mijn broertje houdt heel veel van je. Ik hou ook van je.'

Je houdt meer van Boubie, natuurlijk, maar je doet dit voor Alex, die net zoveel van Joan houdt als jij van Boubie. En jij houdt van hem.

Morgen, besluit je, gaan jullie iets leuks doen. Morgen gaan jullie op avontuur met de Vliegende Hollander.

De buurman van oom Otto en tante Josephine woont aan het einde van de weg in een kleiner huis met rieten dak. Hij is niet getrouwd en draagt overdag vaak een schort en noemt tante Josephine altijd een 'genie'.

Als Alex en jij komen aanlopen, gooit hij het keukenraam open. 'Nou, hallo, jongens,' zegt hij. 'Hoe is het met jullie? En met het genie?'

'Goed,' zeg je, terwijl je speelt met het mandarijntje in je handen.

'Mooi zo.'

'Mogen we de Vliegende Hollander lenen?' Het is de naam van een grote groene skelter met een stalen frame, een gele plastic stoel en enorme luchtbanden. Achterop kun je een extra stoeltje zetten.

'Ja hoor, doen jullie dan wel voorzichtig?' vraagt de buurman.

Jullie knikken, voor je gevoel te snel en te gretig, maar de buurman zegt enkel: 'Oké.'

Op het zandpad is het moeizaam rijden, zeker met iemand achterop, dus duwen jullie de Vliegende Hollander naar de asfaltweg. Tijdens het duwen zegt Alex ineens: 'Stel je voor dat ik Wilfréd zou heten. Als die jongen uit mijn klas.'

Je kijkt over je schouder. 'Dan?'

'Dan was ik heel iemand anders!' roept hij uit.

Je moet heel hard lachen om die laatste zin zonder hem helemaal te begrijpen.

Bij de weg zet je de stoel twee gaten verder naar voren, anders schuurt het harde plastic langs je schouderbladen, en gaat zitten. 'Gaan!' roept je broertje, die al zit. 'Gaan!'

Bij de eerste trap drukt het mandarijntje in je broekzak hard tegen je bovenbeen. Je voelt hoe sterk de spier is.

'Harder!'

'Ja, ja.'

'Hárder! Ja!' Alex lacht uitbundig.

Je trapt tot het zweet op je rug en voorhoofd staat en jullie zo hard gaan dat het voelt alsof jullie vliegen, alsof jullie vrij zijn, als vogels die kunnen gaan waarheen ze maar willen. Jullie scheuren langs de velden met de koeien van boer Witman en het kleinere veld met de paarden van zijn dochters, voorbij de schoolmeesterswoning en de oude school en het natuurkampeerterrein en de heide. Je trapt en trapt. Je komt op onbekende paden en wegen. Alex vraagt als jullie een drukke weg oversteken of je nog weet waar jullie zijn of of, en je weet het niet, maar je wil het niet toegeven – en niet alleen om hem niet bang te maken. Je kijkt over je schouder naar Alex, kijkt hem in de ogen, lichtblauw als de lucht. Ze lijken je te geloven.

Wanneer jullie bij de zandverstuiving van het Hulshorsterzand komen, herken je de omgeving weer. Hier gaan jullie vaak wandelen. Je parkeert de Vliegende Hollander naast het fietspad onder de laaghangende takken van een dennenboom en jullie lopen samen de zandverstuiving op. Het is een heldere dag, de vlakte is gevuld met licht. Toch is het niet druk.

'Tikkie, jij bent 'm!' roept Alex en hij rent verder over de zandvlakte.

Een kwartier later liggen jullie op je rug op het zand, met de enkels over elkaar gevouwen, en kijken naar de lucht. Je hebt je broertje net uitgelegd waarom het handig is naast zijn wensberoep (geheim agent) nog een ander beroep te hebben, bijvoorbeeld pianist. Zonder daarbij het woord 'dekmantel' te gebruiken, want het leek je niet dat Alex wist wat dat betekende. Toen je klaar was met uitleggen, zei hij: 'O ja, dat is dan een goede dekmantel.'

'Ik denk dat Joan geen sterretje wordt,' zegt hij nu. 'Maar een engel.'

Je voelt een steek in je borst maar je glimlacht. Dan haal je je mandarijntje uit je broekzak en pelt de strakke schil los van het vruchtvlees, trekt de witte sliertjes van de sappige partjes, die je in je mond steekt. Alex doet hetzelfde – en samen begraven jullie de schillen.

'Wil je mij ook begraven?' vraagt Alex dan en hij gaat met zijn armen langs zijn lijf gestrekt liggen op het zand. 'Alleen mijn hoofd niet.'

En je 'begraaft' hem zoals hij daar ligt, duwt het dunne, witte zand over hem heen totdat alleen nog zijn hoofd zichtbaar is – en een klein gedeelte van zijn blauwe trui.

Als je klaar bent, zeg je je broertjes naam, maar hij doet alsof hij dood is, net zo lang tot je er een beetje boos van wordt. 'Alex!' roep je.

Hij lacht en komt dan wild bewegend onder het zand vandaan: 'Ja?!'

Als jullie naar de Vliegende Hollander terugkeren, besef je dat je geen vogel bent, je hebt geen intern kompas: je weet niet hoe je van hier terugkomt. Toch ga je zitten op de skelter, met Alex achterop, en begint weer te trappen, terug: je benen voelen zwaar. Na een halfuur zegt hij: 'Gaan we wel goed?' Je schudt je hoofd en voelt je tegelijkertijd betrapt en opgelucht.

'Nou weet je, dan moet je om hulp vragen. Het liefste aan een vrouw.'

In een bungalowpark vraag je hulp aan een mevrouw achter de receptie. Ze glimlacht – 'Epe? Dat is wel een eindje!' – en neemt de hoorn van de telefoon en zegt tegen jullie: 'Wacht hier maar even.'

Jullie zitten op de achterbank van een grote politiebus. Twee agenten – een van hen de man van de vrouw van het bungalowpark – hebben jullie opgehaald. De skelter ligt in de achterbak. De vrouwelijke agent vraagt of jullie wel eens eerder in een politieauto hebben gezeten. Je schudt je hoofd. Alex zegt van niet, maar dat jullie thuis wel bezoek hebben gehad van de politie. Ze vraagt: 'O ja? Was er ingebroken?'

Alex is even stil en kijkt jou aan. 'Dat weet ik niet meer,' zegt hij dan.

Die leugen verbreekt iets, de toverspreuk van het moment, de veiligheid die de agenten bieden.

Naarmate jullie dichter bij het huis van tante Josephine en oom Otto komen, ga je je zorgen maken over hun reactie.

Gelukkig blijken ze alleen maar bezorgd; oom Otto begrijpt het heel goed dat je je broertje wilde opvrolijken, hij vraagt je alleen of je dat een volgende keer wel op voorhand wil vertellen. Tante Josephine is trots als je vertelt dat jullie om hulp hebben gevraagd en ze glimlacht even lief als de vrouw achter de balie van het bungalowpark.

Op een middag rijd je alleen op de skelter over een geasfalteerde weg langs de velden van de buurschap waar je oom en tante wonen. Je rijdt onder een lage grijze hemel vol regen die weigert te vallen, door een plakkerige lucht, met insectjes die in je ogen vliegen. Aan het begin van een zandweg door het bos staat een auto schuin geparkeerd, het voorportier open. Aan de binnenkant van de voorruit is een bordje geplakt: HUISARTS.

Naast de auto, in de berm, ligt een man. Zijn overhemd is opengescheurd; hij heeft een dikke, behaarde buik. Een andere man hangt over hem heen; uit zijn achterzak steekt een stethoscoop. Een oudere vrouw, met kort rood haar en een bril, staat ernaast. Ze huilt, haar handen voor haar gezicht gevouwen.

Achter de vrouw hangt tussen twee palen in een houten balk. In het midden van de balk is een ijzeren bord vastgeschroefd: VERBO-

DEN TOEGANG VOOR ONBEVOEGDEN. En daaronder: INRIT VRIJHOUDEN VOOR DE BRANDWEER. Je blijft tussen de twee auto's stilstaan, je tong tussen je tanden.

'Eén, twee, drie,' zegt de man met de stethoscoop. Hij duwt zijn mond op de mond van de andere man en ademt uit. Dit herhaalt hij enkele malen, steeds krachtiger, steeds moedelozer.

'Kom op.' Hij legt zijn hand op de nek van de man. Het blijft stil. Hij duwt weer met twee platte handen op de borst van de man.

'Is hij dood?' snikt de vrouw.

Dat woord maakt je bewust van hoe roerloos je voeten tegen de trappers van de skelter hangen.

Als jullie ouders doodgaan, mogen jullie dan hier wonen? Met Emilie?

De man met de stethoscoop kijkt op. 'Waar blijft die ambulance?' zegt hij. Dan ziet hij jou. Je weet wie hij is: het is de huisarts van je oom en tante. Je bent vorig jaar met oom Otto bij hem geweest. Je had een knikker in je neusgat gestopt die niemand eruit kreeg. De huisarts heft zijn hand op en wappert ermee alsof hij een vlieg wegslaat. 'Wegwezen, jij.'

Je knikt en durft niet meer te kijken naar de man op de grond of naar de huilende vrouw. Je trapt achteruit en draait het stuur om. Kleine kiezels knarsen onder de banden. Met je kaken op elkaar zet je extra kracht. De eerste trap op een skelter is het zwaarst. Als je de slag eenmaal hebt gevonden, gaat het makkelijker en voor je het weet zijn de omwentelingen niet meer te stoppen. Boven in de lucht drijven onweerswolken dichter bij elkaar; de zwaluwen vliegen al laag. Zwaluwen behoren niet alleen tot de snelste vogels, ze zwermen door de heldere zomerlucht als scholen opgejaagde vissen, sommige soorten kunnen wel zeven dagen vliegen zonder te stoppen. Je zal ze eens wat laten zien.

Binnen enkele minuten ben je bij oom Otto en tante Josephine thuis.

'Het is hier fijn, hè?' zegt Alex. Hij heeft een gele legohelikopter in zijn hand. Met zijn andere hand aait hij Joan. Op de vloer staat zijn aangelengde, vroege kopje avondthee. Je knikt. 'Mogen we thuis ook een hond, denk je? Of of?'

'Ik weet het niet.'

De regen klettert hard neer op de kiepramen in de zitkamer. Op het glas liggen dunne rietschachten, als afgestroopte velletjes van kleine slangen. Het kleed waarop jullie zitten is blauw, met een gele diamantvorm in het midden. Het ruikt naar bierviltjes. Het hout in de open haard knispert. In de studeerkamer zit tante Josephine achter haar bureau te werken, oom Otto is aan het koken.

'Het is fijn dat we binnen zitten,' zegt Alex.

Je knikt. Je voelt de spanning in je nek en schouders en het trillen van je onderlip, maar glimlacht. 'Ja.'

Morgen gaan jullie naar huis.

Stel je voor: je ligt in je bed onder het schuine dak. Je moeder leest voor uit Jonathans Swifts boek over Lemuel Gulliver; de reislustige arts, die studeerde in Leiden en nu Brobdingnag bezoekt. Haar stem is laag, rustig, gaat tot halverwege de zin omhoog en buigt dan weer af, brengt tot leven wat je anders niet kunt zien; ze beschrijft waar je bent en tegelijkertijd waar je nog nooit bent geweest, ze laat zien dat je in bed niet stil hoeft te staan.

Na elke bladzijde houdt ze een moment op met voorlezen en dan draai je je gezicht naar haar en knijpt met de toppen van je vingers in haar bovenbeen: de volgende bladzijde lonkt, je wil dat het verhaal verdergaat. Ze pakt je hand, de hand waarmee je in haar been knijpt, en laat hem niet los, en je ziet haar vingers, de diepere rimpels om de knokkels, de gouden ringen en de rode nagels, terwijl ze rustig verder leest tot het einde van het hoofdstuk.

Je zucht, als ze klaar is.

'Nog eentje?' vraag je dan.

'Nog eentje,' antwoordt ze.

2

Laren, Tiveden en Juan-les-Pins, 1994

Je staat met buikpijn en in je pyjama aan het bed van je ouders, aan je moeders kant, een kop koffie in je hand. Je hebt lang nagedacht over wat je gaat zeggen.

'Mama, zou je alsjeblieft geen ruzie meer willen maken met papa?' Je zet de koffie neer op het nachtkastje.

'Mama maakt geen ruzie met papa: papa maakt ruzie met mama.'

'Zou je dan alsjeblieft geen ruzie terúg willen maken? Je kunt zeggen dat je dat niet wil.'

Mama's mond opent en sluit zich weer. Ze heeft een dikke wang. 'Mhmm.'

'Als je 'm zo op zijn zenuwen werkt, dan gaat-ie slaan. Dat wil ik niet. Dat-ie jou slaat. Ik zal 't 'm zelf ook zeggen. Goed?'

Weer maakt je moeder dat geluidje.

'Voor mij, alsjeblieft? Beloofd?'

Je moeder knikt, slaperig. 'Ik beloof het, schatje.'

Bang dat ze zich bedenkt, knik je, met een glimlach die je eigenlijk wilde onderdrukken, zegt 'dankjewel' en loopt snel de kamer uit.

Je ligt weer in je broertjes bed. De gordijnen zijn open. Stofdeeltjes glinsteren en de kerkklokken beieren. Alex slaapt nog, zijn duim in zijn mond. Hij houdt de knuffel vast die jullie moeder nu al een paar keer heeft moeten repareren, elke keer met meer bezwaren: was het nu geen goed moment om afscheid te nemen van Lam?

Je spitst je oren en het voelt alsof ze omhoog staan, als die van een hond of een paard. Je knijpt je ogen samen en kijkt naar de deur. Het houtwerk rondom het haakje is beschadigd.

Je houdt je adem in. Misschien werd je uit jezelf wakker. Misschien was het niets. Misschien was het iets anders.

Je houdt je adem in: je probeert het leven stil te zetten, geschreeuw te voorkomen. Je probeert de loop der dingen te beïnvloeden. Maar je steeds wilder kloppende hart weet wel beter. En de stilte in huis, de stilte achter de deur, lijkt te kraken in je oren.

Dan, je moeders stem: 'Nee!'

Het woord wordt opgebroken in twee lettergrepen: het lijkt bijna alsof het in alle haast een trap op vlucht en zich verstapt, handen op de treden, verder omhoogklautert, maar weet dat het al verloren is: 'Nee-hee!'

Snel maar behoedzaam stap je uit bed, je eerste voet belandt op de koude pagina's van *Gullivers reizen*, de tekening dat hij is vastgebonden op het eiland Lilliput, de tweede weet je ernaast te plaatsen, op het vloerkleed.

Jullie wonen in een vrijstaand huis met een rieten kap en een grote voor- en achtertuin. De buren kunnen jullie niet horen. Niemand anders dan jij of je zus kan nu iets doen.

Als je de deur van Alex' kamer opent, schreeuwt je moeder: 'Klootzak! Vieze, vuile klootzak.'

'Annabelle!' schreeuwt Peter. 'Stop!'

Aan het geschreeuw van je ouders hoor je dat dat te laat is: voorbij een bepaald punt, een bepaald volume, zijn je ouders niet meer te stoppen, zoals de trappers van een skelter als je de heuvel af gaat.

Je loopt de gang door en duwt de deur van hun slaapkamer open. Je ziet, vlak erachter, je vader staan. Hij heeft forse bovenarmen en naar voren hangende schouders, zijn hoofd is altijd licht gebogen, als van een bokser in de ring. Op zijn schouder en op zijn wang zit bloed, een draadje snot hangt in zijn snor.

Hij draait zich om en ziet je staan. 'Hier, moet je kijken,' zegt hij, zijn arm uitgehouden, zijn hand met de gouden zegelring vlak bij je gezicht. Je vindt die zegelring fascinerend; je kent maar één of twee andere mannen die een ring dragen. 'Je moeder heeft me gebeten.' In de huid van zijn pols, vlak naast het leren horlogebandje, staat een rij diepe tandafdrukken. 'Ze is gek geworden, je moeder is helemaal gek geworden!'

'Ik ben gek geworden?' zegt je moeder. 'Jíj slaat míj! Met je kleine, nutteloze pik. Jij slaat mij!' Ze komt jullie kant op gelopen. Haar oogwit is rooddoorlopen; in haar mondhoeken hebben zich stukken speeksel groot en wit en hard als anijshagel verzameld. Ze maait met haar handen, als iemand die zich door een zwerm muggen heen werkt. Met één hand probeert je vader haar slagen af te weren, met de andere loopt hij tastend naar achteren, van jou vandaan, de hoek van de kamer in – tegen een houten standaard voor zijn kleding aan, naast het raam.

Je vader staat in de hoek van de kamer en kan nergens meer heen. Op dat moment pakt je moeder een gietijzeren kandelaar uit de vensterbank. Nee, denk je nog – maar dan slaat je moeder je vader al. Je schrikt van het geluid: metaal op een schedel, metaal op bot.

'Au,' schreeuwt je vader en zijn hand gaat omhoog naar zijn voorhoofd. 'Ben je nou helemaal gek geworden?' Hij zet een stap naar voren en geeft je moeder een duw – ze valt op de grond, tegen het bed aan.

'Pap!' roep je. 'Nee! Stoppen. Mama, stop!'

Maar je vader heeft zijn hand al tot een vuist gebald en slaat omlaag. Hard. De stomp landt op je moeders borst. Met een korte kreun ontsnapt alle lucht uit haar longen. Je moeder wil nog iets zeggen, maar dat gaat niet. Ze maakt bij elke inademing korte, rochelende geluiden. Je vader stompt haar nogmaals, in haar gezicht. Huid op huid, bot op bot. Een druppel bloed loopt over zijn voorhoofd.

'Nou heb je niet zo'n grote mond meer, hè? Nou niet.' Hij heft zijn hand nog een keer op.

Niks zeggen, denk je, niks zeggen nu. Maar je moeder opent haar mond en zegt haspelend: 'Vieze flikker!'

Je zus komt de kamer binnengerend. Ze duwt je opzij en gaat aan Peters gespierde arm hangen; haar onderarmen stokjes.

'Stoppen,' roept ze. 'Stoppen! Blijf verdomme nou eens van elkaar af!'

Je vader wil nog een keer slaan. Je ziet hem overwegen: op haar hoofd? Haar rood gestoten borst? Terwijl hij twijfelt rolt Annabelle zich als een wurgslang om zijn voeten, zodat hij haar niet meer zo gemakkelijk kan slaan of schoppen.

Je zus hangt nog steeds aan zijn arm.

'Flikker? Vieze flikker? Ja? Ik maak je helemaal kapot,' schreeuwt je vader ondertussen. 'Helemaal kapot, hoor je dat?' Zijn omwikkelde voeten trappen zo goed en kwaad als het gaat tegen zijn vrouw.

'Stop nou! Stop!' Je zus' stem klinkt hysterisch. Ze draait naar je toe en roept: 'Help me!'

Jij zal zorgen dat dit stopt. Je zet één, twee, drie, vier stappen – snel achter elkaar – en werpt jezelf tegen je vader aan, een schouder vooruit, terwijl je gelijktijdig grip probeert te krijgen op zijn harige onderarm. 'Stop,' roep je. 'Stop!'

Je vaders benen maken trappende bewegingen, raken de jouwe, zijn armen gaan op en neer. Je moeder, haar ogen gesloten, kermt van de pijn.

'Stoppen!' schreeuwt je zus.

Je vader slaat je zus van zich af en zijn onderarm raakt haar neus, die meteen begint te bloeden.

'O, jezus,' zegt hij.

'Wat doe je? Wat doe je?' jammert je moeder. 'Wat dóe je?'

Je zus kijkt naar het bloed op haar hand.

'Sorry,' zegt Peter. 'Sorry. Gaat het?'

Elke twee jaar klapt het tussen Peter en Annabelle. Dan vertrekt je vader in betrekkelijke stilte, met een koffer vol spullen, en staat alleen je moeders auto nog op het pad. Soms duurt dat een ochtend, soms een dag, soms een weekend of zelfs twee weken of een maand.

Maar zoals op de winter de lente volgt en op de lente de zomer, zo zeker volgt na je vaders vertrek ook diens terugkeer. Je ouders hebben zonder elkaar anker noch ankerplaats. Ze weten niet wie ze zijn. Dus kiezen ze voor hun rol als gekwelde, verdoemde, tot elkaar veroordeelde echtgenoten – en handelen daarnaar.

Het hele dorp weet het als je ouders uit elkaar gaan en iedereen weet van hun ruzies en toch zeggen mensen dat ze hopen dat 'het goed komt'. Waarom? 'Het' kent geen goede afloop, dat weet jij nou wel. Vogels vliegen zoals ze vliegen en ze zingen zoals ze zijn gebekt.

Als je vader weer eens het huis heeft verlaten, komt hij je broer en jou op zondagmiddag ophalen – Emilie wil nooit mee – en neemt jullie mee naar een nieuwe woonplek aan de andere kant van de snelweg. Dan zitten jullie in Hilversum of Bussum of Naarden in vreemde huizen in donkere keukens aan grote tafels te lunchen. In het begin brengt Peter jullie daarna weer naar huis, maar al snel komt Annabelle jullie ophalen en elke keer iets vroeger. Ze is opzichtig opgemaakt – blauw rondom haar ogen, rode lippenstift – en draagt nieuwe schoenen. Dan loopt ze met Peter door de tuin of gaan ze naar zijn slaapkamer, terwijl Alex en jij een tijd lang in het lege huis spelen.

Het duurt elke keer lang voordat jullie moeder terugkomt, dus dan loop je naar boven, terwijl de regen op het dakraam van het trappenhuis valt. 'Mama,' roep je, door een deur op de overloop. 'Gaan we nu naar huis?'

'Nog even, schatje,' antwoordt ze. 'Nog heel even.'

Dus gaan Alex en jij jojoën; hij vindt het leuk om trucjes te leren en naderhand haal je de jojo uit elkaar, toont hem de lagers, laat zien hoe je het touw opwindt en een lus maakt; je vertelt hem wat je weet: dat je geen goede truc kunt uitvoeren zonder een goede worp en dat elke goede worp verschillende onderdelen kent, waarvan elk los stukje de kwaliteit van de worp bepaalt. Je leert hem de jojo te laten slapen, ronddraaien, zwenken, hem als een pizzapunt op te eten, als een hondje te laten wandelen, hem te wiegen.

Je leert hem dat allemaal, op die zondagmiddagen. Na een tijdje, als hij er genoeg van heeft, stoppen jullie en gaan jullie in de auto zitten wachten. Wachten is vermoeiend: een kwartier duurt een uur en een uur een halve dag, enzovoort. Jullie doen de radio aan en luisteren naar het verslag van de voetbalwedstrijden. Vandaag luisteren jullie zo lang naar de radio dat als Annabelle eindelijk naar buiten komt, de auto niet meer wil starten. Als ze de sleutel omdraait in het contact, kruipen de ruitenwissers traag langs de ruit en stokken en blijven stilliggen, halverwege hun baan. Je moeder draait de sleutel nog wel twintig keer om, maar de auto geeft niks dan een korte klik, van een deur die open- of dichtgaat. Ze slaat met haar handen op het stuur, kijkt jou en Alex over haar schouder aan en begint te schreeuwen. Haar spuug landt op je gezicht.

Je wil tegenwerpen dat jullie zo lang moesten wachten dat jullie wel – maar besluit dat het verstandiger is niets te zeggen.

'Ik kan nu niet terug naar binnen. Ik kan nu niet terug naar hem! Niet na wat hij net heeft gezegd!' Ze schudt haar hoofd. 'Wat heb je gedáán? Je bent negen jaar oud, bijna tien! Waarom kun je niet gewoon naar mij luisteren?'

Dan geeft ze je een klap. Je oog knijpt ongewild dicht en begint te tranen, je wang gloeit als een verse schaafwond.

'Sorry,' zeg je, door je tranen heen.

'En terecht,' zegt je moeder en ze reikt naar de deurgreep.

Het is de zomervakantie tussen groep zeven en acht, en je bent met je vader en je broertje met kampeervakantie in Scandinavië. Na een tussenstop bij Legoland hebben jullie via Kopenhagen en Malmö het midden van Zweden bereikt. De uiteindelijke bestemming is de Noordkaap. Een 'mannenvakantie' heeft je vader het thuis genoemd, 'een goed idee', en ook in de auto wordt de reis nog bewierookt.

Je weet dat je vader het goed bedoelt, maar je voelt ook precies dat: de achterliggende bedoeling, het krampachtige verlangen te herstellen wat tussen jullie drieën mist. Je vraagt je af of dat met een vakantie is terug te vinden, of dat met een vakantie valt te herstellen, of dat überhaupt te herstellen ís. Misschien weet je nu al wat je nog niet kunt verwoorden, dat de verhoudingen niet kloppen, dat zo'n vakantie in het hoofd van je vader gelijkstaat aan een zon op een kindertekening, veel te groot, veel te aanwezig, terwijl het huis veel te klein is, met veel te weinig kamers om je in te verstoppen. Dat er meer aandacht moet uitgaan naar dat huis. Dat duidelijk is dat jullie niet gelukkig zijn – want zoveel weet je nu wel –, omdat de verhoudingen niet kloppen, omdat de diepte ontbreekt.

Het is de vijfde dag van de vakantie, vroeg in de ochtend, en Alex ligt met open mond te slapen. Je maakt hem wakker door zacht zijn naam te zeggen. Jullie kruipen uit warme slaapzakken, langs de koelbox en de opgevouwen campingstoeltjes de tent uit. Het kampeerterrein is rustig. Peter staat verderop te praten met een man met dik grijs haar in een paardenstaart die in het lage rode gebouw woont. Peter steekt een hand op en je loopt naar hem toe.

'Papa,' vraag je. 'Mogen we wat fruit pakken –'

'Vruchten.'

'– wat vruchten –'

'Heel goed.'

'– pakken en dammen gaan bouwen in het meer?'

Hij knikt.

'En gaan we daarna vissen?'

Hij knikt weer, opnieuw kortaf. Iets is mis, het ligt besloten in de lijnen van je vaders gezicht en je merkt het aan de zwaarte in je buik dat je je het niet verbeeldt – je gevoel als controlegewicht voor je gedachten. Heeft hij ruziegemaakt met de man met de paardenstaart? Je weet dat het niet verstandig is om nu iets te vragen, in zijn bijzijn.

Je loopt terug naar Alex, die voor de tent op het gras zit. Hij glimlacht zijn twee grote, glimmende voortanden bloot. 'En?'

'Kom. We gaan.'

Tijdens het bouwen van de dammen aan de rand van het meer – de stenen liggen vlak onder het wateroppervlak – vraagt je broertje of je papa nog gaat vragen of jullie vandaag een bootje mogen huren. Je knikt, maar vraagt je af of vandaag wel een geschikte dag is. Je besluit nog even af te wachten voordat je het nog een keer vraagt.

Dat blijkt wijs, want die middag krijgt je vader ruzie met de man met de paardenstaart. Dat gebeurt na een telefoongesprek in het rode gebouw. In plaats van op het meer te varen en te vissen, leg je Alex achter in de auto jojotrucs uit, totdat hij het zat wordt dat jullie ze niet echt kunnen uitvoeren.

Je leunt achterover en kijkt uit het raam. Een groep grauwe ganzen, de koppen ver vooruit, de nekken recht, vliegt hoog in de lucht over en je hoort ze gakken, elkaar aanmoedigen op snelheid te blijven – al weet je niet zeker of je het geluid echt hoort of dat je het je inbeeldt. Wat je wel zeker weet: je bent jaloers op de vogels, op hun vermogen te vliegen, op hun vrijheid.

Als je terugdraait en het profiel van je broertje afgetekend ziet tegen het landschap, word je overvallen door schuld – en schaamte.

'Ik heb papa beloofd vandaag rustig te doen,' zegt je broertje in bed, een van de eerste ochtenden terug van vakantie. 'En ik moet opruimen. En niet te veel frunniken. Zodat mama rustig blijft en zij en papa geen ruzie krijgen.' Hij klinkt stellig, want hij gelooft nog in een verband. Jij niet.

Tegelijkertijd heb jij afgelopen weekend de garage opgeruimd, omdat Annabelle boos was geworden op Peter vanwege de zooi, en lig je 's ochtends bij je broertje in bed en hou je dan je adem in en denk je: misschien was het niets, net, dat geluid. Misschien, als ik mijn adem inhoud, gebeurt het niet nog eens.

Misschien, denk je dus, heeft hij gelijk en werkt dit wel – als jullie je niet bemoeien met jullie ouders. Misschien –

Dan hoor je je moeder weer. Ze schreeuwt: 'Nee-hee!' en de twee lettergrepen klinken als ongeluk dat twee keer – klop, klop – hard aanklopt.

Op een dag, misschien dezelfde ochtend dat je broertje rust, opruimen en minder frunniken beloofde, vertelt hij je moeder dat jullie bij oom Otto en tante Josephine in bad gaan en dat oom Otto dan op de wc naast het bad cocktails drinkt en dronken wordt. Tijdens een volgende ruzie roept ze tegen jullie vader dat zijn zus een trut is, getrouwd met een dronken smeerpijp, een pedo, dat iedereen in zijn familie gek is. In plaats van de onenigheid verder op te drijven, het gescheld op te stoken, komen de twee dichter tot elkaar, door de verbazing die hem overvalt: 'Wát?'

'Ja, ze zitten daar in bad en hij wordt dronken.'

'Daar mogen ze nooit meer heen. Die viespeuk.'

Maar het geruzie gaat die middag weer verder, al weet je niet waarover – misschien over je grootvader in het ziekenhuis, misschien over geld, want Peter wil niet dat Annabelle het ergens aan uitgeeft, of andersom. En misschien over je moeder, want als tante Josephine met een gek is getrouwd, waarom zou Peter dan niet óók met een gek zijn getrouwd?

En de vlam slaat in de pan.

Die avond logeer je bij Floris. Sinds hij vorig jaar in je klas kwam, is Floris een van je beste vrienden geworden. Zijn vader is arts, zijn moeder verpleegkundige. Hij is ook goed in jojoën en leren en jullie maken samen werkstukken voor het vak 'documentatiecentrum'. Jullie gaan langs de boekhandel en het reisbureau in het dorp, kopen tijdschriften of krijgen afgedankte reisgidsen mee om plaatjes uit te knippen, kruipen in de werkkamer van Floris' vader achter de computer, waar jij dicteert en Floris tikt, een verslag over het menselijk lichaam, Albert Einstein of Zwitserland.

Je bent blij dat je hier slaapt en Alex bij een vriendje uit zijn klas, maar je schaamt je ook. Je bent opgelucht dat het vakantie is, dat je maandagochtend niet in het kringgesprek hoeft te zitten, dat je je schouders niet hoeft op te halen als de leraar vraagt of je een leuk weekend hebt gehad, dat je Floris' blik niet hoeft te voelen. Dat je niet al die blikken van klasgenoten hoeft te verdragen, met ogen die inmiddels weten wat de oren hebben gehoord.

Een paar weken later, aan het einde van de zomervakantie, zijn jullie met z'n vijven in Zuid-Frankrijk, in een afgelegen huis met tennisbaan en zwembad. Je vertrekt in de tweede en laatste week van de vakantie na de lunch met Peter en Emilie naar een Romeins amfitheater. Je zus wil foto's maken. Plots realiseer je je dat de jojo nog in het huis ligt.

'Stop,' zeg je tegen Peter. 'Je moet nu stoppen. Ik heb mijn jojo laten liggen.'

Peter zucht. 'Godverdomme,' zegt hij. 'Ik ga nu niet meer terug.'

'We zijn pas net weg!' zeg je.

Je zus, die voorin zit, kijkt hem aan: 'Draai nou even om.'

'Kinderen,' zegt hij. 'Je wordt er knettergek van.'

Je vader mindert snelheid en stuurt de auto de berm in. Hij laat twee tegemoetkomende auto's – een Renault 25 en een Peugeot 205 – passeren en draait dan de andere weghelft op. Hij drukt de cd-speler aan en zet het volume open. Steppenwolfs *Greatest Hits*. De plaat gaat midden in een nummer verder.

Terug bij het huis spring je uit de auto, de deur laat je openstaan. Het is warm buiten. Je loopt om het huis heen. De tuindeuren staan open.

Annabelle staat gebogen over je broertje. Zijn handen heeft hij diep in zijn zakken gestoken, de vuisten bollen op.

'Wat hadden we nou afgesproken?' zegt ze. Ze heeft veel sproeten op haar schouders. 'Het is de hoogste tijd. Je bent bijna zeven!'

Lam ligt in de haard op een stapel van kranten, stro en kapotte wijnkratjes. Alex schudt zijn hoofd.

'Alexander! Waarom geef je hem niet?' roept ze.

'Omdat ik hem niet heb,' zegt hij, nog steeds hoofdschuddend.

'Je liegt! Je hebt 'm wel!'

Annabelle pakt Alex' schouder vast. Dan slaat ze hem. Je voelt het geluid van de klap over je hele lichaam. Alex' dikke witte wang kleurt rood. Zijn ogen knijpen dicht en beginnen te tranen.

Je zegt niets, je doet niets. Annabelle pakt ook Alex' andere schouder vast en schudt je broertje hard door elkaar. Zijn hoofd en bovenlijf gaan in twee verschillende ritmes heen en weer.

'Geef hier dat ding!'

Je steekt je hand uit en opent je mond. Je hoort het speeksel tussen je tong en je tanden zacht klikken, maar je kunt de stilte, gevuld met geweld, niet doorbreken: de woorden in je borst komen niet naar buiten.

'Ik heb 'm niet.'

Je moeder laat Alex los.

'Je broer en je zus zouden dit nooit doen,' zegt ze. 'Je bent een kind uit de hel, weet je dat? Je verziekt mijn leven.' Annabelle stampvoet de keuken in. 'Waar is die aansteker?'

Je broertje haalt de aansteker uit zijn zak en brengt hem omhoog tot voor zijn gezicht. Zijn duim trekt hij langs het draaiwieltje, terwijl hij glimlacht door zijn tranen heen. Dan loopt hij naar de bank en tilt een kussen op om daaronder de aansteker te verstoppen. Annabelle komt de keuken uit gelopen en ziet wat hij doet. Ze roept je broertjes naam luid en zet een paar snelle passen in zijn richting. Haar hand is al opgeheven, haar ringen schitteren als glas in de zon. En je broertje brengt zijn arm omhoog.

Je wendt je af en je loopt over de tuintegels in het gras naar de auto. Je denkt: dit is een vakantie. En vakantie is leuk. Vakantie hoort leuk te zijn.

'Gevonden?' vraagt je vader als je de deur opentrekt. De koele stof van de achterbank, je bezwete, plakkerige benen.

'Kon 'm niet vinden.'

'Hoe bedoel je, je kon 'm niet vinden?'

'Gewoon.' Je legt je hoofd in je hand en je elleboog op de raamsponning. 'Zoals ik het zeg: ik kon 'm niet vinden.'

Peter schudt zijn hoofd en ademt hoorbaar uit. 'Ongelofelijk.' Hij richt zich tot je zus: 'En hiervoor moesten we terug?'

'Kan dat, denk je?'

Jullie staan met jullie handen om de reling van een houten stellage, gebouwd in de zee, die onder jullie loom en uitnodigend golft. Verderop in de baai drijft het witte plastic vlot waar jullie vaak heen zwemmen. Alex' nek is nat en glimt. Hij leunt naar voren en kijkt naar het flonkerende water, de glinsterende zandbodem.

Kan dat, denk je? De vraag is serieus, de toon maakt je een autoriteit.

Alles kan, als het goed gaat.

Jíj durft niet. Maar het kán wel.

Je broertje heeft zijn lippen getuit. 'Ja?'

Je knikt weer.

Alex klimt op de reling en springt. Hij slaakt een korte, jubelende kreet en maakt een salto.

Je dacht dat hij een bommetje zou maken. Niet dit.

Je broertje maakt de draai van de sprong niet helemaal af en het water is ondieper dan gedacht.

Stilte. Door Alex' kreet keken mensen op. Ze bleven kijken omdat hij op zijn hoofd en rug op het water klapte. En nu komt hij niet naar boven.

Een jongen een paar jaar ouder dan jij zegt iets wat je niet begrijpt en dan: '*Putain.*'

Twee nog oudere jongens rennen in hun lange zwembroeken het water in, schuimen het op als tegendraadse golven, trekken je broertje terug in de richting van het strand. Mensen roepen aanwijzingen, de twee jongens proberen hem zo stil mogelijk te houden.

'*He's your brother, non*?'

Het voelt alsof je wakker schrikt uit een nachtmerrie – behalve dan dat hij doorgaat: een groep mensen draagt Alex nu het strand op en legt hem neer.

Je hoeft maar twee minuten terug in de tijd en je kunt dit oplossen, voorkomen.

Je klautert de toren af, snelt het water in. Je zwembroek bolt op, wordt weer nat en koud.

Je weet dat je zus hier vlakbij ligt, met Marthe, die hier ook met haar ouders met vakantie is, op twee strandbedden van de tent waar de stellage bij hoort, maar hoewel je rent als een bezetene, kun je ze niet vinden. Zijn ze aan het zwemmen? Een ijsje aan het halen? Je verliest kostbare tijd. Dus ren je langs het lange, lange strand – je voeten *klets, klets, klets* in de waterlijn – zo snel als je kunt naar je ouders.

Het strand is vol en de stress laat je innerlijk kompas rondzwenken, je anders duidelijk duidende naald spint en spint. Na veel op en neer rennen – heen langs het strand, en terug, wéér heen en weer terug, waar zijn ze nou? Waar staat onze parasol? – vind je je ouders.

'Papa, mama, snel...' zeg je, buiten adem. 'Kom...'

Je moeder kijkt op van haar pocketboek met gestanste, gouden letters op de voorkant.

Is dit echt gebeurd? Is Alex écht van die toren gesprongen? Omdat jij het zei?

'Wat?'

Je tanden beginnen te klapperen.

Je zegt dat Alex van een toren is gesprongen. 'En nu ligt hij op het strand en staan er allemaal mensen om hem heen.'

Je vader springt op en stoot de donkerblauwe parasol om. 'Waar? Daar?' Hij wijst in de richting van de stellage. Je knikt. Hij rent het mulle, warme zand op, naar de vochtige strook bij het water. Je wil achter hem aan rennen, maar je moeder grijpt hardhandig je pols.

'Blijf.'

Langzaam laat ze je los, terwijl ze onbewogen blijft zitten. Het duurt wel een minuut voordat ze uiteindelijk zegt: 'Iemand moet op de spullen letten.' Ze staat op en pakt een kleurrijke doek. Uit de zomen van haar badpak steekt schaamhaar. Ze slaat de doek om haar middel en dan over een schouder en loopt weg.

Je voeten zijn bedekt met een dunne laag zand, je hebt kippenvel en je tanden klapperen. Je mond smaakt zout. Een warme, zoete traan loopt van je oog over je wang naar je lippen.

Als je vijf minuten terug kon in de tijd.

Nadat je jezelf hebt afgedroogd en enigszins bent opgewarmd, loop je met een handdoek om je schouders terug naar de stellage. Het is druk. Alex ligt nog steeds op het strand, maar nu op een witte plank, met een dikke huidkleurige band om zijn nek. Twee mannen met blauwe broeken en blauwe shirts met grote witte letters staan over hem heen gebogen. Ze hebben kortgeknipt haar en dragen dezelfde zonnebril. Naast ze staat een rode koffer in het zand. Peter praat met de mannen, handen in zijn zij. Af en toe knikt hij. Emilie is met Marthe en twee jongens in het Engels aan het praten.

Je moeder staat verderop, armen over elkaar geslagen, de doek strak om haar lijf. De uiteinden van de rode dunne stof wapperen in de wind. Als ze je bemerkt, zet ze een paar stappen in je richting en pakt je bovenarm stevig vast. Haar nagels zijn scherp.

'Wat zei ik nou? Op de spullen passen, jij.'

Maar je wil weten hoe het met Alex gaat.

Je hoeft maar tien minuten terug in de tijd.

Je leunt opzij en kijkt langs je moeder naar je vader en je broertje. 'Hoe is –'

'O, met je broertje gaat het wel goed,' zegt Annabelle, terwijl ze opzijstapt, 'maar het zou beter, véél beter met hem gaan als jij iets beter had opgelet. Dan was dit' – ze maakt een vaag handgebaar dat het hele tafereel moet samenvatten – 'niet gebeurd.'

Dan voel je de hand van je zus in je nek – zacht, warm, sturend. 'Ik loop wel met hem mee,' zegt ze.

Je moeder kijkt boos naar je zus. 'Ja. Neem hem maar mee.'

Op weg naar het ziekenhuis is iedereen stil. De rode auto voor jullie slingert omhoog langs de betonnen reling. Appartementengebouwen liggen als bunkers tegen de berg aan. Op straatniveau winkels en parkeergarages. Veel gesloten rolluiken. Hier en daar knippert een groot groen kruis.

Je kijkt door de achterruit naar het verdwijnende landschap en ziet dan ineens je reflectie. Je hebt veel sproeten, net als Annabelle. Voor het eerst vind je ze vervelend.

Je zus zit zwijgend naast je. De stof van de hoofdleuning is grijs met gele, blauwe en rode vlekken, als verfspatten van een kwast. Voor elke vlek herhaal je de woorden van je moeder: *Het zou beter gaan, véél beter, als jij iets beter had opgelet...*

Je wordt misselijk van de auto en de bochten en sluit je ogen. De zachte stof van de stoel voor je drukt tegen je voorhoofd. Laat hem niet doodgaan, denk je, laat hem niet doodgaan. Het rollen van de banden maakt veel kabaal. Laat hem –

Dan moet je overgeven. Je krijgt niet de tijd om het aan te kondigen. Op de vloer ligt een havermoutachtige poel.

Elke ochtend word je wakker met een zwaar gevoel in je borst. Vlak daarna hoor je de woorden van je moeder weer. Ze hangen stil in je hoofd als molenwieken, zodra je je ogen opent, beginnen ze te draaien.

'Ik word er gek van,' zeg je op een ochtend tegen Emilie. Jullie staan in de badkamer van het vakantiehuis. 'Ik moet de hele tijd denken aan wat mama zei.'

'Hoe bedoel je?' vraagt je zus. 'Wat zei ze dan?'

‘Dat, eh, ik,’ zeg je, ‘als ik… Dat als ik beter had opgelet, dat het dan beter zou gaan.’

‘Dat is niet waar. Niet waar. Daar moet je niet meer aan denken.’

‘Maar –’

‘Nee, je moet het er niet meer over hebben. Met niemand. Niet met mij en ook niet met jezelf. Je moet er niet meer aan denken. Je moet het laten. Dat werkt het beste. Echt. En nu moet ik douchen.’

Zondagochtend, de kerkklokken luiden. Onrust drijft je uit bed, de opwindende angst iets te missen; je voeten bewegen over zacht vloerkleed, scharrelen naar de slaapkamer van je ouders, je doet de deur open: ze liggen in een zonbeschenen bed te kletsen met je zus en je broertje; je zus ligt op haar buik, haar benen bewegen als scheepskranen heen en weer; je broertje heeft een hol gemaakt tussen de arm en borstkas van je vader en kirt en kirt en kirt nog eens van het gekietel. 'Dag, liefste slaapkop,' zegt je moeder. 'Hoe heb je geslapen?' Stel je voor: je kruipt tussen ze in, voelt met je armen je moeder en je zus en met je voeten de benen van je vader en het lijf van je broer en voor je het weet, heb jij ook buikpijn van het lachen. En de wereld bestaat alleen uit jullie gelach.

3

Blaricum, Zutphen en Epe, 1995

De openbare basisschool in Blaricum, een laag gebouw tussen oude boerderijen en hoge, nieuwe, kapitale woonhuizen. Aan de muren van het klaslokaal hangen schoolplaten (*Columbus neemt Guanahaní in bezit*; *De Romeinse beschaving in ons land; Kaap de Goede Hoop*), achterin staat de computer in een speciale kast. Je zit aan een tafeltje bij het raam, halverwege het lokaal, naast Floris; hij is gedrongen en gespierd, met gemak de beste met gymmen.

Je houdt een briefje in je hand, afkomstig van Nina, een lang meisje met een moedervlek onder haar rechteroog. Ze draagt haar haar altijd in een paardenstaart. 'Vanmiddag na school bij het fietsenhok,' luidt de aankondiging. Daarnaast een hartje en een tekening van twee stokpoppetjes die elkaar zoenen.

Je hebt het warm gekregen en kijkt in een reflex van ongemak en spanning toch naar Nina, die naar je glimlacht. Je hebt nog nooit gezoend. Nina weet dat en Maurice en Floris, die het briefje hebben gelezen en doorgegeven, weten dat ook.

Floris knikt, zijn donkere ogen glinsteren tevreden: 'Eindelijk,' zegt hij.

'Ik weet niet hoe je moet zoenen,' fluister je.

Je geluk op school hangt af van maskers, waarmee je een ander leven kunt voorspiegelen. Maar je weet niet hoe je moet zoenen en je wil Nina niet teleurstellen en een van je mogelijke levens verliezen. En je bent bang, nee je wéét dat liegen niet helpt.

Eerder dit jaar heeft Floris met zijn oudere broer en jongere zusje naar *Flodder* gekeken. 'Ze neuken in die film,' zei hij de volgende dag, bij de bankjes van het bovenbouwplein.

'Wat is dat?' vroeg Maurice.

‘Neuken is in de kut,’ zei Floris. ‘Pijpen is met de mond.’

Je was geschokt. Floris’ zusje, dat erbij stond, zei: ‘Floris, zo mag je niet praten.’

Hij had gezegd: ‘Jawel, hij weet het toch al,’ en hij keek naar jou. ‘En jij ook. Alleen Maurice niet.’

Maar je wist het niet.

Floris reageert heel rustig op je zoendilemma: ‘Het is heel simpel. Je opent je mond, je steekt je tong uit – en dat doet Nina ook.’

‘Nee, nee,’ zeg je en je schudt je hoofd. ‘Ik kan het niet.’ Je scheurt het papiertje in je schoot tussen je vingers in kleine stukjes.

Nina is het leukste meisje van de klas. Ze is heel grappig en uitbundig maar ze kan ook luisteren, met een ernstig gezicht dat dan ineens liefdevol en begripvol – of juist verbaasd – glimlacht. Dan zakt je buik een stukje, net als wanneer Peter met hoge snelheid over de heuvels rijdt in de buurt van het huis van tante Josephine en oom Otto. Je wil wat niet is niet verprutsen en daarom hou je afstand.

Misschien durf je daarom niet met haar te zoenen. Want wat heb je thuis, wat heb je daar werkelijk, dat als normaal op haar zou kunnen overkomen? Nina heeft waarschijnlijk allemaal verwachtingen die je bij jou thuis niet zou kunnen inwisselen voor ervaringen: kletsen aan de keukentafel, gezellig avondeten en napraten over de dag, met iedereen op de bank een film kijken, een bakje chips op schoot. Je vader zou na haar vertrek over haar manieren beginnen, of, nog erger, in haar aanwezigheid. Het is al lastig om met Nina te praten, soms, na school, omdat Alex dan naast je komt staan om samen naar huis te fietsen. Het is voor het eerst dat je je broertje irritant vindt, dat je hem ergens niet bij wil hebben, omdat hij het gevaar vergroot dat iets verkeerd gaat, dat iets wordt prijsgegeven over thuis, waardoor Nina’s beeld van jou verschuift.

De leugen: het middel om het leven de waarheid te geven waar je zo naar verlangt.

Als je met haar zoent, gebeurt dat natuurlijk helemaal, dan verandert Nina's idee van jou voorgoed. Nee, denk je, het is maar goed dat je niet kunt zoenen.

Middag in de Achterhoek, de lucht is grijs. Je kunt je vaag herinneren dat je grootouders hier in de buurt wonen. Het weiland aan je linkerhand is leeg, op een groep kraaien na. Je rijdt voor een groep mensen uit, allemaal in het zwart gekleed. De auto rijdt stapvoets, net als die voor jullie. Door de achterruit kun je de lichte houten kist en de bloemen goed zien. Alex en jij zitten naast oma, Peter zit op de bijrijdersstoel te spelen met de zegelring, een man met een pet rijdt.

Eerder deze ochtend zat Annabelle op de rand van hun bed en zei: 'Ik ga niet mee.' Ze was heel stellig. 'Gaan jullie maar zonder mij.' Boven het nachtkastje hing het heringelijste portret van hun huwelijksdag, haar tweede.

Je zat in de gietijzeren schommelstoel in de slaapkamer van Peter en Annabelle. Je lichaam had zwaarder aangevoeld dan normaal; de dunne spijlen sneden in je rug.

'Alsjeblieft, mama? Alsjeblieft?' zei je zus. 'We kunnen echt niet zonder jou naar die begrafenis.'

'Heus wel.'

'Mama!' riep je. 'Alsjeblieft! Het is opa's begrafenis!'

'Het is de begrafenis van een klootzak, ja. Die ons nooit wilde helpen. Die al jaren niet meer met je vader praatte.' Buiten op het grindpad drukte je vader op de toeter.

'Alsje-, alsje-, alsjeblieft?' zei je. 'Doe het dan voor mij?'

Je wendt je blik van de rouwauto voor jullie naar de volgauto achter jullie. Emilie zit daarin, Annabelle naast haar. Emilie is net zestien, nog niet helemaal volwassen, maar ook geen kind meer, zoals jij en Alex.

Het is goed mogelijk dat Annabelle pas morgen boos wordt over wat je vandaag hebt gevraagd. Een ruzie, immers, is niks anders dan een verschil van inzicht en een inzicht laat zien waar je op aandringt, en Annabelle drong erop aan dat zíj belangrijker was voor Peter dan zijn vader. Het was onzin om mee te gaan, zelfs als Peter dat wilde.

'Wat goed dat je een gele broek aanhebt,' zegt je oma. 'Geel was opa's lievelingskleur.'

Je draait je hoofd terug, legt je handen op je broek en kijkt naar de geweven, gekleurde stof. Je weet niet zo goed wat je moet zeggen. 'De mijne ook,' zeg je dan. Buiten vliegen de kraaien op, geschrokken van een voorbijrijdende motor.

Oma is even stil. 'Wat goed dat je een gele broek aanhebt,' zegt ze dan weer. 'Geel was opa's lievelingskleur.'

Je staat in een bos aan de zijkant van het graf; de kist gaat langzaam omlaag. De dennentakken die het gat afschermen, geven voorzichtig mee. Alles wat je wist van je grootvader was dat hij kaal was, pijp rookte en dat hij een goocheltruc kende. Je zat naast hem tijdens het kerstdiner, voor het eerst aan de grotemensentafel. Hij liet op het tafelblad een kwartje onder de ene hand verdwijnen en onder de andere verschijnen.

Je stond paf.

Aarde roffelt nu op de holle deksel onder het verdonkerende groen.

Je kijkt op naar Peter, die maar niet ophoudt met huilen, en naar je moeder, die stil als een beeld op Paaseiland naast hem staat, en je denkt dat als zelfs de ruzie van vanochtend niet de doorslag heeft gegeven, je ouders altijd bij elkaar zullen blijven. De enige uitweg uit hun huwelijk is de enige uitweg uit het leven.

De aarde roffelt nu niet langer op de kist, maar valt dof op de vorige schep aarde.

Tante Josephine neemt Alex en jou na de begrafenis apart in een grote kamer van het landhuis, het kantoor van je grootvader. Ze draagt een zwarte rok. Je hebt tante Josephine nog nooit in een rok gezien.

'Jullie hebben je vandaag heel goed gedragen,' zegt ze, haar handen op haar knieën. Ze kijkt jullie om de beurt aan. 'Weten jullie dat?'

Alex knikt.

'Zeg, wat zouden jullie ervan vinden om vanavond bij mij en oom Otto te komen logeren? Dat lijkt ons heel gezellig. Dan kunnen jullie morgenochtend mee de honden uitlaten.' Je tante blijft zo staan, iets voorovergebogen, met haar handen op haar bovenbenen. 'En het is toch weekend.'

Je hebt geen zin om vannacht thuis te slapen, om wakker te worden in je eigen bed, om de toorn van Annabelle te ondergaan die haar gram komt halen.

'Ik wil wel,' zeg je. 'Maar papa en mama waren toch boos op oom Otto?'

'Dat is uitgepraat,' zegt je tante.

'Ik wil niet.' Alex is nog steeds boos omdat ze Joan hebben laten inslapen.

'Dan gaan we pianospelen.'

Alex schudt zijn hoofd: hij wil geen pianoles meer van tante Josephine. Hij wil sowieso geen piano meer spelen; ook niet bij de overbuurvrouwen.

'Ach, jongen toch. Ben je nog steeds verdrietig over Joan?'

'Niet verdrietig. Boos.'

Je weet dat Alex liegt: soms staat je broertje 's avonds nadat hij naar bed is gegaan in je deuropening en huilt: 'Ik mis Joan.'

'Als je meegaat, mag je mijn jojo hebben,' zeg je.

Alex kijkt je verwonderd aan. 'Echt?'

Je knikt. Het offer lijkt groter dan het is, want je hebt al langer het gevoel dat je te oud wordt voor een jojo.

'Wauw.' Hij geeft je een knuffel. Zijn haar ruikt scherp, naar mandarijnenschil.

Achter tante Josephine staat een lamp met een kap waaruit allerlei raampjes zijn gesneden. Op de kap is een reeks grachtenpanden getekend, waardoor het lijkt of in al die kleine, gemoedelijke huizen licht brandt. Je kent dat moment, de gezelligheid van het avondeten na een lange dag in je winterjas op straat en in de tuinen met Nina en haar broers tot het te donker wordt en in alle huizen de lampen aangaan, ook in dat van hen – en ze naar binnen worden geroepen. Je dwaalt daarna vaak lang over de stoep, fietst doelloos door de straten. Elke verlichte huiskamer is een glassplinter in je oog. Wat je uiteindelijk altijd weer naar huis doet terugkeren, is Alexander. Het is een vloek dat zijn geluk van jou afhangt en, omgekeerd, dat jouw geluk van hem afhangt.

'Genoeg zo,' zeg je.

Als Alex ligt te slapen, met stille neusvleugels en jouw jojo in zijn hand, klim je de ladder van het stapelbed af en opent de deur. Je gaat boven aan de trap zitten, je voeten op het koude hout van de bovenste trede – en luistert in het licht van de overloop naar de zachte stemmen in de keuken.

'Wat een verdrietige dag,' zegt oom Otto tegen tante Josephine. 'Zelfs voor jou.'

'Ik ben eigenlijk alleen maar opgelucht. Dat het nu eindelijk eens ophoudt. Weet je wat me vanmiddag te binnen schoot? Dat hij een keer met een revolver door het huis liep. Echt waar. Zo zwaaiend met dat ding door de lucht. Ik had het nog nooit gezien. Het lag waarschijnlijk in de geweerkluis. Nee, of die keer dat Peter ruzie had met onze moeder en dat hij zo hard op Peters oor sloeg dat die niets meer kon horen. Nu hij weg is, is dat ook verder weg. En het is fijn voor Peter, ook, want nu is er weer wat geld.'

Het blijft even stil. Je stelt je voor dat je oom knikt. Niet één keer, maar vele malen, zoals hij doet.

'En je moeder dan?'

'Zijn lievelingskleur. Geel. Had jij dat ooit gehoord? Ik niet. Als het niet te wreed klinkt, ik heb vaak gedacht: laat ze allebei heengaan, dan ben ik ervan af.'

Je begrijpt wat je tante zegt. Steeds vaker hoop je dat je ouders, tegelijkertijd, uit je leven vallen. Soms probeer je het teweeg te brengen door een ongeluk te visualiseren. Als je bijvoorbeeld weet dat ze met z'n tweeën in de auto zitten, dan beveel je in gedachten je vader: 'En nu gooi je het stuur om! Nu zet je de auto tegen die boom!' Het zou dé oplossing vormen voor de poppenkast die je leven is – en bovendien de weg vrijmaken voor Nina.

De volgende ochtend – heel vroeg, oom en tante slapen nog – hoor je je broertje in het bed onder je woelen. Je leunt over de rand van je matras. Alex schopt en beweegt met zijn hoofd alsof hij door kinhoog water waadt. Net te diep.

'Nee,' zegt hij, 'Nee!' Hij schudt zijn hoofd hard heen en weer en glijdt uit, lijkt het, valt, en trekt zich omhoog aan de rand. Hij schopt en slaapt nog. Slaapt en schopt. Nergens water te bekennen, en hij blijft maar schoppen.

'Hé,' zeg je. 'Hé!'

Je broertje reageert, met gesloten ogen: 'Ja! Waar ben je? Waar ben je?'

'Hier.'

'Help! Ik kom er niet op! Hij gaat me pakken!' Hij schopt nog eens. 'Help me dan!'

Je strekt je arm uit naar beneden.

'Pak vast! En ik trek je de kant op!'

'Waar?' Alex kan je hand niet zien.

'Hoger!' zeg je. 'Je hand! Hier!'

Je leunt nog verder naar voren en grijpt naar Alex' hand, maar je mist en valt uit het bed, op de koude, harde grond.

Later die ochtend, tijdens de wandeling met Max, Mabel en Boubie, zegt oom Otto dat hij het heel lief vindt dat je je jojo aan je broertje hebt gegeven. En tante Josephine ook. Hij klopt zijn pijp uit tegen zijn hak. Jullie wachten op Alex, die iets achteroploopt met Max. 'Doet je arm nog pijn?'

'Nee,' zeg je. 'Valt mee.' Je pols doet nog wel pijn en je schouder en elleboog ook, maar je zegt niks.

'Wil je een nieuwe jojo?'

Je schudt je hoofd. Je wil geen andere jojo, je wil niet naar huis, je wil híer blijven, met Alex, bij oom Otto en tante Josephine – niet terug moeten naar Peter en Annabelle, dat is wat je wil. Maar oom Otto heeft het niet door of doet net alsof.

'Zeker weten?'

'Ja.'

'Jammer.' Ineens kijkt je oom opgewekt en pakt de verrekijker die om zijn nek bungelt. Hij tuurt naar de bosrand aan de andere kant van het veld, waar jullie ooit twee damherten zagen. 'Nee, toch gewoon een tjiftjaf.' En met scheve mond brengt hij de verrekijker omlaag. 'Je kon er zulke goede trucjes mee.'

Je haalt je schouders op. 'Ik geloof dat ik te oud word voor een jojo.'

Je oom haalt het touw van de verrekijker van zijn nek en houdt je het legergroene instrument voor. 'Deze dan even?'

Je schudt weer je hoofd. 'Nee.' En na een moment van twijfel: 'Dank.'

'Oom Otto?'

'Ja, jongen.' Je oom draait naar je broertje toe, die is aangesloten met Max. Zijn staart kwispelt tegen je benen. Zijn poten zijn nat.

'Ik heb heel lang niet geweten wat "beter dan niks" betekent. Maar inmiddels begrijp ik het wel.'

Je oom lacht. Jij niet.

'Wat goed,' zegt je oom. 'Hoe kom je daar nou ineens op?'

Hij en tante Josephine weten wat er thuis gebeurt, en toch vragen ze niet of Alex, Emilie en jij op de Veluwe komen wonen.

Hij mag zijn jojo's en zijn verrekijkers en zijn vogels en gezellige vragen houden.

Je zit met je vader aan het bureau in je kamer. Jullie zetten het chassis in elkaar van een op afstand bestuurbare auto: de wielbasis, de aandrijfas, de vering. Alles moet gesmeerd. Je kijkt naar je vaders duimen – drie keer breder dan de jouwe – die in het licht van je bureaulamp te werk gaan. Het is deze stilte die de toon bepaalt, de intimiteit tussen jou en hem voelbaar maakt. Jullie maken (staand, voor het open raam) de binnenkant van de carrosserie – een plastic kap – met een kleine spuitbus wit, op de ramen na, natuurlijk, en beplakken de buitenkant met stickers. Jullie schilderen met kleine potjes Revell-verf voorzichtig de wit-plastic uitsnede van het interieur, maken het met reepjes klittenband vast aan de carrosserie: twee bovenlichamen die de chauffeur en navigator voorstellen. Jullie werken avondenlang aan de auto, tot elk detail klopt met de voorkant van de verpakkingsdoos (de labels op hun veiligheidsgordels, de rode voering van hun helm, het plaatje met hun naam en bloedgroep).

4

Laren, Bussum en Zutphen, 1995-1996

Nina en jij zoenen. Het is de eerste week na de zomervakantie die de brug vormt naar groep acht. Jullie staan in de bosjes bij de parkeerplaats van de tennis- en hockeyclub, tegenover het gemeentezwembad.

Het is laat op woensdagmiddag, de zon schijnt. Nina heeft net als jij haar tenniskleren nog aan. Jullie zijn zo'n beetje de laatsten uit de klas die nog niet hebben gezoend. Voor haar reden genoeg het nú te doen. Jij kunt je bij zoenen niets anders voorstellen dan een hap natte aarde nemen en Nina lijkt ook te weifelen, maar uiteindelijk blijken jullie nieuwsgierig en statusgevoelig genoeg.

Al snel liggen jullie, leunend op gehoesde tennisrackets, uren in de heesters te zoenen, zo lang dat Nina en jij allebei misselijk worden, en toch zoenen jullie door – auto's rijden langs, fietsers, een enkele wandelaar, een man die stopt met zijn hond; de wereld trekt voorbij aan jullie begravelde schoenzolen, maar niemand ziet jullie liggen en jullie hoeven je niets aan te trekken van die optocht. Jullie hebben je eigen genot gevonden. Een genot dat jullie volwassen genoeg maakt voor de middelbare school. Want in de schaduw van die wetenschap, die overstap, leeft de hele klas.

'Ik moet naar huis,' zegt Nina als het bijna zes uur is.

Je knikt. En liegt. Een beetje. 'Ik ook.'

'Zie ik je morgen?'

Je knikt weer. Maar liegt nu niet.

'Na school?'

'Ja. Bij jou?'

Nu knikt Nina. En, net als jij, met een glimlach.

Een andere dag, niet veel later, liggen Nina en jij tussen haar kussens en knuffels op haar bed. Je ligt boven op haar. Nina is langer en heeft een neus met een knikje erin, dat je telkens kust en dan voel je je tenen tegen de binnenkant van haar enkels drukken en je lichaam naar boven schuiven en weer omlaag.

Je zou dit de hele middag kunnen doen, dit kussen en dit heen en weer schuiven. Je krijgt er een harde piemel van, die na verloop van tijd moet schokken en dat is een heel prettig gevoel.

Ineens vind je het fijn om 's ochtends met Charlotte en Maurice op Nina te wachten (Alex heeft inmiddels een eigen fietsgroepje), om in de klas briefjes door te geven, en om na school voor het fietsenhok van de bovenbouw op haar te wachten; en ineens vind je het irritant dat Alex na school met jou in de tuin wil hockeyen en spelletjes wil spelen op de computer. De jojo heeft niet gewerkt; je broertje geeft je het gevoel dat je naar huis moet komen en vooral: thuis moet blijven.

Dat je voor hem een thuis moet zíjn.

Maar jij wil én kunt ergens anders zijn.

Waar het licht en stil is en veilig.

Nina woont alleen met haar moeder. Het is vervelend dat die doordeweeks en op zaterdag vaak wil dat jullie beneden in de speelkamer spelen, of buiten, in de tuin. Je denkt de hele tijd: we hadden nu ook kunnen liggen zoenen.

'Jouw ouders hebben toch heel vaak ruzie?' vraagt Nina op een dag op haar bed.

Je schudt je hoofd. 'Nee.'

'O, dat zegt mijn moeder. Dat dat niet fijn is voor jullie ook, dat iedereen het weet.'

'Ja, wat je moeder zegt, daar heb ik niets mee te maken. Zullen we weer zoenen?'

Nina knijpt haar lippen samen en knikt.

Het geluk is van korte duur. Tegen het einde van het schooljaar vertelt Nina dat ze gaat verhuizen naar het zuiden van het land. Haar moeder heeft daar een baan gekregen in een ziekenhuis. Op de eerste brief die je haar schrijft, hoor je niets terug. Op de tweede evenmin. En op de derde ook niet.

Na de vakantie hoor je op het onderbouwplein van je nieuwe school dat Nina in de zomer terug is geweest in het dorp. 'Het is een gokje, hoor,' zegt Floris, 'maar ik denk dat ze niet echt verliefd was.' Je schudt van nee, maakt een schamper geluid. Je zegt dat ze waarschijnlijk boos was dat jíj na haar verhuizing niets meer had laten horen. Hoe dom is het van haar geweest te denken dat jíj verliefd was, zeg je. Op háár.

Echt, wat dacht ze nou?

Op een zaterdagmiddag fiets je in je hockeykleding de straat in. Twee buurjongens zijn aan het voetballen. Ze beschermen hun eigen lege bierflesje terwijl ze dat van de ander omver proberen te schieten. De bal maakt een droog geluid terwijl hij over de straatstenen rolt. Je broertje zit op de stoeprand met zijn rug naar je toe naar ze te kijken, zijn hoofd beweegt mee met de bal. De jongens zijn ouder dan Alex en jonger dan jij. Als jij meedeed, mocht hij wel meedoen – zo werkt het.

Peter en Annabelle zijn niet komen kijken bij je wedstrijd. Meestal is dat geen goed nieuws.

Vlak naast je broertje breng je je fiets tot stilstand. Je vraagt waarom hij niet meedoet, klaar om de jongens uit te leggen dat hij ook mag meedoen als jij níet in de buurt bent.

'Geen zin,' zegt Alex. Hij kijkt naar de voorband van je nieuwe fiets. Het profiel is nog heel duidelijk te zien. Hij legt een hand erop. 'Ze hebben ruzie... En ik ben mijn hockeyschoenen kwijtgeraakt.' Zijn hand volgt de band. 'Ik weet niet wat ik moet doen.'

Nu zie je het: je broertje heeft zijn normale gympen aan. 'Blijf hier maar zitten,' zeg je. 'Ik ben zo terug.'

Je gaat je op afstand bestuurbare auto halen. Alex vindt hem fantastisch en de buurjongens ook.

Je parkeert je fiets tegen de muur van het huis. Je opent de voordeur zo voorzichtig mogelijk, het geschreeuw van Peter en Annabelle wordt luider. Je legt je fietssleutels op het kastje in de hal, onder het schilderij van de vissersjongens, bergt je sporttas en hockeyschoenen weg in de kelderkast en loopt de trap op. Als je op de overloop staat, komt Annabelle de hal binnengestormd. Ze loopt terug tot in de deuropening. 'Je bent net zo gek als je vader!' schreeuwt ze. 'Alleen slechter met geld. Dus natuurlijk laat hij het niet aan jou na. Ik had nooit met je moeten trouwen. Nooit! Ik hield niet van je! Ik deed het alleen maar omdat ik van je in verwachting was! Ik kon niet anders!' Ze weert iets af met haar arm.

'Gemeen,' zegt Peter. 'Hoor je dat? Je bent gemeen.'

'Ik zeg alleen wat wáár is.'

Nu zie je je vaders handen je moeder vastpakken.

'Doe maar, klootzak. Sla me maar. Dat is toch wat je wil? Slaan? Net als je vader? Doe dan!'

Je hebt vandaag drie keer gescoord. Je denkt: jullie doen maar. Hopelijk maken jullie elkaar af. Dan verdwijnt een van jullie onder de grond en de ander in de gevangenis.

Je hoort een scherpe klap. Annabelle ligt op de vloer van de gang. Haar hoofd schudt driftig heen en weer. Peter staat dreigend boven haar.

'Ja,' zegt ze met hese stem. 'Heel goed. Sla me maar. Doe maar. Pak me maar. Daar geniet je toch van? Dat vind je toch lekker, mij slaan?'

Jullie zitten aan de keukentafel. Je moeder heeft haar ochtendjas aan, je vader draagt een groene trui over een wit overhemd. Zijn stem trilt, zijn ogen zijn vochtig. Hij vertelt dat oma vannacht een hartinfarct heeft gehad. Waarschijnlijk zal ze niet meer herstellen.

De volgende dag rijden Emilie en jij met Peter naar jullie grootmoeder in Zutphen. Voor Alexander zou het volgens Annabelle te 'belastend' worden, zo'n 'gezicht' en 'dat tafereel'. Je vraagt je af wat er is gebeurd met je grootmoeders gezicht; haar huid lijkt los om haar schedel te zitten; nergens is een grammetje vet te zien.

Het hele huis hangt vol met gele briefjes: 'Gas uit,' dicteert eentje. 'Sleutels mee,' beveelt een ander. Op de keukentafel staan een pot versuikerde honing en enkele gebutste ijzeren blikken met deksels met verroeste randen en een etiket met twee gespiegelde paardenhoofden in zijaanzicht. In de hal, onder aan de dubbele trap, hangt een schilderij met het familiewapen. Je herkent het van je vaders zegelring.

Emilie en jij blijven in de zitkamer, Peter gaat naar boven. De muren en meubels worden steeds donkerder. Het licht kleurt groener. Een boom buiten lijkt meer licht te geven dan de zakkende zon.

Dan komt Peter naar beneden. Hij kijkt je zus aan, knikt en ze gaat naar boven.

Als Emilie enkele minuten later de zitkamer binnenkomt, sta je op.

'Hoe was het?'

'Ja. Prima. Ze sliep dus ik heb haar laten slapen. Misschien wordt ze zo wakker.' Ze neemt plaats op de bank.

Terwijl je daar zo staat, voel je ineens een grote onzekerheid, omdat je je grootmoeder maar zo weinig hebt gezien. Die onzekerheid slaat om in een onheilspellend gevoel. Kun je nog weg?

Ze ligt in haar slaapkamer in een ziekenhuisbed, haar handen rusten op witte lakens. Je kunt haar voeten goed zien onder het dunne laken. Ze heeft haar ogen en mond dicht, maar ze ademt te onrustig voor iemand die slaapt. De kamer ruikt zoet, als een vijver in de zomer. Dan opent ze één oog. Ze kijkt je kort aan en sluit het weer.

Een tijdje blijf je naast het bed staan, verbaasd over het formaat van de kamer. Je hebt dat vroeger nooit gezien, hoe groot hij is. Net als je weg wil lopen, opent ze haar oog opnieuw en zegt je naam, begint weer over je gele broek. Ze spreekt ook over de auto die op het pad staat en dat je een stukje moet rijden voor het onderhoud van de motor en de accu, over de post die op de mat ligt, dat je die voor haar mag openmaken en over het gras dat je moet maaien, Fred.

Je twijfelt wat je moet zeggen, dat je te jong bent om te rijden, dat op de mat geen post ligt, dat je het gras zal maaien, ook al ben je Fred niet.

Je grootmoeder kijkt je lang aan. 'Op zolder ligt een koffer vol met geld,' zegt ze dan. 'Ik wil dat je die meeneemt. Het geld mag beslist niet naar mijn zoon of dochter.'

Daarna gaat haar oog weer dicht. Maar je hoort aan haar ademhaling dat ze wakker is. Als ze opnieuw haar oog opent, noemt ze je ineens weer bij je echte naam, de naam van je grootvader. 'Doe je wat ik zeg?'

Je knikt, wacht tot haar oog weer dichtvalt en verlaat stilletjes de kamer.

In de zitkamer vertel je Peter wat je grootmoeder heeft gezegd. Alleen de opmerkingen over het grasmaaien en dat hij en tante Josephine het geld niet mogen hebben, laat je achterwege.

Je weet niet wat je verwachtte, wellicht dat hij zou zeggen 'Wist ik al' of 'Dankjewel', of dat hij naar boven zou stormen, of enkel kort zou knikken – maar hij reageert amper.

'Peter?' zeg je. Stilte. 'Pap?'

'Ja?'

'Hoorde je wat ik zei? Een koffer. Met geld! Dat we mogen hebben!'

'Ik hoorde je wel.'

Als je weer op de bank gaat zitten en Emilie aankijkt, wendt ze haar blik af en het voelt – ineens begrijp je die uitdrukking – alsof ze haar handen van je aftrekt. Waarom? Had je dit met haar moeten bespreken? Maar oma is toch Peters moeder en jóuw oma? Of zou ook zij van het geld hebben gehoord en niets hebben gezegd?

In de auto zegt ze: 'Ik heb er niets mee te maken. En als ik jou was, zou ik er ook niets mee te maken willen hebben. Denk je dat Peter dit aan Josephine gaat vertellen? Hoe meer je ziet, hoe meer je weet, hoe ingewikkelder alles wordt.'

Twee dagen later vertelt Peter tijdens het avondeten dat hij op zolder een koffer met geld heeft gevonden. 'Er zat heel veel geld in.'

'Hoeveel?' vraagt Alex, die nog helemaal geen besef heeft van grote getallen.

'Bijna zeventigduizend gulden,' zegt Peter.

'Wow,' zegt Alex.

Je vader schudt zijn hoofd. 'Gek oud wijf.'

'Gek oud kréng,' zul je bedoelen, zegt Annabelle. 'Al die tijd dat ze jou afwimpelde en zei dat je het maar met je vader moest bespreken, had ze die koffer op zolder liggen.'

'Ga je het aan oom Otto en tante Josephine vertellen?' vraag je.

'Oom Otto heeft hier niets mee te maken,' zegt Annabelle.

Je blijft Peter aankijken. 'Tante Josephine dan?'

'Ik heb het haar al verteld. Ze wil er niets mee te maken hebben. Het is dus ook niet aan jullie om daarover te beginnen. Begrepen?'

Je knikt.

'Jij?'

Alex knikt ook.

Emilie neemt een hap van haar kapotgekookte broccoli, gevolgd door een slok water. Peter kijkt haar aan. 'Natuurlijk,' zegt ze.

Je begrijpt nu wat je zus bedoelde.

Het zaaltje is breed en ondiep en heeft bakstenen binnenmuren. Het vloerkleed is grijs en vuil. Je oom en tante staan aan de ene kant van de kist en Peter, Annabelle, Emilie, Alex en jijzelf aan de andere kant. Annabelle draagt een donkere jurk, met hier en daar een wit accent, een reepje stof op een heup, op een schouder, over een borst. Ze draagt ook een witte roos. Peter houdt een toespraak: hij vertelt wat een bijzondere en sterke vrouw zijn moeder is geweest, wat ze allemaal heeft gedragen en verdragen, en dat het bijzonder is dat in deze tijd van verdriet zijn zus en hij weer bij elkaar zijn gekomen – dat iedereen weer bij elkaar is gekomen.

De meest opmerkelijke leugens zijn niet de dagelijkse, kleine leugentjes die een gezin bij elkaar houden, noch de kluwen grote leugens die de 'boel' of 'maatschappij' bij elkaar moeten houden: de meest opmerkelijke zijn de leugens die mensen zichzelf vertellen en die ze zelf geloven, die zo hun eigen waarheid worden – het is die 'waarheid' die henzelf bij elkaar houdt, die voorkomt dat hun diepste gevoelens en hardste falen een naam krijgen, dat ze plekken worden op een kaart, plaatsen die je kunt bezoeken en waarover je kunt spreken.

Misschien, hoop je, helpt het geld. Sinds de vondst van de koffer maken ze thuis minder ruzie.

Alex en jij spelen Quake op jouw kamer, al sinds Tank Wars en The Secret of Monkey Island is hij een trouwe metgezel – 'Nee, niet daar, die deur was dáár, de trap op!' –, als oom Otto op de deur klopt en binnenkomt: 'Hé, jongens, hoe is het hier?'

'Goed,' zegt je broer. Hij is de lengte van zijn jojotouwtje aan het inkorten, zodat hij ook zittend kan werpen.

Je kijkt Alex' kant op en knijpt je ogen samen en probeert hem zo het zwijgen op te leggen, maar hij ziet je niet. Oom Otto kijkt je vragend aan. Je haalt je schouders op, kijkt naar het beeldscherm, een bevroren beeld van slome monsters met bebloede monden. Tante Josephine en hij hebben jullie, zojuist na de crematie, verteld dat ze naar Frankrijk gaan verhuizen. Je bleef na de mededeling nog maar kort beneden. Je drukt weer op play.

Oom Otto komt naast de computertafel staan en legt een hand op je schouder. Hij vraagt of er 'iets' is en kijkt dan naar het beeldscherm, waarop je door grijsbruine keldergewelven vol lavapoelen rent, gewapend met een raketwerper.

Je zegt dat er niets aan de hand is.

Oom Otto komt gehurkt tussen jullie zitten. Je stopt met rondlopen in de digitale omgeving. 'De Veluwe is een fijne plek, maar de wereld heeft meer te bieden dan heidevelden en dennenbossen, vinden jullie ook niet? Bergen, rivieren, kliffen, eindeloze velden. We wonen ook dichter in de buurt van iemand van wie jullie tante erg onder de indruk is. En jullie kunnen altijd langskomen, dat weet je, hè?'

Je zwijgt.

'Zijn jullie boos?'

Zijn jullie boos? Natuurlijk ben je boos. Je ouders, je zus, je oom en tante en zelfs je broertje: iedereen die je hier gevangenhoudt of achterlaat, maakt je boos. Zelfs de klokken van de kerktoren die te onvrijwillig slaan, maken je boos. Ze slaan de uren die je hier vastzit te langzaam weg.

En ineens moet je denken aan wat Floris heeft gezegd over Nina, nadat ze niets meer van zich had laten horen – 'Ik denk dat ze niet echt verliefd was' – en al is het meer dan een jaar geleden, je voelt je weer even gekwetst en alleen.

'Nou?'

Je kijkt opzij naar Alex. Hij is een mooi kind, zoals alle kinderen; het is de onschuld in hun ogen, die alles opnemen zonder voorkennis, vooroordeel of eigenbelang. Voor die ogen, voor hem, wil je niks verpesten.

'Nee,' zeg je. 'Ik ben niet boos. We komen graag.'

‘Goedemorgen.’ De stem van Annabelle, de geur van vers stokbrood. ‘Kom je ontbijten?’ In haar hand houdt ze een witte mok, gevuld met koffie. Ze draagt haar nieuwe, roze ochtendjas.

‘Ik kom.’

‘Gezellig.’

Gezéllig. Gistermiddag nog, toen de urn van oma in het graf van opa zou worden bijgezet, was het huis weer eens te klein. Nu is het ‘gezellig’. Met de slaap in je ogen loop je een moment later de trap af. Je leven schiet heen en weer tussen dit soort ‘gezellig’ en ruzies zoals die van gisteren.

Dit is het leven – *je* leven.

De eerste bewuste gedachte van de dag, een gewaarwording die de zintuiglijke indrukken overtreft, ze samenvat.

In dit huis.

Op de keukentafel staan eieren, croissants, ovenstokbrood, een karaf sinaasappelsap en een karaf veenbessensap.

‘Goedemorgen,’ zegt Peter terwijl hij de kazen op tafel zet. ‘Het is hier, zoals je moeder altijd zegt, geen hotel – maar ik denk niet dat je ergens een beter ontbijt krijgt.’

Emilie en Marthe zitten naast elkaar, tegenover Alex, al aangekleed. Marthe is blijven slapen zodat ze weer de hele dag samen kunnen studeren voor hun schoolexamens. Marthe en je zus hebben dezelfde soort kleren aan, een lichtblauwe spijkerbroek met gaten, een wit T-shirt met lange mouwen met daarover een zwart shirt met korte mouwen van een rockband: Marthe eert Fleetwood Mac, Emilie roemt Nirvana.

Marthe vraagt je of de nieuwe school bevalt. Je knikt. Je zus zegt iets over wat je aanhebt naar school, dat jullie moeder jou nog altijd in een overhemd en trui met kraagje de deur uit stuurt.

'Waarom kan dat niet?' zegt Annabelle vanaf het hoofd van de tafel. 'Hij ziet er toch leuk uit zo?'

Je voelt je wangen warm worden en durft Marthe niet meer aan te kijken.

'Mám, dat kan echt nie–'

'Hij ziet er toch netjes uit?'

'Mam!' roept je zus.

'Wat?'

'Hij ziet eruit als een kleine kakker!'

De staartklok aan de muur tikt te langzaam. Je wil weg. Maar waar kun je heen?

Je ligt aan het voeteneinde op het grote bed van je ouders, je hoofd in je handen. Je vader zit op de vloer, zijn rug tegen de bedrand, soms leg je je hoofd op zijn schouder – ja, daar is hij, sterk, tastbaar. James Bond, deze keer gespeeld door Timothy Dalton, staat weer op na de eerste ronde van een gevecht dat niet te winnen lijkt. Het is de James Bond-filmmaand, elke avond kijken jullie twee een Bondfilm, ook al wil je moeder dat je op tijd naar bed gaat. Stel je voor dat je vader 'Terecht' zegt, en: 'Ze wil natuurlijk dat je morgen op school niet zit te knikkebollen. Maar dit is ook onderdeel van een goeie opvoeding. Waar anders zie je zulke achtervolgingen, met motors, auto's, helikopters en onderzeeboten? Of een auto die verandert in een onderzeeër?' Als het te eng wordt, sluit je je ogen en wacht je tot je vader zegt: 'Doe ze maar weer open.'

5

Laren en Villars-sur-Ollon, 1996

Met een druk op een grote rode knop opent je vader de deuren naar de intensivecareafdeling. Tl-buizen vullen de raamloze gang met steriel licht en worden gereflecteerd in de brede, glazen schuifdeuren.

Je moeder ligt in een bed op wielen. De lakens zijn zo hoog opgetrokken dat je alleen haar gezicht en armen kunt zien. Haar haar, normaal een zonnegloed, is klitterig en dof als hooi. Haar wangen zijn ingevallen en haar lippen gebarsten. De mosterdgele huid van haar armen hangt los om dunne spieren en bot. Aan de binnenkanten van haar pols en elleboog houden witte pleisters met plastic randen infuusnaalden op hun plek. Om een van haar wijsvingers zit een klem met aan de binnenkant een rood lampje. Onder het bed hangt iets wat op een waterreservoir lijkt en continu borrelt. Om de zoveel seconden klinkt een dreigende piep.

Achter het bed een horizontale strip met stopcontacten, schakelknoppen en metalen aansluitingen, daarnaast een monitor met een dunne, groene, bewegende lijn. Je broertje kijkt ernaar met gefronste wenkbrauwen.

Alles lijkt opgetuigd om te onderstrepen dat ze ziek is.

Het is moeilijk te zien of ze pijn heeft, dus vraag je dat. 'Nee,' zegt je vader. 'Ze houden mama in slaap, dat is beter voor haar.'

Je loopt naar het ziekenhuisbed en laat je hand rusten op de vaalgewassen lakens. Alex komt naast je staan. Buiten onder het raam staat een beuk met kale takken. Op de stam zitten ronde plekken waar takken zijn weggezaagd. Een nachtegaal, die daar in dit jaargetijde helemaal niet hoort te zijn, hopt rond onder aan de voet van de boom. Vroeger had je die vogel gevraagd waarom hij voor de winter niet zuidwaarts is gevlogen. Maar je hebt geleerd: gedachten zijn veroordeeld tot de cel van je hoofd, gevoelens tot de gevangenis van je lichaam.

Het is een middag in januari, nat en koud, net zoals alle andere dagen in januari die je hebt meegemaakt. Alleen ligt je moeder nu in een coma.

Vorige week werd Annabelle wakker met buikpijn. Ze bleek een cyste in haar eierstok te hebben, waarvoor ze met spoed moest worden geopereerd; een tweede, grotere operatie bleek nodig – en toen kreeg ze een infectie.

'Als je nog wat tegen je moeder wilt zeggen,' zegt Peter. 'Dan moet dat nu. Het is niet zeker dat ze nog wakker wordt.'

Je voelt Alex naast je verstijven. Nu pas hoor je je zus op de gang huilen.

Je dacht al een tijdje dat je het verschil begreep tussen slapen, in coma liggen en dood zijn. Nu weet je dat niet meer zo zeker.

Haar onderlip is een beetje haar mond in getrokken. Haar oogleden bewegen niet. Haar oren horen de geluiden om haar heen niet.

Ondanks je twijfels over telepathie, wil je wel heel, heel graag dat je moeder je verstaat, weet wat je denkt. Mama, we zijn hier. *Alsjeblieft*: niet doodgaan.

Je moeder overleeft die middag en die avond en die nacht en ook de volgende dag en elke dag erna, hoewel ze nog wel weken in coma ligt. En elke dag rijdt je zus met haar brommer naar het ziekenhuis. Na school. En dan naar huis om te eten. In het donker en in de kou en in de regen. Ze huilt, achter haar vizier, ook 's ochtends al, weet je. De mascara, waarvoor ze hard heeft moeten vechten met jullie vader, loopt zo vaak uit dat ze stopt die te dragen. Ze is zeventien en ze zit naast het bed van jullie moeder en studeert zo voor haar eindexamen: met een boek op schoot, terwijl ze jullie moeders hand vasthoudt.

Je zit met Alex aan de keukentafel. De afzuigkap loeit. Sigrid, een struise vrouw met twee onderkinnen en dunne lippen, staat achter het fornuis. Peter heeft haar ingehuurd. Ze praat in zelfverzekerde zinnen: 'Wij moeten door, dat is wat we doen, doorgaan, jullie moeder net zo goed als wij.'

De klok op de magnetron geeft halfzes aan en het is buiten nog steeds licht. De dagen worden langer. Emilie en Peter zijn nog niet thuis. Toch gaan jullie al aan tafel. Alex werpt zittend zijn jojo uit en kijkt naar Sigrids brede achterwerk en vraagt of jullie niet op Emilie wachten. Sigrid draait zich om en loopt met de koekenpan in haar hand naar jullie toe. Ze schudt kort en krachtig en een tikkeltje geïrriteerd haar hoofd. 'Nee,' zegt ze. 'Die kan later eten. Jongens zoals jullie moeten op tijd eten om groot en sterk te worden. Leg die jojo nu maar even weg.' Ze schept een grote custardpannenkoek op Alex' bord.

'Hmpfh.' Hij lijkt niet ontvankelijk voor de televisiereclame die Sigrid probeert te regisseren.

'Dat ziet er lekker uit,' lieg je in een poging om de sfeer wat op te krikken.

'Daar hebben we niets aan,' zegt Sigrid. 'Het moet lekker smaken.'

Peter zit op de rand van je bed. Het licht van de gang valt in een langwerpige driehoek je kamer binnen, op de vloer, het bed en het schuine plafond. 'De voorjaarsvakantie komt eraan,' zegt hij. 'Betaald en al. We kunnen net zo goed daar wachten als hier, geloof ik.'

Je begrijpt het niet. 'Kunnen we dan toch met wintersport?'

Peter knikt. Hij maakt zijn duim nat en wrijft ermee over de zegelring.

Even ben je stil. 'En mama dan?'

'Je moeder kan niet mee, natuurlijk. Maar als er iets verandert, als de situatie verslechtert of verbetert, gaan we meteen terug. Meteen.

Bovendien: je zus blijft hier. Dat wil ze. Ze moet leren voor haar eindexamens. Marthes ouders houden een oogje in het zeil.'

Je zwijgt. Peter tuit zijn lippen, waardoor zijn snor haast recht vooruit komt te staan. Hij brengt zijn duim en wijsvinger langs de opstaande haren langzaam naar elkaar toe.

'Sneeuw, zon, het hotel. De voetbaltafel en airhockey. Het eten. En het is ook voor jou en je broertje fijn om er even uit te zijn. Wat denk je?'

Met gekruiste benen zit Alex op bed. Over het groen-wit gestreepte behang zit op ooghoogte nog steeds één strip eendenbehang, de watervogels voor altijd gevangen in hun vlucht. De vloer is een puinhoop. Overal liggen houten blokken, speelgoedauto's en legostukjes. Boven op een omgekeerde plastic Curverbak ligt een opengeslagen boek van Annie M.G. Schmidt, *Het wintercircus*. Jullie hebben in het verleden de zwart-wittekeningen ingekleurd met pen.

Iets is mis met je broertjes ogen: ze zijn doffer, grijzer, grauwer dan een paar weken geleden.

'Hé,' zeg je. 'Wat is er?'

Alex spreekt zacht: 'Het is mijn schuld. Het is mijn schuld dat mama zo ziek is. Ze is altijd boos op me. Ze zei een keer dat ze buikpijn kreeg van mij. Sigrid zegt ook dat ik te druk ben, dat ik tussen mijn rommel rondloop als een kat, dat ik verder rondren als een hond en dat ik kwetter als een vogel.'

'Het is niet jouw schuld dat mama ziek is. Het is helemaal jouw schuld niet.' Je keel voelt dichtgeknepen aan. 'Het gaat alweer goed met haar. Zo goed, dat we met vakantie kunnen. Zodat je lekker ontspannen naar school kunt, straks.' Je zegt dat jullie zus het een goed idee vindt, al heb je haar nog niet gesproken. 'En ik ook.'

Jullie staan op de parkeerplaats aan de achterkant van het hotel. De bergen op de achtergrond liggen vreedzaam onder de blauwe namiddaglucht. Vannacht heeft het hard gesneeuwd. De sneeuw onder jullie voeten is zo licht dat-ie amper kraakt of knarst als jullie erop lopen. Alex en jij moeten de auto sneeuwvrij maken zodat Peter boodschappen kan gaan doen voor de terugreis, morgen. Daarna mogen jullie weer airhockeyen en tafelvoetballen. De verse sneeuw dempt het geluid, zelfs dat van de ijskrabber, en alle vormen lijken zacht en onschuldig. Alex beweegt de borstel met een zwiep over de voorruit. Fijne sneeuw stuift op in het zonlicht en vormt een regenboog.

'Kijk,' zeg je. 'Zie je het?'

Je kijkt naar de glinsterende waterkristallen. Alex knikt. Op zijn voorhoofd zit een bult die rood en paars schemert. Gisteren is hij zo ver naar voren geheld tijdens een sprong dat hij op zijn rug viel en met ski's en al diep wegzakte in de sneeuw, zijn omtrek zichtbaar als in een tekenfilm. Zijn muts zat scheef en er zat sneeuw tussen zijn bril en zijn gezicht.

'Wauw,' zei hij nadat je hem overeind had getrokken, zijn gezicht een en al glimlach. Schaamte overviel je omdat je veel te hysterisch 'Alex, gaat het?!' had geroepen.

Peter gaat 's ochtends niet mee de berg op. Hij brengt jullie voor de skiklas naar de lift en keert daarna terug naar het hotel. Na jullie ochtendklas met vijf of zes andere kinderen, lunchen jullie met de leraar die jullie 's middags meeneemt voor een privéles. Om drie uur kunnen Alex en jij nog een klein uur met elkaar skiën. En elke dag riskeert je broertje tijdens dat laatste uur op de piste minimaal één keer zijn leven. Hij is een meester van de piste – snel, wendbaar, kalm, slalomt behendig tussen bomen en liftpalen door en gebruikt pisteranden en bobbels als schansen –, maar hij kent geen angst.

Voor jou voelt skiën als een gevecht tussen verzuurde spieren en de mogelijk vernietigende aantrekkingskracht van de aarde, zo steil lijkt de piste, zo diep oogt het dal. Elke bocht is een inspanning, elke voltooide draai een stap dichter bij het doel: in één stuk beneden komen. Voor Alex is het skiën zelf, de afdaling, het doel. Hij beweegt alsof hij helemaal niet kan vallen, manipuleert de zwaartekracht, terwijl jij je gedraagt alsof elke valpartij resulteert in een dodelijk ongeval. Ergens tussen die twee polen, weet je, bevindt zich de waarheid, maar wat je broertje doet, voelt vrijer.

Pas in de laatste lift omlaag, als de kou nog fris in je longen knispert en je skipak steeds warmer begint te voelen, weet je dat je veilig bent – en je broertje ook.

Peter komt de parkeerplaats op gelopen. Hij heeft zijn telefoon in zijn hand, een apparaat ter grootte van een pak hagelslag, met een uitschuifbare antenne.

Hij klinkt geïrriteerd. Je hoort de stem van je zus. Ze schreeuwt, je vader komt er niet tussen. 'Wat? Even rustig. Wat zeg je?'

Je wist dat het verkeerd was. En toch ging je mee. Nu gaat je moeder dood en jullie zijn niet thuis.

Je hebt het gewenst.

Je dacht dat je haar niet nodig had.

Je had geen idee wat je wenste.

Wenste het toch.

Maar je meende het niet. Niet écht.

De kilometerteller geeft aan dat jullie honderdzestig rijden. De weg ligt vol dikke hopen bruine sneeuw, zeker op jullie weghelft. De auto trilt en maakt het geluid van een vuist die herhaald op tafel hamert. Eén keer glipt de onderzijde kort weg; je voelt – help! – de banden door de diepe sneeuw glijden naar de rechterbaan, maar daar krijgen ze weer grip.

In de achteruitkijkspiegel zoek je oogcontact met je vader. Peter kijkt je niet aan. Hij staart naar de snelweg die onder de auto door glijdt.

Emilie had verteld dat de artsen mama van de bloedverdunners hadden gehaald en dat een bloedprop van haar hart naar haar longen was gepompt, waardoor een verstopping was ontstaan.

'Ze weten het niet, zeggen ze,' had je zus gezegd, 'misschien gaat ze wel dood. En nu echt, dit keer.'

Ik wil niet dat je doodgaat, zeg je tegen je moeder, in gedachten. Ik wíl het niet. We kunnen nergens heen.

'Ik wilde niet gaan,' zeg je, nu hardop. 'Ik wilde het niet.'

'Nou, daar heeft je moeder nu niets aan,' zegt je vader. Je voelt zijn ogen via de spiegel strak op je gericht. 'Het gaat erom wat je deed. En jij ging mee.'

Je ligt hijgend onder het bed van je zus, de bodem dicht op je neus, de ijzeren ringen lijken op die van een maliënkolder. Je hoort je vader door de hal lopen. Hij roept je naam, herhaalt hem.

Zuurstof en stikstof ruisen afwisselend door je neusgaten, je hart bonkt zo snel in je keel dat het je kortademig maakt. Je jukbeen beukt van binnenuit tegen je huid, alsof de pijn zich een weg naar buiten probeert te forceren.

Je hebt wéér gezegd dat jullie niet met vakantie hadden moeten gaan. Doordat je achteruit stapte op het moment dat hij uithaalde, heeft hij je maar half geraakt. Daarna ben je naar boven gerend.

Vroeger verschuilde je je achter je bureau of in het opslaghok op de gang, onder het schuine dak, tussen het plastic en leer van de tassen en de koffers, maar je bent te groot geworden. Je mist het duister van dat hok en de geborgenheid van de nauwe ruimte achter je bureau. Je mist de momenten dat je kunt denken: dit is veilig, hier kan niemand me vinden, hier ben ik onzichtbaar.

De deur van de slaapkamer gaat open. Je houdt je adem in. Je ziet je vaders leren schoenen op de sisalvloer. De onderkant van zijn broekspijpen. Je denkt dat hij de deurklink nog vasthoudt. Het voelt alsof je longen enkel nog koolstofdioxide bevatten, maar je durft niet te ademen.

Dan, eindelijk, sluit de deur zich weer. Je ademt voorzichtig uit, kijkt omhoog, naar de bedbodem, zucht, en richt je blik dan langs je lijf, naar je voeten. Die waren niet te zien. Je bent veilig.

Als je je arm onder het bed vandaan steekt, word je vastgegrepen. Je schouderbladen schuren over het vloerkleed, je arm en gezicht klappen tegen het stalen frame. Opzij, in het licht, glimmen de schoenen van je vader.

'Haha! Ik hoorde je wel! Wat denk je wel niet, dat je slimmer bent dan je vader?'

Je fronst. 'Ja!' roep je maar, gewoon om hem tegen te spreken – al is dat niet helemaal het goede woord ervoor. Eerder doe je het om hem te beledigen.

'Zo'n grote mond.' Je vader houdt je wang stevig vast tussen zijn duim en vingers. 'Zo'n grote mond, voor iemand die zo klein is!'

'Hou op!' schreeuw je, terwijl je tegen zijn arm slaat. 'Hou op!'

De vingers van een van je vaders handen zoeken een weg rondom je hals. Je pakt zijn pols met twee handen vast. Te laat zie je zijn andere hand. Je probeert de slag nog af te weren.

Tevergeefs.

'Je houdt je grote mond. Je houdt je grote mond –'

Het bloed op je tong smaakt naar ijzer.

Annabelle, die wakker is geworden uit haar coma, móet het ziekenhuis overleven. Als ze straks weer thuis is, gebeurt dit niet meer. Dan hebben Peter en zij elkaar weer.

Je zit met je rug tegen je klerenkast, je knieën opgetrokken. Je wangen zijn nat.

De deur gaat open, je moeder komt binnen. Ze doet een lamp aan. Met één klik is de hele kamer te zien. Het felle licht doet pijn aan je ogen en je voelt je betrapt: ja, hier zit je.

Toch is het ook fijn dat iemand je zocht en heeft gevonden.

Je moeder komt naast je zitten. 'Wat is er, lieverd?'

'Ik dacht dat jullie elkaar pijn zouden doen.'

'Echt?'

Je veegt je neus af. 'Ja.'

'Ach, jongen toch. Kom hier.' Ze neemt je in haar armen. 'Papa en ik houden van elkaar. Soms, als je samenleeft, dan praat je iets te hard tegen elkaar. Dat klinkt altijd veel erger dan het is. En ik kan me voorstellen dat je daarvan schrikt. Maar ik hou van papa. En hij van mij. Soms schreeuwen we alleen even tegen elkaar.' Ze kijkt je aan en lacht voorzichtig. 'Enfin, dat heb je dus gehoord. Gaat het weer?'

6

Laren, Blaricum en Bussum, 1998-2002

Hockeyclub Laren. Een donkerblauw bakstenen gebouw van twee verdiepingen, geflankeerd door twee lage, lange kleedkamergebouwen – op zaterdag voor de jongens en de meisjes en op zondag voor de dames en de heren. Drie kunstgrasvelden en vier grasvelden waar nog maar zelden op wordt gespeeld. Je staat als tweedejaars C1 bij kunstgras 1 naar de wedstrijd van jongens B1 te kijken. Twee weken geleden mocht je, door een blessure in het elftal, meespelen. De coach gaf je naderhand een compliment en vroeg of je volgende week weer wilde meedoen, maar de vader van een van de jongens op de bank klaagde daarover. De wedstrijd golft op en neer en je dóet net alsof je meespeelt: in gedachten loop je jezelf vrij, geef je beslissende passes, maakt een doelpunt (in de korte hoek) – maar het trekt je minder dan vroeger, omdat je prestaties op het hockeyveld tegenwoordig afstralen op je ouders.

Er speelt nog iets anders. Je bent onrustig.

Een groepje meisjes komt aan het hek staan. Een heeft een hoge paardenstaart. Bruin haar. Een rijzig postuur. Lange, gespierde benen.

Je denkt: zíj is het. Je vraagt aan een teamgenoot wie dat is, hoe ze heet, het meisje dat daar staat te praten.

'Cato de Witte. Ze woont in Blaricum. Ze heeft een vriendje, Bernard heet-ie. Hockeyt op Gooische.'

Cato. Ca-to, de mond die tweemaal opengaat en tweemaal sluit, de lippen die elkaar raken, op twee en vier, de tong achter de onderste voortanden. Ca. To.

Je bent, net als veel teamgenoten, niet meer zo intensief met hockey bezig en na de trainingen, als jullie op de parkeerplaats hangen en elkaar een joint doorgeven, blijf je onrustig. Je wil iets anders.

Je kijkt in Cato's richting, maar als ze jouw kant op kijkt, wend je je blik snel af. Je weet nog niet precies hoe je dit gaat doen. Je probeert kalm te blijven en niet meteen weer te kijken, maar je bent rusteloos, opgewonden, je moet kijken om te bevestigen dat het echt is wat je ziet – dat zo iemand bestaat, iemand met zulke benen en dat donkere haar, zo strak langs haar hoofd.

Haar armen om je heen, haar neus in je nek, haar borst tegen je rug.

'Cato,' zeg je, hardop.

'Ja,' antwoordt je teamgenoot.

Later die dag, voor het clubhuis, staat ze ineens naast je aan de buitenbar. Ze leunt met twee handen tegen de bar en op de bruine, glimmende huid van haar onderarmen glanzen talloze haartjes.

Dan ruik je haar. In een wereld van sportveldverlichting en slagregens, van zweet en zakjes snoep en, later, bierkratjes, van plastic bitjes en radioactieve ranja, van trainingshesjes met het weer erin, van muffe kleedkamers, ruikt Cato naar schone lakens, naar een kamer in de lente waar de ramen openstaan, naar een thuis.

Ze tikt met de ongelakte nagels van haar lange vingers op de bar.

Je voelt een spanning op je borstkas vergelijkbaar met de spanning als je in het weekend in je bed ligt, in de stilte, wachtend op de eerste schreeuw, alleen is deze spanning ook tintelend.

'Hoi Cato,' zeg je, heel bewust van je lippen terwijl je spreekt.

Ze kijkt even verbaasd, glimlacht, zegt: 'En wie ben jij?'

Je stelt je voor.

'Wil je iets drinken?'

Ineens snap je de eindeloze muziek die uit de kamer van je zus kwam: Sade en Madonna en George Michael. De popliedjeswaarheid is onverwachts de waarheid van je leven geworden. In de platenzaak van het dorp koop je *Grace* van Jeff Buckley en op je kamer zing je – in spijkerbroek, wit shirt en houthakkersblouse – op een denkbeeldig podium, met een denkbeeldige gitaar om je nek mee: '*I'm lying in my bed, the blanket is warm / This body will never be safe from harm.*'

De wereld is versplinterd, in brokstukken uiteengevallen, continenten waartussen de afstand is toegenomen. In elk deel van je leven heerst een eigen orde; op school ben je iemand anders dan op hockey, op de hockey weer niet wie je thuis bent. Thuis ben je in elke kamer iemand anders: in de keuken een hongerige scholier die bijna weggaat of net thuiskomt, in de hal, op de trap en de overloop een waakzame panter onderweg naar of net terug van de hockey, en in je kamer een dichter, een zanger, een dromer. Het is veel, soms bijna te veel, dan past het niet allemaal meer in je hoofd en je hart, dan stamp je in je hockeykleren zingend de trap op en sluipt door de schoolgangen terwijl vrienden van Cato langslopen, júist de aandacht trekkend.

Bijna drie maanden ligt je moeder nog in het ziekenhuis. De eerste maanden na haar ontslag brengt ze vooral door in bed. Af en toe kom je haar tegen op de gang boven, als ze aan de hand van Sigrid in haar nachtjapon naar de wc schuifelt. Als ze wakker is, staat de slaapkamerdeur op een kier. Je probeert dan stiller dan een kat voorbij te sluipen, maar vaak hoort ze je toch, zegt je naam, kucht met dichte ogen – een nieuw zenuwtrekje – en zegt: 'Kom eens.' Nog meer dan voorheen is de slaapkamer van je ouders een domein geworden waar je niet graag binnentreedt, waar de gordijnen standaard halfgesloten zijn.

Het beeld bij binnenkomst is altijd hetzelfde: je moeder ligt in bed, onder de foto van haar huwelijksdag. 'Hoe was je dag?' vraagt ze.

'Prima.' Je standaardantwoord voor die twee ogen, die doodse, donkere vijvers, en meestal genoeg om het amper begonnen gesprek de berm in te sturen.

Maar vandaag zit ze wat meer rechtop, kussen in haar rug, en zegt: 'Prima, prima, prima. Je vertelt zo weinig. Vertel je wel van alles aan Sigrid?'

Het was een misrekening dat Annabelle en Peter weer ruzie met elkaar zouden gaan maken. Peter is nauwelijks thuis, laat de huishouding over aan Sigrid, en sinds Emilie in Leiden zit, heeft je moeder haar pijlen op jou gericht: drie dagen geleden was het dat je te weinig thuis bent, eergisteren dat je te weinig doet met je broertje, gisteren dat je zo weinig doet in het huishouden: 'Zelfs een kopje koffie in de ochtend is tegenwoordig al te veel gevraagd.' En vandaag is het dus dat je haar niks vertelt.

Waarschijnlijk is het de bedoeling dat je je schuldig voelt, of dat je boos wordt, of allebei.

Dus zeg je vandaag, net als de voorgaande dagen: 'Ik heb afgesproken met vrienden.' En je draait je om. Je zegt dat ook als je helemaal niet met iemand hebt afgesproken. Dan ga je in de bibliotheek zitten lezen of schrijven, korte stukjes, of een stuk lopen over de heide – vogelen, een zelfgekochte kleine kijker om je nek – en kom je vlak voor het eten weer thuis, waar Sigrid staat te koken, of de keuken of de zitkamer schoonmaakt en je broertje vertelt dat het tijd is om de tafel te dekken.

'Heb je een vriendinnetje?'

Het is alsof ze je verlangen ruikt.

Je draait terug, schudt voorzichtig je hoofd.

Koud licht valt op de vensterbank.

'Nee. Ik ga naar Casper Jansen.'

'Casper Jansen? Wie is dat?'

'Een jongen uit mijn klas.'

Casper Jansen. Hoe kom je daar nou weer op? En dan ben je best tevreden: een generieke naam, maar niet té generiek, vier lettergrepen van Gooise welvaart en Hollandse nuchterheid, een koning op het sportveld en een prins van de goede rapportcijfers.

'Casper...' Je moeder denkt even na. Je wendt je blik af. Buiten het raam danst een zwerm spreeuwen in een gespikkelde zwarte wolk.

Dit weet je: spreeuwen leggen prachtige turquoise eieren, ze kunnen omgevingsgeluiden nabootsen, van een binnenrijdende trein en het open- en dichtgaan van treindeuren tot het fluitje van de conducteur. Hoewel de vogel het hele jaar door te zien is, is het een trekvogel; de spreeuwen die je 's zomers ziet, zitten 's winters zuidelijker en Nederlandse winterspreeuwen bevinden zich 's zomers noordelijker. Voor hun trek zuidwaarts verzamelen ze zich vaak op elektriciteitskabels.

Wat je ook weet: de meeste mensen zien spreeuwen slechts als vogels, als onbelangrijk, of: ze zien ze helemaal niet.

De bloemen in de vensterbank stinken, ruik je nu.

Je kijkt je moeder aan maar beeldt je in dat je nog steeds door het raam kijkt en vogels telt.

'Oké,' zegt ze.

Je moeder wrijft haar dekbed glad. Haar huid is geel én grauw, vettig vooral, haar voorhoofd glimt in de gloed van de lamp op haar nachtkastje. In plaats van medeleven voel je irritatie, in plaats van vreugde met deze overwinning, wil je meer.

'Ja?' zeg je bits. 'Mag je zoon nog een sociaal leven hebben?'

Je moeder kijkt je kant op, jullie maken oogcontact. 'Ja. Natuurlijk.'

'Mooi zo.'

Na dit Casper Jansen-moment, op een dag ergens in die eerste maanden dat je bij Cato op het Witzand komt (op een dag, nadat je weer eens met haar naar huis was gefietst, zei ze: 'Wil je anders even binnenkomen?'), praat je hardop tegen Lumi, de hond van de familie, niet omdat je nog denkt dat ze je kan verstaan, maar omdat Cato en haar moeder Elin het wél begrijpen: 'Ja, dat vind je lekker hè?' En: 'Wat een schooier ben je toch.' En: 'Zal ik je straks uitlaten? Ja? Ja?'

Elins intelligente gezicht straalt als ze glimlacht. Op een van de eerste avonden dat je daar had gegeten en vertrok, zei ze: 'Je bent hier altijd welkom.' Het klonk – en je weet niet of vrees of geruststelling die interpretatie voedt – niet alleen zorgzaam, maar ook alsof ze alles al wist.

Rond halfzeven hoor je de auto van Cato's vader het grindpad op rijden, een motor die afslaat en daarna de voordeur die opengaat. Voorzichtig schud je Lumi van je voeten en gaat rechterop zitten. Dan verschijnt Victor in de deuropening van de kinderkamer, een groot lijf in een donker pak vult bijna de gehele lijst. De hond springt op en loopt naar hem toe.

'Dag meneer,' zeg je. 'Goedenavond. Hoe is het met u?' Je vousvoyeert Cato's vader nog steeds zonder dat hij daar iets van lijkt te vinden, terwijl Cato's moeder dat al direct na de eerste kennismaking niet meer tolereerde.

'Uitstekend,' antwoordt Cato's vader, 'al moet je niet zo op mijn dochter kwijlen, geloof ik – tenminste: niet in mijn bijzijn.'

En Cato zegt: 'Páp!'

'Wat?' zegt haar vader. 'Kijk dan naar hem. Hij is hopeloos verliefd en daardoor is-ie hulpeloos, trilt-ie, doet-ie een beetje mal. Daar kan die jongen helemaal niets tegen doen, dat is nu eenmaal de natuur, die zowel hem als zichzelf belachelijk maakt. Ik ben daar heus niet boos over. Ik heb daar zelfs begrip voor.' Victors ogen lachen achter zijn brillenglazen: je bent een dwerg, aangekeken door een reus; nee, je bent een kauwgompje onder zijn schoenzool. 'Maar je bent áltijd welkom, natuurlijk. In de war of niet.'

'Pap! Hou op met die onzin! Dit is echt heel, heel gênant. Sorry.'

Hij heeft volkomen gelijk, natuurlijk! Cato's schoonheid ís ondraaglijk: als je in haar buurt bent, drijft ze je tot lichte wanhoop, zo dichtbij als ze is en toch onbereikbaar, maar als je niet in haar buurt bent, is het nog hopelozer: dan wíl je dat ze dichtbij is – je wil haar licht in elke hoek van je bestaan terugzien.

Het voelde de afgelopen jaren alsof je verschillende mensen was, nee, verschillende personages spéélde: broer, zoon, scholier, hockeyer en voor al die personages moet je een stap van jezelf vandaan zetten. Alleen Cato heft al die afstanden op, laat alles samenvallen.

Zo word je opgenomen in haar familie, met de aantekening dat je steeds op je hoede blijft. In de eerste plaats voor Victor, door wie je je vaak nog een vreemdeling in een vreemd huis voelt, en in de tweede plaats voor Bernard, die weliswaar op een andere school zit, maar ook twee klassen hoger. Bernard heeft een gestalte van een vogelverschrikker, met een mager lijf en lange ledematen en een grote neus en een gezicht met donkerbruine ogen die glimmen als die van een kat.

Cato heeft je verteld dat je niet in haar buurt moet komen als hij op de hockey komt, of haar opwacht op het bovenbouwplein. Je voelt je maag samentrekken elke keer dat je door de hal loopt, langs de bordeauxrode kluisjes, naar de dubbele deur die toegang geeft tot het schoolplein, en je maag wordt zo klein als een tennisbal als je daar Bernards lange, dunne lijf ziet. Iets anders gebeurt ook: je rugzak voelt ineens zwaarder, net als je hoofd – het voelt of je wordt verpletterd onder het gewicht van Bernards meelijwekkende, neerbuigende blik: ach hij, ach ja.

Je voelt achter je rug mensen kijken en wijzen; dat is die jongen die als een hond achter Cato de Witte aan loopt, die met haar haar hond uitlaat, de sneue hondenjongen. Maar tijdens het fietsen naar en van school, op het schoolplein in de pauzes, en op de bank in de televisiekamer (terwijl zij tekent en jij leest), zijn Cato en jij samen, alleen, een koninklijke eerste persoon enkelvoud, een majesteitelijk meervoud. Ze kan iets verwoorden wat jij precies zo voelde, maar niet zo precies gezegd kreeg; ze begrijpt, zonder dat dat uitleg behoeft, wat thuis speelt; en jullie hebben dezelfde muzieksmaak. (Cato gaf je gekopieerde cd's van Fiona Apple en Nina Simone; jij brandde voor haar de MTV *Unplugged*-optredens van R.E.M. en Radiohead, en eigenhandig samengestelde verzamelaars met onder anderen Nick Cave en PJ Harvey. Om hun 'Henry Lee'-clip niet te missen, wachten jullie uren voor de televisie tot hij wordt gespeeld.) En jullie delen eenzelfde verlangen, dat alleen jonge mensen zonder gêne durven te benoemen: kunstenaar worden. En op een dag weggaan, zoals trekvogels, met jullie kunst als vleugels de wereld over.

Sinds je Cato hebt ontmoet, schrijf je meer dan ooit. Niet alleen om voor de hand liggende redenen, maar ook door haar arbeidsethos: Cato tekent elke dag, alles – een echte Asjer Lev.

Dus, 's avonds, na het eten, terwijl Napster overuren draait, ga je aan je bureau zitten en schrijft de aantekeningen uit die je gedurende de dag hebt gemaakt. Losse zinnen meestal, beelden die op de pagina gezet naar elkaar toe lijken te kruipen en na elke herschrijving hun uiteindelijke plek steeds dichter naderen. Ben je min of meer tevreden, dan tik je het gedicht uit op een mintgroene Olivetti Lettera 22 die je via een advertentiekaartje in de bibliotheek hebt gekocht. Wanneer je wat aan de binnenkant van je brein en borstkas is blijven hangen zo in woorden hebt omgezet, voelt dat als ademhalen.

Eindelijk ademhalen.

De keuken is klein en donker en heeft een houten plafond. In het midden staat een ronde tafel. Cato's moeder heeft thee gezet in een zilveren pot die gloeiend heet wordt en schenkt die uit in koppen met Japanse tekens. Lumi ligt op je voeten. Haar staart slaat regelmatig als een metronoom op de terracotta vloertegels.

Op een takje van de heg bij de achterdeur is een roodborstje neergestreken. Zijn – of haar, dat is van een roodborstje altijd moeilijk te zeggen – roestrode hoofd beweegt driftig en geconcentreerd heen en weer. Waarschijnlijk is ze gekomen voor de halfgevulde kokosnoot die aan de dakrand hangt.

'Hoe is het thuis?' vraagt Elin. Haar handen zitten nog onder de rode verf. Het lijkt net bloed.

Je kunt een moment niet verder praten, je stem vertikt het.

Onder tafel pakt Cato je hand vast. Jullie maken kort oogcontact en je bent net iets te lang stil. Je haalt je neus op. 'Ja, oké. Mijn moeder is nog ziek, natuurlijk, maar we hebben iemand in huis die helpt, Sigrid. Al kan mijn broertje het niet zo goed met haar vinden.'

'En waar is je vader?'

'Hij is veel in Amsterdam. Voor zijn werk. Mijn grootouders' – je weet niet waarom je niet gewoon 'opa en oma' zegt – 'zijn een paar jaar geleden overleden en hij investeert sindsdien in jonge bedrijven. Hij zit voor zijn werk veel in Amsterdam.' Je voelt Lumi's lijf zachtjes op je voeten deinen.

'Cato vertelde me dat je schrijft?'

'Mám!'

Cato kijkt je aan met een blik van 'sorry'.

'Wat goed. Wat schrijf je?'

'Gedichten, voornamelijk.'

'Mag ik een keer iets lezen?'

Je twijfelt. Is wat je schrijft wel goed genoeg voor Elin?

'Als je dat wil.'

'Anders vraag ik het toch niet? Je mag er natuurlijk ook nog even over nadenken. En je mag altijd alles, wat je maar wil, uit onze boekenkast pakken. Dat weet je, hè?'

Buiten op het pad knarst grind onder autobanden. Direct ga je rechterop zitten in je stoel. Ook Lumi komt omhoog.

Elin kijkt door het keukenraam naar buiten. 'Ah, daar zul je Victor hebben.' Ze glimlacht naar je. 'Blijf je eten?'

'Graag,' antwoord je.

'Ik wil dat je weet dat je hier altijd welkom bent.'

'Dank u – dankjewel.'

Elin glimlacht en zegt dan: 'Je hebt zulke goede manieren. Daar moet ik je ouders mee complimenteren.'

Als je je een beeld van een persoon vormt – een kunstenares in haar atelier die ook thee schenkt aan een keukentafel – dan gaat dat proces zelden gepaard met het besef dat de ander zich tegelijkertijd van jou ook een beeld vormt, dat jijzelf evengoed iemand wordt in andermans herinnering – een beleefd hoopje ellende aan diezelfde keukentafel – en dat alle aannames, innerlijke monologen en verwachtingen geen rekening houden met dat jij voor anderen waarschijnlijk een volledig ander persoon bent dan wie je voor jezelf bent. We leiden in andermans hoofden andere levens.

En dan, ineens, geeft iemand anders prijs in welk licht je in haar hoofd staat. Op een avond, als je weggaat, terwijl Cato met Bernard aan de telefoon is, glimlacht Elin en zegt: 'Hou vol, met die Bernard kan het niet eeuwig duren.'

De troonopvolger – een usurpator zonder zwaard.

Maar je weet dat, ongeacht hoelang je ook volhoudt, Cato nooit je vriendin zal worden: ze is een jaar ouder, ze heeft al een vriendje en als ze het had willen uitmaken, had ze dat kunnen doen toen Bernard naar Midden-Amerika vertrok. Daarnaast heeft ze andere plannen; Cato gaat naar de HKU in Utrecht, jij wil studeren in Amsterdam, waar alle uitgevers zitten.

Je bent veel bij Cato thuis. Bernard heeft dus een tussenjaar genomen. Elin en Cato hebben het bijna nooit over hem. Dat betekent niet dat je je als zijn plaatsvervanger beschouwt, zeker niet als Victor thuis is: je doet al het mogelijke om hem de indruk te geven dat je géén aanbidder van zijn dochter bent en dat je jezelf dus ook niet als potentiële schoonzoon ziet – je vraagt nooit naar zijn werk, kijkt hem niet aan als je nog een blikje cola of een biertje uit zijn grote ijskast pakt. Waarom zou je? Bovendien, het is niet alsof hij naar jouw werk vraagt. Zo weet hij niet dat je op zaterdagavond glazen haalt in een café in Bussum, dat je doordeweeks na school twee keer werkt als huiswerkbegeleider van de onderbouw, dat je je scooter zelf hebt betaald, zogenaamd omdat je vader het niet veilig vond dat je op een brommer reed, maar waarschijnlijk omdat hij die tweeduizend euro liever in zijn zak hield.

Annabelle is na anderhalf jaar fysio- en ergotherapie voldoende hersteld om de huishouding van Sigrid over te nemen. Met Annabelles kracht komen ook de ruzies terug.

Op een ochtend, in hun badkamer (Alex en jij delen een kleinere badkamer, naast de trap), staan ze tegen elkaar te schreeuwen. Je hoort het op je kamer. Sinds Emilie niet meer thuis woont, ben jij het oudste kind, maar je hebt niet dezelfde zachte ziel als je zus, niet zo'n serieus, toegewijd gezicht, je bent boos en wreed; je gunt het ze dat ze elkaar geselen.

Alex roept: 'Kun je komen, kun je komen?'

Je staat op met tegenzin. Ook, je moet eerlijk zijn, omdat het Alex is die het je vraagt. Alex, de reden dat je hier soms nog bent.

Je wil het langzaam opbouwen, met heldere, chronologische beelden, maar je kunt het je niet herinneren. Dit is de snit van je geheugen: opeens bevind je je midden in het geduw en getrek; en het moment dat je dat beseft, is het moment dat Peter en jij oogcontact maken. In zijn ogen ontzetting en daaromheen, gek genoeg, een gezicht dat compleet zichzelf is: verbeten en woedend.

'Kappen!' zeg je.

En dan duwt je vader je met zijn hele gewicht, ergens raakt je hoofd iets, valt glas luid als klokkengebeier, je nek gloeit, op de vloer liggen om je handen en billen en voeten scherven; je broertje kijkt je aan met grote ogen, je moeder ziet het bloed en roept 'O mijn god, o mijn god, nee'.

Peter heeft je door de douchedeur geduwd.

Alex staat doodstil in de deuropening. Je moeder zakt door haar knieën en grijpt je hals en roept: 'Laat me kijken, laat me kijken.'

Je vader kijkt naar zijn handen en dan naar jou en schudt zijn hoofd. 'Ik, ik – sorry.'

Nog een sprong in de tijd, naar een volgend beeld. Je bevindt je weer op ooghoogte met je vader. Hij snauwt, spuugvlokken in zijn snor: 'Waar bemoei je je ook mee?'

In de spiegel, op minder dan een meter van je vandaan, staat je andere ik, de ik zoals die aan anderen verschijnt: een lange, blonde jongen met blauwe ogen en een mond die zwijgt. En binnen in hem: een ik die kolkt vanbinnen, van alle spijt en woede die door de jaren heen in hem ophoopten als afgezet zand.

Je wendt je blik af van die eerste ik, kijkt Peter aan, dan Annabelle, en dan weer Peter – en laat de tweede ik spreken: 'Ik bemoei me nergens meer mee. Maar als jij je ooit nog met mij bemoeit, dan vertel ik dit' – en je raakt met koude vingers je nek aan – 'op school, aan de politie, aan jullie vrienden, aan íedereen die het maar horen wil. Begrepen?'

En je loopt de badkamer uit zonder Alex aan te kijken. Je hebt een oplossing gevonden om 's avonds niet thuis te hoeven komen – maar de uitweg werkt alleen voor jou.

Alex komt thuis met een balletjespistool dat hij heeft gekocht van een jongen uit de straat die het uit Frankrijk heeft meegenomen. Het is een plastic kopie van een Desert Eagle, geen Walther PPK. Hij toont de replica als een conservator die een authentiek object voor taxatie presenteert. 'Kijk eens wat een gaaf ding.'

Je zit op de bank in de zitkamer en speelt GoldenEye. Je bent alleen thuis. Peter is golfen en Annabelle naar de haptonoom. Cato is op werkweek. En jij zit binnen en speelt computerspelletjes. De wereld. Je wereld. Als Cato er niet is. Computerspelletjes.

In het spel verschuil je je achter een pilaar, uit het zicht van de soldaten die de bunker bewaken. Je drukt op de rode knop op je controller, het rumblepack trilt, zwijgt. 'Geef eens.'

Alex schudt van nee. Hij strekt een arm, sluit één oog en doet alsof hij een vaas met bloemen aan stukken gaat schieten.

Je pauzeert je missie. Het geluid verandert. 'Laat eens zien. Nú.'

Je broertje twijfelt, geeft je dan het pistool. Hij blijft staan waar hij staat. Je duim gaat over de magazijnknop heen en weer. De veiligheidspal staat aan.

'Geladen?' vraag je.

Alex knikt.

'Nou, rennen dan.' Je trekt de loop naar achteren om het pistool door te laden.

Je broertje blijft voor de bank staan en glimlacht. Hij schudt zijn hoofd. Je zet het pistool op zijn bovenbeen. 'Rennen,' zeg je. In je borstkas fladdert een kolibrie.

Je broertje schudt zijn hoofd.

Je haalt de veiligheidspal eraf.

'Rennen!' zeg je weer. En je schiet. Je broertjes gezicht vertrekt, zijn hand grijpt omlaag naar zijn been.

'Au!' roept hij. 'Wat doe je?'

Je herlaadt.

'RENNEN!'

Alex rent naar de deur. Je schiet op zijn rug. 'Rennen! Kutkind. Rennen, jij!' Je trekt de loop nogmaals driftig naar achteren, terwijl je broertje de deur opentrekt. Je knijpt één oog dicht, mikt, voelt je bovenste voortanden snijden in je onderlip. 'Rennen! Wegwezen!'

De avonden bij Cato worden aldoor langer, tot ze overlopen in de nachten. Als je na het uitlaten van Lumi blijft slapen, maakt Cato het bed in de logeerkamer op en hangt een briefje op de deur met een bericht voor haar ouders, waarin staat dat je 'om bepaalde redenen' blijft slapen: 'Willen jullie hem alsjeblieft niet wakker maken? Ik leg het morgen allemaal wel uit.' Maar ze hoeft helemaal niets uit te leggen, of je hoort daar in elk geval niets van en op een gegeven moment blijven de briefjes achterwege.

Nadat haar ouders naar bed zijn gegaan, komt ze in het duister op haar tenen naar je toe geslopen. Wat is begonnen met kussen op de mond, bij het weggaan, werd toen zoenen, ook van de hals, en de schouders, en de nek, en aftrekken en vingeren in de hal, tegen de voordeur, en is nu uitgelopen op beffen en pijpen in het logeerbed – je oren tussen Cato's benen, haar zachte, gezwollen lippen en klitje tegen je neus, lippen, tong; Cato's lange, sterke en koele vingers om je pik, haar warme, verkennende likjes.

Het is een droom die uitkomt. Je hebt je zus en je moeder wel eens in een handdoek gezien, en Marthe, maar je had nog nooit een volledig naakte vrouw gezien en het is elke keer betoverend: van de witte wervels van haar rug tot de donkere moedervlekken op haar buik. Je mag van dat naakte lichaam de hals, de rug en de billen kussen, de tepels. Het natte glinsterende haar tussen haar benen.

Cato, op haar beurt, gaat met haar handen langs je lichaam, haar vingers knijpen in je huid, je spieren, haar vingertoppen tasten botten en pezen af. Haar nagels, jouw rug – kippenvel. Overal.

'Ik hou echt van jouw lichaam,' zegt ze vaak.

Je wordt ouder en sterker. Het frustreert je soms dat je met die kracht, met je grotere lijf, niets mag en kunt. Niet tegen je vader, niet tegen je moeder, niet tegen Bernard. Behalve dit dan: liefhebben.

Ook vanavond pakt Cato je harde lul weer vast en begint je af te trekken. Dan trekt ze je op haar lijf en je voelt je buik tegen de hare en haar pols en hand ertussen en je schrikt, je voelt iets nats en straks om je eikel knijpen. In het halfduister kijkt Cato je aan en haar ogen vragen 'Ja?' en je knikt. Ze leidt je bij haar naar binnen en je voelt het in je onderbuik, je maag, het tintelt bij je tepels en terwijl je wangen branden, denk je: ik heb seks! Ik heb seks!!! IK! HEB – en precies op dat moment kom je klaar.

Je ligt naast Cato en je denkt aan hoe je vroeger kon klaarkomen zonder te ejaculeren en aan alle keren dat je je aftrok en moest spuiten en aan die ene keer dat je moeder binnenkwam; en opeens dit beeld: de plukjes schaamhaar bij de zomen van je moeders badpak op het strand in Frankrijk. En je herinnert je het droogneuken met Nina en het droogneuken op het bed van je ouders met hun kussens.

Je bent geen maagd meer! Je hebt seks gehad met Cato. Je bent in haar klaargekomen!

Cato en jij delen nu een nog groter geheim. Deze warmte, deze naaktheid, deze nabijheid. En natuurlijk, als Bernard, die tegenwoordig in Groningen studeert, hierachter komt, is het voorbij. Als Elin en Victor, nog steeds respectievelijk fan en niet-fan, hierachter komen, is het voorbij. Als je ouders hierachter komen – en dit weet je zeker – is het voorbij. Dan breekt ook dit deel van je leven in stukken, Cato én jij in plaats van Cato-en-jij.

'Ik hou van je.'

'En ik hou van jou.'

'Sorry dat het maar zo kort duurde.'

'Geeft niks. Het was heel lekker.'

Je voelt iets van spanning, of het wel goed genoeg was, wat je deed, of Bernard beter is, of ze dit nog wel een keer wil.

'Ja?' vraag je.

'Ja. Echt.'

En je draait op haar en lacht: 'Fijn. Nog een keertje dan?'

'Wat doen Casper en jij de hele dag?' Je moeder staat voor de gootsteen, met een geel doekje neemt ze het blad rondom de stenen bak af. Je bent kort thuisgekomen om boven op je kamer schoolboeken te wisselen. Ze draagt een trainingsbroek, haar haar is slordig opgestoken. Ze vroeg waar je heen ging en jij zei – uiteraard – Casper.

Ze kucht nu twee keer, haar ogen gesloten. 'Je bent altijd bij die jongen, nooit thuis. En áls je thuis bent dan verstop je je op je kamer. Wat doe je daar? Ik hoor die typemachine de hele tijd ratelen. Zo veel huiswerk kun je nou ook weer niet hebben. En moet je dat niet geprint inleveren?' Weer die kuch, weer die ogen dicht.

'Ben je op mijn kamer geweest?'

'Nee. Hoezo?'

Je hebt, net als Sean Connery in *Dr. No*, met je spuug een haar gespannen over je bureaulade, waar je je gedichten bewaart, en eerder vandaag lag dat haartje op de grond.

'Dat gevoel kreeg ik. Dat je in mijn bureau had gezeten.'

'Nee, natuurlijk niet. Vindt zijn moeder dat wel goed, dat je daar zo vaak slaapt?'

'Ja.'

'Nou, gisteren heb ik Caspers thuisnummer gebeld. Zijn ouders vinden ook dat je daar wat veel bent. Dat je best wat vaker thuis kunt slapen. Zijn moeder zei dat ook, maar ze durft het alleen niet te zeggen. En ik heb weer beloofd niets tegen jou te zeggen. Maar je begrijpt...'

Je weet niet wat je moet zeggen. Je moeder is niet alleen gemeen, ze is ook dom. Alleen: jij weet niet wat je nu moet zeggen om dat duidelijk te maken zonder je geheim prijs te geven.

'Dus...' Je moeder kucht weer, met haar ogen gesloten, '...bel maar even dat je thuisblijft. Verzin maar een of andere smoes, daar ben je vast goed in.'

'Ik ga,' zeg je.

'Niet dus.'

'O, jawel.'

'Je gaat níet naar Casper Jansen.'

'Oké,' zeg je weer. Je draait je om en loopt weg.

Naarmate je ouder en sterker wordt, groeit je besef van tijd, van de kracht ervan, de taaiheid, de traagheid. Het is het besef – elke dag opnieuw – dat morgen nog niet vandaag is, en zelfs als dat wel zo is, dat morgen niet anders zal zijn dan vandaag, de wetenschap dat je vastzit.

Alex is jarig. Op tafel staat een grote mokkataart met twee cijferkaarsen, een '1' en een '2'. Boven de tafel hangen slingers. Op de parketvloer liggen onrustig bewegende gekleurde ballonnen.

'Alexander, wil jij het eerste stuk?'

Je hebt geen zin in deze verjaardag, een toneelstuk waarin iedereen speelt dat het zó gezellig is. Je hebt geen zin in je moeder, die haar kinderen als personages beschouwt in háár toneelstuk. Je hebt geen zin in je vader, die in alles een ondermijning of bevestiging van zijn autoriteit ontwaart. Je hebt geen zin in je zus, die al twee jaar in Leiden woont en Peter en Annabelle 'papa' en 'mama' blijft noemen. En je hebt geen zin dat je broertje naar jouw middelbare school komt, waar je wéér verantwoordelijkheid voor hem zal moeten dragen.

De staartklok aan de muur tikt traag. Peter snijdt nog een stuk taart af, schept het op een bordje en geeft het aan je moeder. Annabelle neemt het bordje aan met haar benige vingers, maar houdt het te schuin. Met de zachte kant valt het stuk taart op de vloer.

'O, kun je…' Ze kucht. Die kuch, die stompzinnige kuch! 'Kun jij alsjeblieft…' zegt je moeder, terwijl ze met geelwitte ogen naar je kijkt.

In de stilte tikt de klok verpletterend sloom.

De stoel maakt een piepend geluid als je hem naar achteren schuift.

Als je eenmaal staat, buk je niet om het stuk taart op te ruimen. Je draait je om. Begint te lopen.

'Hallo? Waar ga jij heen?'

Je zegt niets, bent al bijna bij de deur.

'Hier blijven!'

Maar je bevindt je al in de hal, trekt de zware voordeur open en gooit hem dicht, hoort de deurklopper tegen het messing plaatje stuiteren en haalt je scooter van de standaard, je neemt plaats op de brede, zachte zitting. Start. Draait. Geeft meer gas. Je voelt het grind onder je achterband vandaan spuiten als je het pad af rijdt.

Je zit met Cato op de bank televisie te kijken – ze tekent ondertussen je handen – als de telefoon gaat en ze opneemt. 'Met Cato de Witte,' zegt ze. Elin is, zoals zo vaak, in haar atelier.

Je herkent de stem van je vader meteen als hij zich voorstelt. Voor het dramatische effect laat hij daarna een korte stilte vallen, zegt dan: 'Zo, dus jij bent het meisje dat onze zoon heeft afgepakt.' Je armen liggen onbeweeglijk op de kussens.

Cato legt haar hand op de hoorn en fluistert: 'Het is je –'

Je knikt.

'Ik zou graag een momentje met jou willen praten...' zegt je vader.

'Dat kan,' zegt Cato.

'...daar jij immers de reden schijnt te zijn dat wij onze zoon nooit meer zien en hij zelfs voor zijn kleinere broer niet eens de tijd kan nemen...'

Cato staat op en loopt de gang in.

Je wil opstaan maar je benen voelen niet van jou. Je weet niet zeker of je overeind kunt komen en, als dat lukt, of je dan blijft staan.

Hoe komt je vader aan dit nummer? Hoe weet hij wie Cato is en hoe durft hij zo tegen haar te praten en je broertje erbij te halen! En Cato is niet je vriendin: ze is je beste vriendin! Wat precies even fijn als lachwekkend is, dat weet jij ook wel, maar je hebt hier niets te kiezen.

Cato praat maar je hoort niet wat ze zegt. Je moet iets doen nu, maar de gedachte doet je alleen maar meer beseffen dat je het gevoel hebt niet langer je lijf te bewonen, maar erboven te hangen, met je hoofd.

Lumi komt naar je toe en legt haar hoofd in je schoot. Je voelt je benen weer en durft een hand op te tillen, je beweegt met je vingers diep in de vacht van haar hals.

Je laat dit niet straffeloos van je afpakken. Je denkt aan je scooter die op het pad staat. Je kunt daarmee naar hem toe rijden... Zou je vader van kantoor bellen of vanuit huis? Zijn kantoor, waarschijnlijk – en Amsterdam is te ver rijden voor je scooter.

Nadat ze heeft opgehangen, komt Cato de kamer weer in. Je hebt Lumi's kop nog altijd vast, maar het beest loopt weg op het moment dat Cato naast je komt zitten. Haar hand voelt koel in je nek.

'Die klootzak,' zeg je. 'Wat zei hij?'

'Shhh,' zegt Cato. 'Komt goed.' Ze geeft je een zoen op je voorhoofd.

'Hoe kan hij... wat denkt-ie nou...? Zei hij nou echt dat het jouw schuld is dat hij me nooit meer ziet?'

'Je ouders zijn gek. Ze zijn echt gek.'

Je telt je stappen van de garage naar de achterdeur. In de bijkeuken trek je je schoenen uit en loopt op sokken de keuken in. Je knipt het licht aan en schrikt: je vader zit aan de keukentafel. Normaal gesproken zit hij in een donkere serre met gedempt geluid televisie te kijken, het glaswerk en de muren om hem heen aangeraakt door een steeds veranderend licht. Meestal kun je onopgemerkt naar boven glippen. Op de tafel staat een leeg whiskyglas, dat je vader voorzichtig ronddraait. Hij vraagt je of je weet hoe laat het is. Hij praat langzaam, benadrukt elk woord.

'Ik heb morgen het eerste uur vrij,' zeg je. Je pakt de klink vast van de deur naar de hal.

'Hier blijven, jij.' Je vaders ogen glanzen. 'Het kan me niets bommen dat je morgen het eerste uur vrij hebt. Het is een doordeweekse dag.'

'Wat jij wil.'

'Ik ben je vader. Jij bent mijn zoon.'

'Jij bent mijn zoon?' lach je. 'En wat betekent dat?'

'Dat weet je best. Dat je respect hebt voor je vader.'

'O ja?'

'Ja,' zegt hij. Rond zijn lippen hangt een spanning, alsof hij een glimlach onderdrukt.

'Respect.' Je herhaalt het woord en van je schouders tot aan je vingers gaan je haren overeind staan. 'En waarom verdien jij mijn respect? Omdat je zo hard werkt? Voor ons? Omdat je je zieke vrouw liet verzorgen zodat je zelf kon gaan skiën?'

'Hou je mond!'

'Nee! Jíj! Jij houdt godverdomme eens je mond.' Je veegt met je hand het spuug van je lippen. 'Weet je, ik denk altijd: er moet een moment zijn geweest, vlak voordat jij vader werd, dat je dacht: ik ga het anders doen, anders dan mijn ouders. Maar je hebt er verdomme net zo'n klotezooi van gemaakt als zij. Kijk toch eens even naar dit gezin van je! Wat heb je nou gedaan, man?'

Je vader legt beide handen op het tafelblad, de vingers gespreid. Op zijn voorhoofd wordt een ader zichtbaar. 'Moet je horen wie het zegt. Er is hier maar één iemand die constant aan zichzelf denkt en dat ben jij. Wat ben jíj voor onderdeel van dit gezin? Wat draag jíj bij? Je bent er nooit.'

'Ach, val dood, man.'

'Probeer je schuldgevoel niet op mij te projecteren. Dat jij een slechte broer bent voor je broertje en je zus en dat je een slechte zoon bent voor je moeder heeft met mij niets te maken maar alles met dat meisje.'

'Hoe dúrf je Cato te bellen?! Hoe durf je?!'

'Ach, kijk nou...' Je vaders gezicht ziet onder het licht van de keukenlampen vaalgeel. Hij staat op.

'Zitten!' De woede in je borstkas slaat omhoog als een vuur: snel, flakkerend, niet te stoppen. De hitte trekt verder naar je gezicht, je wangen gloeien.

'Zitten?' herhaalt je vader vol ongeloof. 'Ik zal jou eens laten zien wie hier gaat zitten. Vluchter.'

Hij staat voorovergeleund, handen nog steeds op het tafelblad. Je staat naast de tafel. Dan, ineens, spring je op tafel, met je voeten en handen op het tafelblad, als een dier, een roofdier, de toppen van je vingers gespreid. Je vaders whiskyglas valt kapot op de tegelvloer. Hij is te perplex om te reageren. Je hebt zijn overhemd al vast in je gebalde handen, je knokkels drukken tegen zijn borst. 'O ja?! Ik?! Ik vlucht?!' Je trekt het overhemd en je vader de tafel af, opzij, naar de grond – gelukkig niet de kant op van de glasscherven. Je zit boven op je vader, die hard is gevallen. 'Ik ben hier, hoor! Ik ben godverdomme hier!'

Je slaat je vader niet; je trekt vol aan zijn shirt en duwt hard tegen zijn borstkas. Alle keren dat hij tegen je moeder schreeuwde, dat hij haar sloeg, dat hij jullie heeft geslagen, de keer dat hij je door de ruit heeft geduwd – de scherven rondom je voeten, het bloed in je hals –, alle leugens die je altijd aan iedereen hebt moeten vertellen, alles wat je hebt verzwegen: alles komt eruit, terwijl je hem zo door elkaar schudt. Maar het is niet genoeg.

Je hart bonkt in zo'n hoog tempo dat het af en toe een slag moet laten gaan, je borst gaat wild op en neer, je neusgaten voelen te klein om alle benodigde zuurstof binnen te laten.

Je drukt twee handen op zijn keel. 'Ik vlucht?!'

Je vaders handen grijpen je polsen vast. Zijn ogen zijn groot.

'IK VLUCHT?'

Hij herhaalt, gorgelend, je naam. 'Stoppen,' piept hij.

Je moeder staat in haar nachtjapon in de keuken. Ze begint te trekken aan je schouder en arm en roept je naam en: 'Wat doe je nou? In hemelsnaam, wat doe je?'

Wat doe je? Nu sta je weer. In de keuken. In een hoek. Onder een spot. En je torent boven je vader uit.

Dan bemerk je het snot dat over je bovenlip loopt. Je veegt je duim hardhandig langs je neus.

'Het stopt hier,' zeg je tegen je vader. Je zet met je wijsvinger de woorden kracht bij, als een politicus – en dan haal je dezelfde hand nogmaals langs je neus en mond. 'Het stopt hier, begrijp je dat? Als je nog één keer aan mij komt, of aan Alex of Emilie, dan maak ik het af...'

Je moeder pakt je arm vast. Je voelt hoe gezwollen de spier is van het bloed en van de spanning. Je schudt haar hand los en kijkt haar strak aan, terwijl je je kaken op elkaar bijt. 'En dat geldt ook voor jou,' zeg je tussen je tanden door. 'Begrepen?'

Je moeder knikt. Ze zegt niets over jouw gebruik van de afkorting 'Alex', zoals ze normaal gesproken zou doen, of dat je niet voor anderen hoeft te spreken. Je ziet voor het eerst dat de huid bij haar borstbeen gerimpeld is, als de nerven van een vinylvloer.

Dan loop je. Weg. Van hier. Naar boven. Je zwalkt, alsof je lang op zee bent geweest. Maar je loopt.

Als Cato's ogen bepalen wat waar is, dan werkt zien wat zij ziet soms bevrijdend. Op de ronde keukentafel, naast de ronde schaal met vruchten en de eeuwige stapel kranten en tijdschriften, ligt een pakje. Rechthoekig, in stevig papier, naast een rol lint.

'Wat is dat?' vraag je, als je gaat zitten.

Elin kijkt Cato aan en begint te lachen.

'Ik was nog niet klaar met inpakken,' zegt Cato.

Elin zet een schaaltje op tafel: stroopwafels en hazen van witte chocola.

'Dat hoeft nu niet meer,' zegt ze.

'Nee. Maak maar open.'

'Zeker weten? Oké.' Je duwt je vinger onder het papier, scheurt het plakband door en opent het papier voorzichtig. Het is een rood linnen boekje, met een gouden ijsvogeltje voorop en je naam. Daarboven staat GEDICHTEN.

Je opent het en bladert het door: Cato heeft alle gedichten die je haar de afgelopen maanden hebt gegeven, uitgeprint en ingebonden en voorzien van tekeningen. Hier en daar is een hartje zichtbaar dat Cato bij bepaalde regels heeft gezet.

Je beweegt niet meer, houdt zelfs je adem in. Het vreemdste van grote beroering, denk je later, is de stilte die het met zich mee kan brengen: dat je je zo bewogen voelt en dat het nergens aan valt af te lezen, behalve misschien aan de stilte.

'Zeventien en je eerste boek,' zegt Cato, haar hand onder de tafel op je been. 'Je eerste bundel.'

'Met tekeningen!' zegt Elin.

'Het is het beste cadeau dat ik ooit heb gekregen,' zeg je. En je veegt je wangen niet af om geen aandacht te vestigen op de tranen.

Cato en jij zitten op dezelfde school, maar niet bij elkaar in de klas en eigenlijk delen jullie amper vrienden. Gevolg: je kent bijna niemand op haar eindexamenfeest. Hoewel Elin eerder vanavond je musketierskostuum een schot in de roos noemde, bekruipt het gevoel je dat je overdressed bent en je te veel aandacht trekt. Cato, verkleed als prinses, zou het middelpunt van de avond moeten zijn. Bernard staat de hele tijd naast haar. Af en toe werpt de eksterkop je een scheve blik toe, die je gehaast als een musje oppikt. *Kèkèkèkèk!*

Je weet dat dit een feest moet worden, maar vanavond voelt definitief: Elin, Cato en jij hebben het gehad over wat je wil gaan studeren, wat het beste is voor een 'schrijver' (filosofie of psychologie of 'toch gewoon Nederlands', zoals Cato zei – filosofie was het beste in Leiden, wist Elin, Nederlands in Utrecht, psychologie was 'overal oké'), maar de keuze werd niet besproken in verband met Cato en jij.

Dat ze vertrekt is nog wel te verdragen, maar dat ze niet terugkomt, dat jullie verhaal hier stopt, dat jullie geheim verleden wordt – dat niet.

Je weet niet hoe je straks verder moet. Of je weet het eigenlijk wel; de klok zal de tijd blijven aangeven, de secondewijzer zal doortikken en elke tik zal je herinneren aan haar afwezigheid, aan dat ze je heeft verlaten, aan haar verraad. En het pijnlijkste is dat je elke tik liever wel dan niet zal voelen, omdat alleen die tikken je nog met haar verbinden.

Bernard kijkt je weer vies aan. Zijn blik klauwt in je gezicht. *Kèkèkèkèk-èkèkèkèk!*

Ook Victor, die met zijn beste vriend – van wie je de naam even bent vergeten – staat te praten, gluurt af en toe naar je – altijd weer dat gevoel een test te doen, altijd weer het gevoel te falen – en na een tijdje ontdek je dat jullie een regelmatig herhaalde en nerveus makende triool vormen: Bernard, jij, Victor. *Kèkèkèkèk-èkèkèkèk-èkèkèkèk!*

Je loopt naar Elin en biedt aan achter de bar te helpen. Nee, zegt ze, dat is onzin: het is ook jouw feestje. Jullie praten een tijdje over Alex – Elin vraagt altijd naar hem –, maar daardoor voel je je niet beter, dus je vraagt of je iets anders kunt doen, wat dan ook. Elin denkt na, zegt dan: 'Ja!' en ze vraagt of je 'het' cadeau uit Victors studeerkamer wil halen.

Opgelucht iets te doen te hebben en aan de zoeklichten van Bernards en Victors uitkijktorens te ontsnappen, loop je de tent uit, de tuin in, en langs de weelderige heggen naar binnen, de relatieve stilte van het huis in. In de kleine keuken staan mensen in witte koksbuizen borden op te maken. Op het prikbord hangt een foto van Cato en jou. Jullie zitten op het terras, Lumi's kop in je schoot.

In het halfduister van Victors studeerkamer bekijk je de foto's aan de muur: Cato en haar ouders in Parijs bij het Louvre, in Rome onder aan de Spaanse Trappen, in Athene voor het Parthenon.

'Kun je 't vinden, D'Artagnan?' vraagt een stem dan.

Je draait je om. Bernard staat in de deuropening. Hij draagt een hawaïshirt onder zijn akelige vogelgezicht.

Je schraapt je keel. 'Ja.'

'Het staat daar.' Bernard wijst naar een groot cadeau dat achter het bureau op de grond staat. Hij glimlacht, houdt de lach lang vast. Die grimas is dermate geperfectioneerd dat het niet anders kan dan dat hij in de spiegel heeft geoefend. 'Ik vind het jammer dat ik je amper ken. Ik zou graag weten wie nou al die jaren verliefd is op mijn vriendin.'

Je hart slaat een slag over. Je voelt de haren in je nek prikkelen.

Bernard komt op je afgelopen. Het gelakte parket kraakt. Als hij het kleed op loopt, dempt dat het geluid van de leren hakken van zijn brogues. 'En wie haar wil neuken.'

Je weet dat Cato Bernard niets heeft verteld, dan is tenslotte niet alleen zíjn maar ook háár relatie voorbij en dat wil ze niet. Zoveel is je door de afgekapte gesprekken daarover wel duidelijk geworden.

Je voelt opluchting als Bernard nogmaals glimlacht. Zijn tanden glimmen. Hij staat heel dichtbij. 'Grapje,' zegt hij.

Je glimlacht voorzichtig.

'Of... niet?' Bernard kijkt je lang aan. 'Waarom ben jij hier?' vraagt hij dan. 'Ja, ja, jullie zijn goede vrienden. Maar vind je het niet ongepast hier de hele tijd rond te hangen en zo naar Cato te kijken?'

Iemand klopt op de deurpost. Je hoopt dat het Cato is, maar het is Victor. 'Waar blijft dat cadeau?' vraagt hij. Hij klinkt geagiteerd.

'Komt eraan,' zeg je, en je wil bukken om het cadeau op te pakken, maar Bernard houdt je tegen, kijkt je scherp aan, een schilderij van een boulevard in Parijs achter hem, de Arc de Triomphe in het gouden herfstlicht, en zegt: 'Ik pak het wel. 't Is immers voor míjn vriendin, nietwaar?'

Je knikt. Dit voelt als een nederlaag, of op zijn minst als een concessie. In elk geval als het tegenovergestelde van Bernards soepele, zelfverzekerde glimlach net.

Bernard pakt de doos, draait naar Victor en zegt: 'Hebbes.' Zijn handen omvatten het glimmende karton; zijn nagelbedden prachtig roze, afgesloten met een keurige witte rand. 'Alsjeblieft.'

Jullie lopen met z'n drieën de hal in, de eetkamer door, de keuken in, het terras op. Victor voorop, met dat grote, opgeblazen lijf en het cadeau. 'Ik denk dat je na het geven van het cadeau maar eens moet opkrassen,' zegt Bernard, als de afstand met Victor een meter of vier is geworden. 'En hier dan volgend jaar maar niet meer moet komen, noch dat je naar Utrecht moet gaan. Anders ga ik uit een ander vaatje tappen.' Je hart bonkt hoog en hard in je keel. Slaat weer een slag over. Waarom heeft Cato deze eikel eigenlijk niet verteld dat híj kan opdonderen? Waarom gaat zíj weg? Van jou?

'Moet je doen,' fluister je. 'Cato blijft me toch wel zoenen.'

Bernard stopt met lopen. Jij ook. Hij kijkt je aan met wijd open ogen en duwt met zijn vrije hand tegen je borstkas. 'Wat zei je?'

Je voelt je scherp als vogelklauwtjes. *KÈKÈKÈKÈK!* denk je. *KÈK!*

Jullie staan tegenover elkaar op het terras. Victor is doorgelopen over de gehavende, lichtgrijze vlonders, de geelverlichte feesttent in.

'Nou?'

De zon is achter de hoge bomen verdwenen maar de atmosfeer geeft nog steeds iets af van haar laatste licht, de bladeren van de citroenplant in de pot achter Bernard krijgen die kenmerkende, dwaze kleur groen van strijklicht. Een mus hupt het voederhuisje in. Dag musje, denk je, jij kunt me niet verstaan of begrijpen, zelfs niet als ik dit allemaal hardop zou uitspreken. Maar mensen verstaan en begrijpen je wel. Als je je tenminste helder uitdrukt, in woord en daad.

Je kijkt Bernard aan en knijpt je ogen samen, probeert zo gemeen en vies mogelijk te kijken. 'Je hoorde me wel.'

'Wat?'

'Ik zei dat je vriendin mijn lul en mijn ballen vanmiddag nog in haar mond had, terwijl jij in de trein hiernaartoe zat.'

Bernard slaat met een vuist in de richting van je gezicht maar schampt niet meer dan je jukbeen. Zelf lijkt hij ook verbaasd dat hij je heeft proberen te slaan. Met beide handen pak je zijn shirt vast, vlak onder zijn keel. Dan geef je hem een kopstoot. Zijn neus kraakt tegen je harde voorhoofd, je tanden klappen op elkaar. Je houdt met beide handen het shirt vast, ook na jullie val op het gras.

Iemand schreeuwt je naam.

'Bernard!' roept iemand anders.

Het gras is toegeeflijk en een beetje vochtig. Bernard probeert overeind te komen, maar je houdt hem tegen, stompt hem nog een keer hard in zijn maag: 'Wat dan?' roep je. 'Wat dan?!'

Een oom van Cato trekt je naar achteren en omhoog. Iemand anders, een klasgenoot of een vriend, houdt Bernard omhoog, zijn armen onder zijn oksels. Bloed stroomt uit Bernards neus. 'Wat doe je? Wat doe je echt?' zegt hij, kijkend naar zijn bebloede handen.

'Wat?!' schreeuw je. 'Wat?! Kom dan!' Je proeft bloed in je mond. Het smaakt naar meer.

Elin komt van één kant op jullie afgelopen. Rondom Bernard heeft zich een groepje gevormd; jij staat in je eentje, alleen op het gras. Je voelt het, heel fysiek, de ring van leegte om je heen. Elin kijkt eerst naar Bernard en dan naar jou en zegt: 'Ach, jongen.' Maar je wil niet langer haar medelijden, noch haar logeerkamer: je wil Cato. En je wil dat iedereen weet wat gaande is: jazeker mensen, de hondenjongen ligt elke avond met Cato te neuken.

Bernard zegt iets over een tand, onverstaanbaar omdat hij met zijn duim en wijsvinger aan zijn gebit voelt.

Je zegt, meer tegen Elin dan tegen Bernard: 'Hij moet z'n bek houden.'

Victor staat aan de andere kant. 'Die toon accepteer ik niet. Niet hier, niet in mijn tuin. Niet tegen de vriend van mijn dochter. Begrepen?'

Je knikt, zonder hem aan te kijken.

'Mooi. Dan heb ik nu graag dat je vertrekt.'

Nu kijk je wel Victors kant op, klaar om ook hem aan te vallen. Hij heeft de grote rode brandspuit van naast de barbecue vast.

Cato staat achter haar vader, tranen in haar ogen. Ze zegt enkele keren, haar handen voor haar mond en neus gevouwen: 'Wat heb je gedaan? Wat heb je gedaan?'

Je kijkt eerst naar Victor en dan naar Cato en zegt, met de kalmte en het overzicht van iemand die een pakbon opleest, een kalmte die ook jou verbaast (zelfs je handen trillen niet): 'Ik heb een afrekenmomentje ingebouwd. Dat leek me wel toepasselijk voor een afscheidsfeestje.'

Je draait je om, loopt de keuken in, de hal door, de voordeur uit, het grindpad op, langs twee vriendinnen van Cato die in het portiek staan te roken.

'Hé,' zegt een van hen en ze probeert heel koeltjes te kijken, terwijl ze een poging doet de sigaret achter haar hand te verschuilen. 'Waar ga jij hee–' en dan ziet ze het bloed op je voorhoofd, gevolg van je kopstoot. 'Wow. Wacht. Is er iets?'

Op dat moment, door precies díe vraag (is – er – iets?), moet je huilen. Je begint te rennen, het pad af, naar je scooter en veegt met je onderarm je tranen weg.

Je staat in de cirkel van de thuisspelende tegenpartij, in een wirwar van teamgenoten en tegenstanders. Je gaat voor de keeper staan, met je rug naar hem toe, om hem het zicht op de vrijeslagnemer aan de kop van de cirkel te ontnemen. Je maakt oogcontact met je teamgenoot, knikt bijna onzichtbaar naar rechts, stapt uit naar links en vlug terug naar rechts en de bal komt hard naar je forehand. Je draait je stick een kwartslag en zonder de bal aan te nemen, kaats je hem met veranderde richting naar het doel, een tip-in, en als je je bovenlichaam doordraait, zie je dat de bal in de lange hoek verdwijnt, voorbij het te laat uitgestrekte been van de keeper. Het witte plastic tikt hard en dof tegen de plank.

Na de wedstrijd ren je naar je ouders die aan de rand van het veld achter de reclameborden staan te wachten. Je zoent ze allebei op hun wang. 'Mam, pap,' zeg je. 'Zagen jullie m'n tip-in?'

'Natuurlijk,' zegt je moeder. 'Wat een goal!'

7

Amsterdam, 2002-2006

Je ligt in je bed in een kamer die je deelt met Floris. Aan het plafond hangt een schilderij van een gevleugelde vrouw die de dauw aflegt, een doorzichtige sluier; in het doek zitten brandgaten, winkelhaken, en in het midden een rond gat waar een kroonluchter doorheen hangt. Een deel van de dubbele, olijfgroene deur gaat open en je kamergenoot komt binnen, getooid in ochtendjas.

'Goedemorgen!'

'Goedemorgen,' mompel je.

'Het is kwart voor tien!' Hij rukt de eerste van twee gordijnen open. Een deel van de binnentuin verschijnt.

'Ik weet het, ik weet het.'

'In de benen dan!'

Als Floris het tweede gordijn opent, zie je de bovenkant van de bloeiende magnolia in de achtertuin.

'Goed geslapen?'

Je knikt.

Floris en jij hebben na de basisschool slechts een jaar bij elkaar op dezelfde middelbare school gezeten, voordat hij naar Heerenveen verhuisde. Jullie kwamen elkaar de afgelopen zomer in Amsterdam weer tegen op de inschrijvingsdagen van een studentenvereniging. Floris was in de breedte nog meer gegroeid dan in de lengte – een dressoir van negentien jaar oud. Hij wilde weten waarom jij lid wilde worden van het corps. Je haalde je schouders op. Je vader was lid geweest, je moeder niet, maar dat zei niets. Het was je zus geweest die had gezegd: 'Probeer het nou, anders zit je straks de hele dag op je kamer R.E.M. en Radiohead te luisteren en deprimerende boeken te lezen.'

Twee maanden later liepen Floris en jij weer in de Warmoesstraat. Het was elf uur 's avonds, de penningmeester had jullie naar het dispuutshuis gestuurd om de 'quaestormap' op te halen die hij was vergeten. De grachten waren stil, het halvemaanvormige licht van de lampjes op de bruggen vormde een perfecte cirkel in het water; als je het elektrische licht en de auto's zou wegdenken, kon je jezelf in de zeventiende eeuw wanen. In de gang brandden waxinelichtjes, de huisbewoners stonden opgesteld in het trappenhuis en zongen het huislied.

Je bent de afgelopen maanden opgenomen in een gezelschap van dispuut- en huisgenoten en je wereld is volledig veranderd; beelden die je zelf nog niet helemaal gelooft, bleken opeens onderdeel geworden van je dagelijks leven: eindeloze etentjes in de keuken; kamers met stapels cd's van The Beatles, The Smiths, Joy Division, The Cure en David Sylvian; Stanley Kubrick-filmnachten in de kelder – en dan de boeken in de grote boekenkast in de gang: *Le Grand Meaulnes*, *Memoirs of a Fox-Hunting Man*, *Berlin Alexanderplatz*.

Dat laatste boek ligt nu naast je bed. Je plaatst je voeten op de plakkerige parketvloer en trekt een trainingsbroek en shirt aan en schiet in je gympen.

'*Chop, chop*,' zegt Floris.

Op de binnenplaats, tussen het voor- en achterhuis, staat een Albert Heijn-karretje vol glas. Floris en jij tillen het over de gebutste drempel de gang in en rijden het onder het hoge plafond met gestucte sierlijsten en langs de zijpanelen van marmer over de ooit rode loper naar de voordeur.

Je vingers grijpen tussen de koude spijlen en je tilt het karretje – met twee kratjes achterop – rechtop van de huisstoep af. Op de stoep van de gracht begint het rinkelen. Een man op de fiets kijkt jullie gefascineerd na. Een vrouw met een hondje aan de lijn weigert opzij te gaan, dus zwenken jullie op de brug naar de Berenstraat de weg op, waardoor een taxi – wonderbaarlijk geduldig – op jullie moet wachten.

In de Berenstraat liggen twee verkeersdrempels, gemaakt van driehoekige stukken beton, tegen elkaar gezet. Het continue rinkelen van het glas stopt even als jullie eroverheen rijden: *klink-klink-klink – rrrrr – klink-klink-klink – rrrr!* Het intermezzo markeert het middelpunt van jullie taak.

Op de Elandsgracht, naast de standbeelden van Tante Leen, Manke Nelis en Johnny Jordaan, gooien jullie de lege flessen in de glasbak.

In de Albert Heijn steekt Floris de overige statiegeldflesjes één voor één in de emballagemachine, daarna haalt hij de twee kratjes. Van de opbrengsten kopen jullie de koekjes voor het wekelijkse theedrinken met de schoonmaakster.

Een oudere vrouw achter jullie, een plastic tas met lege flessen stevig vastgeklampt tegen haar jas, is zichtbaar geïrriteerd over de tijd die jullie innemen. Floris bekijkt haar van top tot teen. 'Goedemorgen! Samenleven is samen leven.' Dan draait hij naar jou en kijkt op zijn horloge: 'We hebben nog vijf minuten. Dat redden we.' Hij knipoogt en drukt op de groene knop en houdt dan de statiegeldbon omhoog, als een kaartje voor een uitverkochte voorstelling: '*Forza!*' Terwijl hij zijn ene arm om je heen schiet en met de ander richting het schap met de koekjes wijst, valt zijn ochtendjas open en zie je zijn geblokte, witte lijf.

Je broertje zit met een grote, ongelovige glimlach op zijn gezicht aan de keukentafel. Aangezien je niet meer naar huis gaat, heb je hem uitgenodigd om elke dinsdag te komen eten. Voorafgaand gaat hij naar gitaarles in de Jordaan. Jij betaalt die lessen met het geld dat je verdient op een huiswerkinstituut in Oud-Zuid. De eerste tijd ging dat best goed, maar de laatste maanden komt hij slechts sporadisch opdagen – en áls hij komt, riekt hij naar gel en wiet.

Eerder deze week stond je op de binnenplaats van de faculteit een peuk te roken, toen je telefoon ging. Het was Alex, een broekzakbelletje: je hoorde mensen praten, een auto die voorbijreed. Toen je broertje, vijftien jaar oud, die aan iemand vroeg of die voor hem 'voor een tientje wilde halen'. Je had opgehangen, getwijfeld wat je moest doen en uiteindelijk een berichtje gestuurd: 'Gelukt? ;)' Je had geen antwoord gekregen. Je had je verder geen zorgen gemaakt. Niet omdat daartoe geen reden was.

Nu zit je tegenover je broertje, twee borden roti voor jullie. De rest van je huisgenoten is al naar de sociëteit. Je hebt haast. Je wil naar je vrienden toe. Je broertjes pupillen zijn klein, hij zegt amper iets. Hij glimlacht. Het irriteert je.

'Is het nog gelukt?' vraag je. 'Bij de shop?'

Je broertje kijkt je aan met glazige ogen en begint te gniffelen.

'Wat?' zeg je.

Nu lacht je broertje harder. ''k Was op school,' zegt hij. 'Uiteraard.' Hij lacht weer, onderdrukt.

Je zucht diep.

'Wat?' vraagt hij.

'Niks.'

'Ik was op schóól. Echt. Wist je dat papa en mama gaan scheiden?'
Hij glimlacht nog steeds.

'Geloof jij het?'

'Deze keer is het echt, volgens mij. Papa woont al een zes maanden of zo niet meer thuis, maar bij z'n nieuwe vriendin. In Huizen.'

Je vraagt bewust niet hoe het dan nu met hem en Annabelle gaat, alleen in één huis. Alsof je broertje je gedachten kan lezen, zegt hij: 'Mama is echt niet te doen. Wat zíj allemaal zegt...'

Je zwijgt. Te lang. Vraagt dan: 'Wat zegt ze dan?'

Je broertje glimlacht nu weer. 'Niks.'

'Probeer het te negeren.'

'Top.' Alex moet opnieuw grinniken, probeert het te onderdrukken maar schudt zijn hoofd.

'Ben je stoned?'

'Uiteraard.'

'Ik had nu ook op de kroeg kunnen staan. Daar wordt nu gestreden om een goede tapkast. Da's belangrijk voor dit jaar.'

'De "tapkast"? "Belangrijk"?'

Je twijfelt zelf ook over het belang van die situatie in vergelijking met deze. Maar je broertje moet jouw keuzes nu niet ter discussie stellen: je eigen leven, dat zo lang nep was, een oud kostuum, vodden uit een verkleedkist – vodden die je hebt afgeworpen, vervangen door een uniform, de strakke pasvorm van een maatpak dat je schouders naar achteren trekt, dat je het gevoel geeft dat met jou niet meer geknoeid of gerommeld kan worden.

'Ja. Tapkast.'

'Whatever.' Zijn grijns is verdwenen.

'*Whatever* whatever.' Hard, inderdaad, en kortaf, maar je broertje is te stoned om te snappen wat het betekent.

'Je zou nu dus liever "op" de kroeg staan?' vraagt hij.

'Je snapt het niet.'

‘Ik snap het prima. Je vindt het allemaal veel te belangrijk.’

‘Ja. Ik zou nu graag op de sociëteit zijn.’

‘Dan ga je toch lekker? Het is niet zo dat ik je eerder heb tegengehouden, of wel?’

‘Je moest eens weten.’

Alex kijkt alsof je hem vanachter in zijn knieën hebt geschopt. Je vindt het zelf ook een waardeloze opmerking en probeert het te herstellen. Je vraagt voorzichtig, met je hand op het tafelblad zijn richting op bewegend: ‘Moet je zoveel blowen?’

‘Je hebt geen idee hoe het is. Jij hebt die brief geschreven dat je ze nooit meer wil zien en daarmee is het voor jou klaar... Terwijl... ik woon daar nog.’

Je trekt je hand terug, staat op en loopt naar de ijskast. ‘Ik heb ook in dat huis gewoond.’ Je opent de ijskastdeur en pakt twee biertjes.

Je bent student in Amsterdam en je betaalt alles zelf – je huur, je studie, de maandelijkse hoofdelijke omslag van het dispuut – met je beurs, een aanvullende lening en de opbrengsten van de bijlessen. Je woont *hier*.

Je wil niet terugdenken aan die mensen, aan dat huis.

Je wil je geen zorgen hoeven maken over wat daar gebeurt.

Je wil niet voelen dat je je broertje daar hebt achtergelaten.

Waarom laat je hem dan elke dinsdag hierheen komen?

Je zet de biertjes op tafel en zegt: ‘Het komt goed. Echt.’

Brief aan je broertje, geschreven tijdens je derde jaar in Amsterdam, de zwarte inkt al bruin geworden (je bent verbaasd dat hij hem heeft bewaard):

Amsterdam, vandaag

Lieve broer,

Ik denk dat ik allereerst moet uitleggen waarom ik deze brief schrijf, en waarom ik niet gewoon bel, of je simpelweg vraag weer eens langs te komen. Ik schrijf je omdat ik een paar dingen kwijt wil. Op papier kan ik mijn gedachten nu eenmaal beter ordenen, zodat jij die op jouw beurt beter kunt begrijpen. Bovendien heeft een gesprek iets vluchtigs. Een geschreven woord staat tenminste ergens en krijgt daardoor meer gewicht – en hopelijk meer betekenis.

Dit is overigens de derde poging deze maanden om je een brief te schrijven sinds de laatste keer dat we elkaar zagen; de vorige twee gingen elke keer weer te veel over mezelf. Over de avonden die ik voor je vrijmaakte, over de gitaarles die ik betaalde, terwijl je continu stoned langskwam, of over de films die je wil zien als we naar de bioscoop gaan. Dat wil ik niet: ik wil dat het in deze brief over jou gaat.

Hoewel, vergeef me, toch nog even iets over mijzelf. Ik ben niet altijd een goede broer geweest, daarvoor heb ik me de laatste jaren te vaak afzijdig gehouden. In deze brief wil ik dan ook zeker niet belerend en hypocriet overkomen. Wel wil ik wat dingen zeggen, die ik meen te móeten zeggen – zowel voor mijzelf, als voor jou.

Lieve broer, jij bent niet verantwoordelijk voor de situatie waarin je je bevindt – die situatie is dus niet jouw schuld. Die is de schuld van onze ouders. Tegelijkertijd is het leven géén schuldvraag: het draait erom hoe je omgaat met wat gebeurt. In de basis is ieder mens alleen verantwoordelijk voor zijn eigen gedrag (dat bepaalt hij namelijk zelf) te allen tijde, in iedere situatie (die hij misschien niet zelf heeft bepaald). En ik vind dat jij je te veel als slachtoffer opstelt. Je moet je eigen leven zélf vormgeven – niemand anders gaat het voor je doen.

Bedenk wat je wil doen met je leven. Onthoud dat het leven nog niet half zo heilig is als wat je ermee doet. Vind een passie (de mijne, bijvoorbeeld, is schrijven) en laat die niet meer los. Soms is het leven frustrerend, teleurstellend en eenzaam, maar in je passie kun je die frustratie, teleurstelling en eenzaamheid kwijt – en zo zul je uiteindelijk worden beloond voor je doorzettingsvermogen.

Waarom Annabelle zich gedraagt zoals ze zich gedraagt, weet ik niet. Maar: het is niet jouw schuld. Geloof nooit, maar dan ook nóóit, dat jij of jouw gedrag haar gedrag kan verklaren. De illusie dat jij voor haar moet veranderen, moet je meteen en voorgoed laten varen. Annabelle en Peter hebben hun eigen problemen, hun eigen keuzes gemaakt – daar moeten zij verantwoordelijkheid voor nemen. En die moeten ze niet aan anderen doorspelen.

Laat je evenmin door een van de twee aanpraten dat de ander (of wie dan ook) gek, slecht of dom is, of dat je moet kiezen (voor wie dan ook). Jouw relatie met je vader staat los van je relatie met je moeder, net als je relatie met Emilie, met mij, met wie dan ook.

Bekijk je ouders kritisch. Spaar ze niet, enkel omdat ze je ouders zijn. Ouderdom is geen garantie voor wijsheid, evenmin als biologische verwantschap dat is voor onvoorwaardelijke liefde. Ik denk dat onze ouders een slechte invloed uitoefenen op hun kinderen, dat hun adviezen slecht zijn, en dat ze hun levens jammerlijk hebben verprutst. Eigenlijk zijn ze maar voor één ding geschikt: om uit te lachen.

Het frustreert me enorm dat ik je zo weinig zie – dat is nu eenmaal onvermijdelijk gezien het leeftijdsverschil. Maar hoe we daarmee dealen, is onze verantwoordelijkheid. En ik zie het als mijn verantwoordelijkheid dat jij niet het kind van de rekening wordt. Ik wil je daarom nog eens op het hart drukken dat je alles met me kunt bespreken, zonder dat ik daar een oordeel over zal vellen, of zonder dat ik het zal doorvertellen aan anderen. Vroeger wilde ik te vaak mijn zienswijzen aan jou opdringen, maar mijn leven is het mijne, en het jouwe is het jouwe.

Lieve Alex, weet dat jij alles kunt. Jij bent dapper. Jij bent prachtig. Hou vol.

Ik hou van je, en ik ben er trots op je broer te mogen zijn,

Je broer

Floris komt in bestuursvestje de borrelzaal binnen en gaat op het ouderejaarspodium naast je staan. Hij kijkt de zaal in, waar jongerejaars jullie hoek proberen te ontzetten. Jullie loeren als biddende valken naar een zee van jongemannen die heen en weer deint, en tegen de kadekanten van het ouderejaarspodium en de zaalmuren klotst. Je wil je als een jan-van-gent in het water storten, iemand grijpen, bovenkomen. Maar groenbesturen zooien niet, dat is de regel.

'Ik mis het wel,' zegt hij. 'Dat die twee garnaaltjes in je koppie even geen contact meer maken en je schouders en je armen en je benen het overnemen.'

Uit de mensenmassa onder jullie schiet als een vliegende vis een jongen omhoog die indruk wil maken: hij stapt de twee treden van het podium op en pakt Floris vast. Hij weet maar met één hand het jasje van de jongen te pakken, stapt onhandig de trap af, verliest zijn balans, en valt hard op de grond. Als Floris opkijkt, loopt er bloed over zijn gezicht. De vliegende vis zelf is ook geschrokken. Trots en vrees vechten in zijn uitdrukking om voorrang. Hij kijkt op, naar zijn vrienden.

Voordat je het weet, ben je het podium af gevlogen en heb je hem vastgepakt. Je schreeuwt in zijn gezicht: 'Ik maak jou helemaal kapot! Helemaal kapot! Hoor je dat?'

Ik maak je helemaal kapot, ja.

Enkele dispuutgenoten, onder wie Floris, sleuren je echter van de vis af voordat je hem echt goed te grazen kunt nemen.

Twee jaargenoten van de jongen helpen hem overeind. Jullie staan met twee rijen van vijf of zes jongens tegenover elkaar als de frontlinies van strijdkrachten, bestuur en jongerejaars door elkaar. Floris' verwonding valt mee.

De jongen kiest, of daardoor of doordat jij net niet doorzette, voor trots: 'Je hebt mazzel, gap, dat ik een goede dag heb.'

Je schudt je hoofd en drukt een vinger tegen zijn borst: 'Nee, jij hebt mazzel dat ík een goede dag heb.'

'O ja?' Twee samengeknepen blauwe ogen die je aankijken. 'Wat weet jij van bloed, vriend?'

Je twijfelt. Kijkt opzij, de houten vloer, de vieze muur, balt je hand tot een vuist, maakt dan oogcontact. 'Dit.' Zijn jukbeen kraakt onder je knokkels. De ontlading voelt heerlijk, zelfs, of ook, als je voelt dat andere handen je nu vastgrijpen en je ziet dat Floris zich naast je in het gevecht stort.

Floris en jij zitten op de trappen van de Beurs van Berlage een frietje te eten. Hij heeft een zwaluwstaartje naast zijn wenkbrauw. Zijn jasje is onder de oksel gescheurd, zijn das hangt losjes in zijn boord. Jouw linkerhand klopt van de pijn en je balzak zeurt.

'Dat wordt een schorsing, vrees ik,' zegt hij. En daarna: 'Beetje stoom afblazen is natuurlijk prima, maar dit is geen strategie voor de lange termijn. Ik ben wel moe van de hele santenkraam, van de dingen die ik zeg, die ik doe, van de kleding die ik draag. We hebben het de laatste maanden allemaal wel verdomd serieus genomen.' Hij kijkt je aan en lacht. 'Zitten twee corpsballen, jas-das, bebloed en verfrommeld, voor hun sociëteit. Zegt de een tegen de ander: "Waren we er bijna in getrapt!"'

'Het is maar een spel,' zeg je.

'Van spel naar ernst is vaak maar een kleine stap. Voor je het weet, sta je de rest van je leven andere mensen in hun gezicht af te blaffen over wat ze allemaal wel en niet zouden moeten doen.' Floris kijkt nog eens naar zijn bebloede knokkels. 'Als je maar lang genoeg speelt dat je een grote bek hebt, krijg je 'm vanzelf.'

Je knikt, eet, voelt de haarwortels op je hoofd prikken, het zweet op je rug.

‘Hoe gaat het schrijven?’

‘Goed.’

‘Heb je al wat gehoord van dat tijdschrift?’

Naast tante Josephine neemt niemand je schrijven zo serieus als Floris. Nou ja, jijzelf. Alle ochtenden dat je in een verder slapend studentenhuis op je kamer achter je bureau zit te schrijven, in die kleine ruimte tussen stapels en planken vol met boeken, en denkt: als ik dit de rest van mijn leven mag doen… Maar blijkbaar is het schrijven alleen niet langer genoeg. Je wil gepubliceerd worden.

‘Nee.’

‘Eikels.’

‘Ja. Ik weet natuurlijk ook niet of het goed genoeg is.’

‘Nee, natuurlijk weet je dat niet. Het is pas goed genoeg als het in dat tijdschrift staat. Zo werkt het. Dan is het literatuur. Maar dan moeten die fuckers het wél lezen.’

Je staat op van de trappen. ‘Ik ga.’

‘Waarheen?’

‘Naar huis.’

‘Lieg niet,’ zegt Floris. ‘Wedden dat je morgenochtend weer niet in je eigen bed ligt? Ik wil wel weten wie het is, hè? Ooit.’

Het OLVG. Je ligt in een operatieschort op een koude tafel in een operatiekamer. Om je pols een bandje met naam, patiëntennummer en geboortedatum; in je linkerhand een dikke infuusnaald die telkens opvlamt als je je vingers verroert. Je probeert je arm en hand niet te bewegen. Aan je voeten blaast iemand of iets warme lucht onder de lakens. Zo horizontaal ben je de helft van de kamer – voeten, benen, stoelen op wieltjes – kwijtgeraakt. In het systeemplafond hangt om de twee panelen een lichtbak. Op de muur staan op ooghoogte diagonaal rode en oranje strepen. Je weet niet waarom sommige beelden bepaalde gedachten oproepen, maar je moet door die lijnen denken aan de eenden op het behang in je broertjes kamer, thuis, vroeger.

'U bent één meter eenennegentig?' vraagt de anesthesist. Hij heeft twee grote uilenogen, en als enige expressie twee borstelige wenkbrauwen boven een mondkapje.

Je knikt, bezorgd dat je stem de orde en rust in de kamer zal verstoren.

'En weegt negentig kilo?'

De operatiemuts kraakt als je je hoofd beweegt. 'Tegen de.'

'Oké,' en hij kijkt alweer weg. 'Komt goed.'

Je ondergaat een ingreep vanwege een verder onschuldige spatader in je balzak, waardoor je daar een dof, kloppend gevoel krijgt als je lang staat, zoals op de sociëteit of het hockeyveld, dan moet je gaan zitten of een aspirientje nemen – of allebei. Je bent klaar met dat gezeik.

Na de operatie word je naar de uitslaapkamer gereden en lig je wat te dommelen. Een paar uur later mag je weer naar huis. Je klimt voorzichtig uit bed en schuifelt als een oude man naar de kleine kleedkamer. Terwijl je daar staat te prutsen met je boxershort, begin je te zweten alsof je net een wedstrijd hebt gespeeld. Je plaatst je hand tegen de muur, sluit je ogen. Je bent benauwd op de borst en je hoofd voelt steeds lichter aan, al het bloed lijkt weg te trekken. Je legt je hoofd tegen de muur en probeert je pols op te nemen, maar je voelt geen slag. Als je je ogen opent, kijk je door de sneeuwstand van een oud televisietoestel naar de dingen om je heen. Dan zak je door je benen. Op de weg omlaag kun je nog net aan een alarmkoord trekken.

Terug in een ziekenhuisbed, maar ditmaal op een andere plek dan vanmiddag: je bed is het enige in een kleine kamer met een tafeltje met twee stoelen bij het raam. Een verpleegkundige neemt met de hand je hartslag op, terwijl hij de monitor naast het bed bekijkt. 'Nog steeds boven de honderd,' zegt hij tegen zijn collega aan het voeteneinde, 'maar wel heel wat rustiger dan net.'

'Hallo,' zeg je. Je stem klinkt ver weg.

'Kijk eens aan. Daar ben je.'

De verpleegkundige legt uit dat je een episode van een hartritmestoornis hebt gehad, waardoor je hart zo snel pompte dat het de slagen niet goed afmaakte. Dat betekent dat de holle spier niet volledig samenkneep, waardoor het bloed minder goed rondging.

'Een soort van hartaanval, dus,' zegt de vrouw aan het voeteneinde. 'Maar goed dat je hier was toen het gebeurde. We konden je meteen de juiste medicijnen geven.'

Je beweegt je hand over het laken. Je hebt een infuusnaald aan de binnenkant van je pols die ook pijn doet.

'Hoe kan dat?' vraag je.

De vrouw stopt met schrijven. Ze haalt haar schouders op en tuit tegelijkertijd haar lippen. 'Erfelijke aanleg. Pech. Zo'n jonge jongen als jij… De dokter zal straks wat meer vertellen. We gaan nu even je zus halen. Ze is net de gang op om te bellen.'

'Dank.' Je hoofd voelt nog steeds vederlicht aan, het lijkt of maar een gedeelte van het bloed is teruggestroomd. Je trekt je wenkbrauwen op in de hoop het rare gevoel te wissen als ruitenwissers de regen.

Tevergeefs.

Vlak nadat de verpleegkundigen zijn vertrokken, komt Emilie de kamer binnen. 'Wil je dit nooit meer doen?' zegt ze.

'Wat?'

'Mij niet vertellen dat je geopereerd wordt? Niemand vertellen dat je een ingreep had? Ik schrok me kapot toen ze belden.'

Je hebt het wel aan iemand verteld, maar die werd niet je contactpersoon. Je had op het laatste moment besloten toch je zus op te geven als contactpersoon. Dat was omdat Floris zei: 'Wat doe ik als ze mij bellen? Dan bel ik toch meteen Emilie? Bel mij wel meteen als je klaar bent, oké?' Je moet Emilie vragen of ze Floris wil bellen – maar dat kan zo. Of je stuurt hem zelf een berichtje. Dan stuur je ook meteen dat andere berichtje; ook zij zal zich zorgen maken.

'Met wie was je aan het bellen?' vraag je.

'Marthe. Je krijgt veel liefs. Ik bel papa en mama zo even.'

Je schudt je hoofd. De randen van je blikveld zijn niet helemaal scherp.

'Als ik wilde dat Peter en Annabelle hiervan wisten, had ik ze zelf wel geïnformeerd.'

Je zus kijkt gekwetst. 'Kun je mama alsjeblieft gewoon "mama" noemen?'

'Nee. Bovendien: ze zijn toch uit elkaar?'

'Nee. Ze zijn weer bij elkaar.' Ze glimlacht. Een glimlach die te groot en te gemeend is. 'En Cato?'

Haar naam doet fysiek pijn, een vinger die hard op je borst drukt. 'Die heb ik al heel lang niet meer gesproken.'

Je zus kijkt verbaasd. 'Wát?'
'Sinds mijn eindexamenjaar al niet meer.'
'Echt niet?'
'Nee.'
'Helemaal niet?'
'Nee.' Je klinkt geïrriteerd, je hoort het zelf. Maar het is ook irritant, hoe vaak je aan Cato denkt, hoe diep alles zit, het verdriet, de woede en het gemis.
'Waarom heb je me dat niet verteld?'
'Omdat we het daar allemaal niet over zouden hebben, weet je nog?'
Emilie knikt. 'Wat doe je?'
'Ik zoek mijn telefoon.'
'Waarom?'
'Ik moet even iemand een berichtje sturen.'
'Wie?'
'Wat gaat je dat aan? Dan vertel je dat weer aan Annabelle en dan heeft ze weer een stok om mee te slaan. Je weet dat die twee knettergek zijn, hè? En radioactief. Ze besmetten alles en iedereen.'
'Je hoeft ze niet zo aan te vallen...' zegt je zus.
'Jíj hoeft ze niet te verdedigen, bedoel je!'

E-mail aan Emilie, verstuurd enkele maanden na je ontslag uit het ziekenhuis:

Liefste zus,

Allereerst, mijn excuses: ik was in het ziekenhuis niet fair en niet lief.

Het is zo lief dat je kwam. En je was bezorgd en liefdevol.

Het was niet fair je daarop aan te vallen. Je liefde en bezorgdheid. Ik wil je uitleggen waarom je een tijdje niets van mij hebt gehoord. Ik denk dat praten beter is dan bellen en bellen beter dan een bericht/mail, maar ik ben ook bang voor de emoties tijdens zo'n gesprek.

En ik wil eerlijk zijn.

Ik vind het niet fijn dat je Peter en Annabelle hebt gebeld. Niet fijn omdat ik ten eerste heb aangegeven dat ik dat niet wilde, ten tweede omdat ik denk dat het ook voor jou niet goed is om contact met ze te hebben.

Over het eerste: Peter en Annabelle staan niet open voor een ander perspectief dan dat van henzelf (en dát is geen waarachtige interactie) én ze nemen geen enkele verantwoordelijkheid voor hun gedrag. Dat tweede: ik begrijp dat iedereen een andere band heeft met hun ouders, zelfs als je dezelfde ouders hebt. Dus, jouw moeder is mijn moeder niet en jouw vader is niet de mijne. Toch geloof ik dat het beter is voor jou als je minder met ze omgaat, dat het beter zou zijn ze niet zo dichtbij te houden. Je bent de laatste jaren heel korzelig en dat komt volgens mij door je blootstelling aan hen.

Over die blootstelling: uit groot Amerikaans onderzoek blijkt dat negatieve levenservaringen in je kindertijd samenhangen met gezond-

heidsproblemen op latere leeftijd. Hoe meer trauma's, hoe meer gezondheidsproblemen: hoe groter het risico op een slechte gezondheid, op (vroegtijdige) hart- en vaatziekten, óók als je de experimenteren-en-risicovol-gedragontwikkeling als gevolg van zo'n jeugd eruit filtert. Kortom: ouders doen hun kinderen veel meer aan dan wat ze ze aandoen. Maar dat willen ze niet weten.

Elke dag, elke ochtend, bij de bètablokkers en bloedverdunners die ik nu slik tegen een onregelmatige hartslag en de kans op een bloedpropje, word ik herinnerd aan de reële gevolgen van onze opvoeding. Bij elke nierfunctietest, bij elke pil, en elke meewarige blik van de huisarts-assistent, bij iedere verpleegkundige op de eerste harthulp die, voorafgaand aan een cardioversie (vier tot nu toe), zegt 'Je bent hier veel te jong voor': onze jeugd. En nu bereid ik me als jonge twintiger dus voor op een ablatie. In de hoop dat dat helpt.

Tot slot, ik denk hier veel aan: dat je fysiotherapie wilde studeren, maar dat dat niet mocht van Peter en Annabelle. Je had je vwo-diploma niet voor niets. Als je niet wist wat je wilde studeren, dan moest je maar voor rechten kiezen – 'altijd goed als je niet weet wat je wil' en 'dan kun je alles nog worden'.

Maar je wist het dus wel!

En met rechten kun je geen fysiotherapeut of dierenarts worden.

Nu ben je bijna jurist.

Er is niet één moment dat je leven bepaalt, het is een verzameling van momenten.

Als kind leer je van alles over het leven. Dat wil zeggen, van de basiselementen. Van je idee van een tuintafel en een zomerdag tot je ideeën over kinderen en het ouderschap. Dat zit heel diep. Zelfs als je denkt dat je die aangeleerde opvattingen hebt verworpen. En jij, jij bent een – te – loyaal kind.

Lieve zus, ik hoop dat je vindt wat je zoekt. Dat je gelukkig wordt. Ik probeer dat op mijn manier ook. Met mijn lijf en leden en mijn werk.

Ik zou het fijn vinden als je in mijn aanwezigheid niet meer over Peter en Annabelle wil praten.

Ik heb hun een brief gestuurd waarin ik dit ook uitleg, dat ik hen niet meer wil zien – al hebben ze die toelichting niet verdiend, natuurlijk.

Ik vind dat jij die wel hebt verdiend. Net als mijn excuses.

Ik hou van je en zie je snel.

Emilies antwoord-e-mail, een week later:

Oké.

Je staat trillend en hijgend voor het grote raam van je kamer met een boek in je hand. Op de vloer, onder aan de muur naast het raam, ligt een opengeslagen boek waaruit enkele katernen zijn gevallen. Aan de andere kant van het raam: lucht, leegte, niks – en dan weer een raam, glas en hout, en de kamer van Floris.

'Godverdomme!' schreeuw je. Je stem is schor. Je voelt de woede uit je weglopen, wat achterblijft is leegte, verdriet, machteloosheid. Dat wil je niet voelen. 'KUT!'

Je gooit nog een boek tegen de muur.

Je laptop staat open, een afwijzings-e-mail van een literair tijdschrift. Dat je werk heel goed is, jadiejadiejadie, maar helaas niet geschikt voor opname in 'ons blad'.

Floris komt binnen. 'Wat is er?'

Je draait je naar hem toe.

'Ik ben niet goed genoeg.'

'Wat?'

'Mijn gedichten zijn afgewezen.'

Floris lacht. 'Wat je schrijft is briljant.'

Je knikt naar je laptop. 'Vinden zij niet.'

'Ze snappen er geen bal van. Jij komt er wel. Want jij hebt iets te zeggen. Het duurt gewoon even. Elke afwijzing is een stap dichter bij je doel.'

'Misschien,' zeg je, 'héél misschien, moet je mijn teleurstelling even de ruimte geven? Niet meteen smoren met die ouderlijke liefde van je? Ik ben je zoon niet en jij bent mijn fucking vader niet.'

Je loopt langs de Amstel, voorbij de Kerkstraat. In het water: boten. Langs de kade: huizen. Over het water: bruggen. Op de stoep: lantaarnpalen. Iemand heeft die boot ontworpen en gebouwd, die huizen getekend en uit de grond opgetrokken, elektriciteitsdraad vanuit de ene naar een andere paal gelegd, en vervolgens naar een centrale, de ene oever met de andere verbonden. Door te handelen. *En hoe klein de invloed van ons eigen handelen ook is, het is het enige waar we iets over te zeggen hebben – zo definieert wat wij doen, ons. Meer dan wat dan ook.*

Maar hoeveel verandert als je werk wordt gewogen en wel zwaar genoeg bevonden! Niet alleen kun je dan je ouders laten zien wat je denkt, maar vooral ook kun je ze dan tonen wie je bent: iemand die geen onderdeel vormt van hun waanzin.

Je wou dat je dat kon uitleggen aan Floris. Je vriend heeft precies de juiste hoeveelheid grond gekregen om in te wortelen en een onbeperkte hoeveelheid lucht om in te groeien. Floris gelooft vanuit zichzelf in zichzelf en in de wereld. Het maakt dat hij nooit alleen is, dat hij de wereld niet wantrouwt, dat hij geen geheimen heeft en niemand op afstand hoeft te houden, en dat niemand hem op afstand houdt. Het maakt ook dat hij niet te veel over zichzelf praat, omdat hij – zoals hij het zelf zegt – 'al prima weet' wie hij is. Het maakt dat hij gelooft dat hij de beste i.e.-advocaat van Nederland kan worden zonder daarbij haast te voelen.

Jij daarentegen moet jezelf constant overtuigen dat je veilig bent en de enige manier om dat te bewerkstelligen, is door het te bewijzen, te handelen. Door nú te schrijven en afgedrukt te worden. Een boot voor, een huis in, een brug náár de wereld te maken. Het te verlichten, allemaal.

Thuis zit Floris aan een keukentafel vol vieze borden en pannen en opengescheurde verpakkingen stoïcijns de krant te lezen. Hij kijkt op als je binnenkomt en glimlacht met zijn ogen. 'Waar was je?'

'Even wandelen,' zeg je.

'Waar?'

'Naar de Stopera. En toen de Amstel af.'

Het is even stil.

'Sorry,' zeg je.

'Het is oké.'

'Nee,' zeg je, 'het is niet oké.'

'Het is oké.'

'Nee.'

'Serieus, het is oké,' zegt Floris. 'Echt.'

Je schudt je hoofd. 'Nee.' Uit de kelder klinken televisiegeluiden, je voelt een snik opkomen in je borst. 'Nee, het is niet oké.'

Lente, middag. Je loopt met je zus over de heide. Jullie hebben een logistiek huzarenstukje verricht om hier te komen. De twee kinderkarren, de tassen met eten, lepeltjes, doekjes, luiers, handschoentjes, mutsjes, rompertjes. Je zus draagt haar jongste zoontje op haar arm. Ze zingt een liedje voor hem, tegen zijn tranen in. Ze zingt voor alles wat nog gaat komen. Dan zegt ze dat hij lief is en bijzonder. Ze zegt dat hij straalt als hij lacht. Het geeft niets dat hij nog niet precies begrijpt wat ze zegt: hij begrijpt wat ze bedoelt.

Je vraagt haar niet hoe ze dit allemaal weet, hoe ze dit allemaal doet, zo goed.

Stel je voor dat je weet hoe ze dit allemaal weet. Waar ze dit voorbeeld kreeg. Ver van deze middag op de hei. In de ochtend van jullie leven.

8

Amsterdam en Vinkeveen, 2004-2005

Ze was twintig jaar ouder – twintig jaar en drie maanden – en getrouwd. En je wilde dat ze bij jou was. Dat kon niet, want ze was getrouwd. Maar haar vrouw had een beroep waarvoor ze lange dagen maakte en vaak in een andere stad bleef slapen. In de uren die vrijkwamen, uren waarin werd verondersteld dat zij sliep en uren waarin haar vrouw aan het werk was, leefden jullie een leven buiten de gewone tijd – avondeten om elf uur, gesprekken die doorgingen tot vijf uur in de nacht, het ontbijt ten tijde van de lunch.

Je weet niet precies waar ze werd geboren, in welk ziekenhuis, in welke plaats, wel in welk jaar: 1962. Het jaar dat platenlabel EMI de eerste single van The Beatles uitbrengt en dat Gerrit Achterberg, Yves Klein, Hermann Hesse, Karen Blixen en Marilyn Monroe overlijden. Een jaar dus dat, misschien meer nog dan zijn omliggende concurrenten, uiteindelijk de meeste aanspraak maakt op de titel van het jaar met de grootste omwentelingen – het einde van de macht van de vooroorlogse generatie, van de mythe van het mannelijke genie, van het onderwezen beeld van de Europese, verlichte koloniaal en van het ingeprente idee van de Amerikaanse onschuld – ook in jouw leven dus, door haar geboorte en de manier waarop ze dacht en sprak: 'Achterberg was allereerst een moordenaar en een verkrachter. Niet óók.' 'Alleen een witte, westerse man zou de lucht zo voor zichzelf claimen.' 'Blixen ging om te shoppen met de boot naar Londen en Parijs.' 'Monroes mishandeling loopt van voogd door tot studiobaas, paparazzi en president. Díe president, ja.'

Haar vader had laat een kind gekregen. Haar moeder overleed vroeg, toen ze zeven was. Wat ze nog van haar wist, hield het midden tussen droom en werkelijkheid, waarschijnlijk meer gebaseerd op foto's dan op haar geheugen. Ze zei dat het haar niet kon schelen: ze had in elk geval een beeld. Haar vader hertrouwde snel, met een jongere vrouw, natuurlijk. Ze scheelden meer dan twintig jaar.

Haar vader liet haar moeder – een groot Multatuli-bewonderaar – cremeren en ze strooiden de as uit in de duinen. Ze betreurde het, zei ze, dat ze geen duidelijk ceremoniële plek had om haar moeder te bezoeken. Voor het eerst begreep je die andere functie van begraafplaatsen: rustige plekken met herkenbare graven, waar mensen kwamen om te bezoeken en herdenken – niet om uit te waaien of te zoenen.

Dat was de eerste noch de laatste les die je van haar zou krijgen. Haar zinnen als aforismen, je schreef ze stiekem op bonnetjes. Soms vind je er nog een terug in een boek; een rekening die dienstdeed als notitieblaadje en eindigde als boekenlegger: *Als je denkt dat alles al is gezegd, heb je de hoop op vooruitgang opgegeven.* En: *Het geheim van het in stand houden van een intieme betrekking is dat je genoegen neemt met wat de ander je vertelt.* Je leerde ze uit je hoofd. Incorporeerde ze in je denken. Verrijkte je leven met hoe zij naar de dingen keek, hoe ze naar jou keek, en hoe jij door haar naar die dingen én jezelf leerde kijken. Je hebt er nog elke dag profijt van. De vraag is wel wat jíj haar gaf.

Ze groeide op in Aerdenhout. Je zag eens een foto van haar, genomen tijdens een wandeling in de duinen, een spijkerbroek met strakke pijpen en een wit T-shirt met een leren jasje erover – er zullen altijd twintigjarigen zijn, de leeftijd zelf is tijdloos; het is mode – de kleding en opvattingen – die twintigjarigen dateert. Ze keek recht in de camera, zittend op een steen of een paaltje, een glimlach waarin gelijke delen verwelkoming en 'kom maar op' waren vermengd; aan de ene kant warmte en wijsheid, aan de andere kant naïviteit en honger. Het was een doodgewone foto en zoals de meeste doodgewone foto's verhelderde hij een leven: dit was iemand die het licht anders ontving.

Die foto verraadde ook een leven vol privileges, van kennis over paarden en eilanden in de Egeïsche Zee. Van de geur van zonlicht op parketvloeren, zomers in de Vogezen en winters 'op de berg', van restaurants met vaste tafels, maître d's die trots en teder flessen rode wijn presenteren, als waren het hun eerstgeborenen – en haar als twaalfjarig meisje al toelachten als een vrouw van de wereld.

Ze vertelde over haar jeugd, dat deel van het leven dat we niet kunnen vormgeven, dat we slechts kunnen ondergaan – over rijlessen in een bak naast een oude boerderij buiten het dorp, de staldeuren lager dan je zou verwachten, de lucht zwaar met de geur van stro en hooi en paardenvijg; stoffige ramen, vies als een leeg glas melk, schaars licht op de gestorte cementen vloer. En danslessen op het loslatende visgraatmotief van de balzaal van een oud hotel in de duinen, al lang geleden afgebroken.

In het donker fietste ze naar huis onder een gigantische maan die overal scheen, op het duinzand, op de daken, op het schelpenpad. Je zag haar voor je en dacht: haar jeugd kende rust, veiligheid, warmte, een vuur dat in haar buik begon en nooit meer uit zou gaan. Elke in- en uitademing wakkerde het aan.

Verdriet had haar nog sterker gemaakt. Zachter. 'Natuurlijk is het mijn schuld / als het licht daar niet is / waar ik ben.' Ze las de regels in een boek op school en schreef ze op het behang naast haar bed, in haar dagboek, achter in schoolschriften. Ze miste een stukje van een voortand, omdat ze op haar zeventiende van een trap was gevallen toen ze een nachtvlinder uit een lamp in het voorportaal wilde bevrijden.

Haar vader was van adel, de derde lichting, die van Willem I, de ene die er 'zelf om had moeten vragen' – dat stak hem. Ze had daar niets mee, zei ze, maar ze droeg wel haar grootvaders zegelring. Haar vader had een leven van publieke dienst geleid, het salaris aangevuld met het rendement van het familiekapitaal, goed voor de kosten van het huis in Aerdenhout, een appartement op de Leidsegracht, een oude boerderij in de Vogezen. Zelf had ze een huis in de Kerkstraat en een woonboot op de Vinkeveense Plassen. Ze leerde van haar vader sober te leven, maar niet te besparen op eten en behuizing. Ze was zich bewust van haar privileges, begreep als geen ander wat delen betekende en gaf twintig procent van haar jaarlijkse inkomsten weg aan organisaties voor mensenrechten: *Als het niet veilig is voor een iemand, is het niet veilig voor wie dan ook*. Ze muntte dat vermoeide cliché opnieuw, poetste het tot het blonk, ook door wie ze was en hoe ze zich gedroeg, ten overstaan van zowel museumdirecteuren als winkelbedienden.

Ze ging studeren (kunstgeschiedenis), omdat dat hoorde, omdat een studie belangrijk was – al wist je dat pas achteraf, zei ze: 'Pas als je ergens bent aangekomen, weet je waarom je kwam.' Wellicht kwam de zegelring van pas tijdens haar werk als conservator. Indrukwekkender was de groene rivierdelta van aderen op haar handen; de lange, elegante vingers die de pianolessen onthielden die ze tot ver in haar tienjaren had gevolgd. Ze speelde Schubert en Beethoven, op de staande piano op de woonark en op de vleugel in de Kerkstraat, luisterde naar de uitvoeringen van Argerich.

Je weet dat, omdat ze voor je pianospeelde, terwijl je een studieboek doorploegde aan de eettafel van de woonboot of tomaten sneed in de keuken van haar huis. Soms nam ze een stukje op met haar telefoon en stuurde het naar jou, rustgevend als regen op het dak terwijl je in bed ligt, zacht prevelend als een boom in de wind. Je luisterde het 's nachts in je hoogslaper, boven aan de ladder waarvan elke trede kraakte, in de mufheid van ongewassen lakens. Die telefoon ben je kwijtgeraakt, maar onverminderd helder hoor je de klanken; de voorbije tijd maakt de echo enkel indringender, als stenen die in een waterput worden gegooid en de diepte laten horen. Je luisterde.

En je groeide. Als een blad. In haar licht.

Alle details, herinneringen – niet abstract, maar zo fysiek als littekens of spullen – die je een leven lang meedraagt, of, bijna meer nog: die je leven bepalen. De zegelring van haar grootvader, het horloge van haar vader, het kettinkje van haar moeder – al zou zij zeggen *dat niet de spullen maar de verbindingen met mensen je sturen.* Jij zou zeggen: die spullen verbeelden die verbindingen. Misschien zou je niet moeten zeggen dat al die details je leven volledig bepalen, is dat wat overdreven. Al wordt de zwaarte van die overdrijving vaak ook weer overdreven.

In het koude zwart van de nacht, de sterren als kerstlampjes in de hemel gehangen, liep je van de sociëteit naar haar huis, naar haar warme lijf, haar warme bed. Je herinnert je gesprekken waarin jullie je allebei even leergierig en enthousiast als kinderen uitdrukten, de wereld met woorden verkenden en zonder: je herinnert je haar lijf, jouw lijf, haar ledematen, jouw benen en armen die trilden, rilden en schokten. Je herinnert je haar alarmklok die dwingend blaatte. Je herinnert je 's ochtends vroeg bij haar de deur uit lopen, met het fluiten van de vogels en de lage zon op één kant van je gezicht. Je denkt aan de uren daarvoor, de uren van de nacht, van het duister, de uren buiten de normale uren, waarin elk gedeelte van jullie lichamen met elkaar in communicatie is geweest, haar ogen in concentratie nauw samengeknepen, haar gezicht gespannen dan weer ontspannen – en in je buik tuimelen dolfijnen.

'Ik probeer niet te veel te denken over hoe je zogenaamd hoort te zijn,' zei ze, 'als man of als vrouw, als ouder of als kind. Daardoor onderdruk je jezelf. Of je voelt jezelf juist verheven, en dan zit je evengoed gevangen, zij het iets comfortabeler.'

Je herinnert je het licht van zomerse dagen aan het water, ochtenden – zonder alarmklokdruk – die middagen werden, het zonlicht achter de witte gordijnen, steeds intenser, een licht dat alles ontvouwde, de dingen tastbaar maakte: haar gestikte schoenen op de vloer, haar lichte kleding in hoopjes op de grond naast het bad. Een witte kuip, vrijstaand, in de kamer, tussen de ramen en het bed. Je herinnert je de glanzende pagina's van je studieboeken, een glas water met de afdruk van lippen, haar gouden poederdoos, de borstel met haar blonde haren; al die beelden, geschenken; al die gevoelens, overweldigend. Je herinnert je – opnieuw – 's avonds naar haar huis lopen, door verlaten, donkere straten, en dit gevoel: dit! En niemand die dit weet en niemand die dit ziet! Je had haar beloofd, gezworen, het aan niemand te vertellen. Niet aan je zus, niet aan je vrienden, aan niemand.

Je denkt – nu – dat dat niet verstandig was.

Maar wat het opleverde: een hoofd vol herinneringen die je eindeloos kunt herhalen, als een lijst van geliefde liedjes op repeat. Haar haar als een slaperige, gouden storm op haar kussen; haar tanden die glommen als ijs. Haar mond.

Je hebt geen spullen van haar. Ze gaf je een boek over Debussy dat je bij een verhuizing bent kwijtgeraakt (stomme sukkel), het verzameld werk van Steve Reich voor ECM, dat iemand tijdens een huisfeestje van je kamer jatte (vuile ellendeling). Voor iemand die zich bewoog in de wereld van de beeldende kunst was ze veel bezig met muziek en architectuur; ze sprak met jou nooit over Ai Weiwei, Mary Cassatt, Anish Kapoor, Louise Bourgeois of Andreas Gursky. Je begon daar zelf over te lezen. Nu weet je zeker dat je haar meer had moeten vragen. Ze had je alles over hen en hun kunst kunnen vertellen. Sterker, nadat je enthousiast begon over de overzichtstentoonstelling van Beuys, die je in Düsseldorf had bezocht, vertelde ze over zijn zelfmythologisering, trok een boek over hem uit de kast. Ze vertelde over het recht van kunstenaars om de geschiedenis van hun eigen levens te herschrijven, over de noodzaak van jezelf scheppen. Niet uit romantische of mythologiserende overwegingen, maar uit functioneel oogpunt: om te laten zien dat kunst het leven net zo transformeert en vormt als het geloof, de economie en de wetenschap. 'Hou maar,' zei ze nadat je de laatste bladzijde omsloeg.

'Echt?'

Ze knikte.

En je vergat, uiteraard, het boek mee te nemen.

Je zag haar na verloop van tijd elke week tweemaal overdag, tussen haar werk en jouw colleges door. Ze nam jouw agenda net zo serieus als de hare, zelfs je corpsgerelateerde activiteiten. Je was student, zei ze, je moest bezig zijn met jezelf en al die andere functionerende narcisten, alcoholisten en uitvreters. Je was te bang haar te zeggen dat je haar elke dag van de week wilde zien. Ze zou een leven voor jou moeten beëindigen.

Nu denk je: dat is geen manier om een leven te beginnen.

Je ontmoette haar in de zomer voor je bestuursjaar, toen Floris en jij bedienden op een of andere borrel ergens in een binnentuin van een grachtenpand. Je zag haar staan aan de andere kant van een kleine vijver en je blik keerde telkens naar haar terug. 'Kijk je niet té opvallend?' zei Floris op een goed moment, een schalkse glimlach op zijn gezicht, toen liep hij de menigte weer in.

Je liep even later de koele keuken in, moest wennen aan de duisternis, en keerde daarna met een vol dienblad terug naar de zonnige tuin. Mensen praatten, je kreeg wat losse zinnen mee, flarden die op zichzelf een geheel vormden: 'Dan gaan we toch van driehonderd naar zeshonderd K, wat kan het schelen?' 'Niemand weet precies wat zij daar doet.' Je keek telkens haar kant op en toen, ineens, keek ze ook jouw kant op. Een gedeelde blik die je moest opgeven: 'Jongeman, heb je ook spa rood?'

Ze grijnsde, later, toen je haar dat vertelde en de oude man een nog bekaktere stem gaf dan je eigen: '*Jongeman...*'

Je ziet de beelden van haar leven in Amsterdam – openingen in het Rijksmuseum, het Van Gogh, het Stedelijk – een gehaast sigaretje onder het hoge dak. Als je als Nederlander wereldberoemd wil worden, zei ze, dan moet je iets doen zonder taal. Fotografie, design, voetbal. 'Wat dat betreft heb je pech met je roeping.' Ze zei het zonder enige ironie.

Ze had het eens over de projectie van een zelf op de toekomst, van de kant die een leven op moest – van de aspiratie van de beginnende kunstenaar om nu de werkende kunstenaar te worden die hij straks wilde zijn, zelfs als die beginneling geen idee had wat het betekende om te werken in de kunstwereld. Wat moest je anders?

Ze was vaak in New York, Berlijn, Basel, Mexico-Stad. Je zag haar met evenveel gemak over eeuwenoude bruggen lopen als een taxi aanhouden op Forty-Second Street; zo'n vrouw met een lichtkrans als haar (het zonlicht in haar haar, dat beeld komt vaak terug) wanneer ze uitstapt voor het huis van Luis Barragán of Frida Kahlo. Ze was zich bewust van het geweld van al dat vliegen; ze had geen auto, at vlees noch vis, liep ook in dat opzicht lichtjaren voor op de rest. Ze vertelde over het bewustzijn van de octopus. Een middag per week deed ze in een revalidatiecentrum op de Overtoom vrijwilligerswerk. Het was niet genoeg, zei ze, maar in elk geval iets. Ook dat snapte je door haar: de keuzes die je kunt maken, dat je kunt stemmen, moet stemmen, ook met je handen en voeten: wat je koopt, en waar, en dat dat niet alles is – maar ten minste iets. *Bewustzijn van de complexiteit van goedheid maakt je geen hypocriet.* En dan was er nog het Haagse leven met haar vrouw: nog meer recepties, nog meer openingen, nog meer evenementen.

Je hielp haar in haar jas aan de voorkant van het grachtenpand. Jullie praatten wat. Dat wil zeggen: zij stelde vragen. Je keek in haar ogen, als een vogel zocht je die boom om in te landen – telkens weer.

Om haar lippen lag een lach. Toen vroeg ze je of je haar nog een keer zou willen zien. Je knikte, wist niet wat je verder moest zeggen en de stilte groeide, tot die zo overweldigend was dat je dacht te hebben gefaald. Toen zei ze 'Leuk' en gaf je haar kaartje.

Je had haar trouwring gezien. De foute aanname was dat ze met een man was getrouwd, de fout was te denken dat die ring enkel voor haar en haar wederhelft een probleem zou worden. Ze was lichamelijk niet trouw aan haar echtgenote, maar aan hun huwelijk altijd loyaal.

Ze vertelde veel over zichzelf, ja, maar altijd – áltijd – vroeg ze je nog meer. Over je hart ('je hart!'), over 'het organogram' van je familie en vrienden. En je vertelde haar alles, dus ook over Alex en Emilie en Peter en Annabelle. En Cato. 'Ik denk dat jullie elkaar nog wel tegenkomen.'

Liefde, leerde je, was een daad van openheid, van transparantie, en een kwestie van ruimte. Duidelijkheid voor de ander betekende duidelijkheid voor jezelf; ruimte voor jezelf betekende ruimte voor de ander. *Het menselijk hart, cellen, gevoed door bloed, moet leren liefde te ontvangen. Na een bepaalde leeftijd ben je daar zelf verantwoordelijk voor.*

'Ben je vaker met mannen geweest?' vroeg je haar eens, een vraag die al lang in je hoofd zat.

'Ik ben verloofd geweest,' vertelde ze. 'Met een architect. Hij zal nu wel getrouwd zijn, met kinderen. Woont waarschijnlijk in een vrijstaand huis in het oosten. Dat was altijd zijn droom: een houtkachel en geen buren in zicht.'

'Hebben jullie geen contact meer?'

Ze glimlachte. 'Nee. Dat kan niet, soms. Dat leer je nog wel. Niet omdat er dingen zijn gezegd of gedaan die niet kunnen worden teruggenomen, maar omdat het te pijnlijk is, soms, om te zien wat je hebt moeten loslaten. Dat het wel verstandig was, maar ook verdrietig.'

Dan, de beelden die het langst blijven hangen, elke keer even nieuw en onschuldig als een pasgeboren kalf, glimmend uit het vlies. De woonark, haar lichaam een bron van warmte: een haard in de winter, een binnenzon in de zomer. Ze draagt je T-shirt – ze heeft het vannacht blijkbaar aangetrokken – en heeft een blauw oog, een racefiets die naar beneden is gekomen. Ze opent haar ogen en ziet dat je naar haar kijkt. Haar oorschelp, met adertjes als de nerven van een blad.

'En?' vraagt ze. 'Is mijn blauwe oog nog steeds prachtig?' Ze praat in haar kussen.

Je knikt. 'Als dat kan en mag… ik word er zelfs geil van. Is dat raar? Als dat zo is, dan laat ik het bij mijn knik en heb ik verder niets gezegd.'

'Niet raar. Niks is raar. Iets is misschien gewenst – of ongewenst – of strafbaar.' Ze glimlacht en draait zich om. 'Maar dit blauwe oog deed verdomd veel pijn, dus…'

'Komen we bij jouw grenzen aan,' zeg je. (Ze sprak vaak over 'grenzen verkennen', zei dat ze alles met je wilde proberen. *Paden ontstaan waar je wandelt, niet waar de pijlen heen wijzen.*)

Ze grijpt met haar hand naar je kruis. Ze lacht. 'Ik dacht meer: dus ik zal niet snel weer een fiets op mijn gezicht laten vallen.'

'O?'

Ze pakt je nu harde pik stevig vast. Laat hem weer een beetje los, houdt 'm losjes tussen haar vingers. 'Ja.'

Je legt je hand zachtjes tegen haar buik. 'Ik vind je blauwe plek indrukwekkend.'

Ze brengt haar hand omhoog, spuugt erin en brengt hem weer omlaag en pakt je vast. 'Ik vind dit indrukwekkend.'

Je voelt dat je moet blozen. Je groeit harder in haar hand. Er is niets buiten dit bed.

'Hoe voelt onze seks voor jou?' vraag je.

'Eerlijk,' zegt ze.

Je glimlacht. 'Je bent zo nat.'

'Ik weet het.'

'Fuck.' Je stem klinkt zacht.

Ze smeert het voorvocht van je eikel uit over de schacht.

'Ik vind je fantastisch,' zeg je dan, en je beweegt iets te wild naar haar toe om haar lippen te zoenen. 'Ik weet dat je dat een stom woord vindt, sorry, maar ik vind het. Alles met jou is – het is zo cliché, maar alles is meteen... vertrouwd.' Je kust de licht gerimpelde huid boven haar borsten, waar haar hart onder slaat. Haar huid, de mandarijnengeur van haar haar, het katoenen licht; het maakt je duizelig, alsof je moet flauwvallen – maar het flauwvallen zet niet door, het gevoel rekt zichzelf op als kauwgom.

'Ja?' Ze kijkt je aan met ogen die glimmen als een donkere waterspiegel.

Je maakt een instemmend geluid, diep in je keel. Kust haar nog eens. 'Ja.'

Je herinnert je de ochtenden dat je wakker werd omdat er lood op je borstkas lag en de sloop kraakte door het donderen van de bloedstroom in je oren. Je herinnert je de nachten met een hart van slag, zoals een ongelijkvormige steen van een helling rolt, onregelmatig stuiterend, springend.

Dat ze zo lief voor je was. Dat ze meeging naar het ziekenhuis, omdat je je zus niets meer wilde vertellen en je broertje niet wilde belasten. Omdat Floris, hoe lief hij ook was, je hand niet vasthield.

'Waarom doe je dit?' vroeg je haar eens toen ze aan je bed zat op de eerste harthulp, midden in de nacht.

'Omdat ik het wil.'

Je wilde toen zeggen: ik hou van jou. Maar je was bang alles gecompliceerder te maken, haar weg te jagen. Je hebt het vermoeden dat ze dat wist, dat ze dat voelde – de liefde én de angst. Het is merkwaardig dat het belangrijkste vaak onuitgesproken blijft.

Maar: je had het moeten zeggen. Je zegt het nu: 'A., ik hou van jou. Ik had het met jou willen proberen.'

Haar vrouw had gesolliciteerd op een functie in het buitenland, die ze ging krijgen. Ze vertelde het in de trein terug naar Amsterdam, nadat jullie samen vijf dagen in Berlijn waren geweest; de uitgediepte ring van de s-Bahn rond de stad, het hoge onkruid tussen de opgehoopte, wit-uitgedroogde kiezels; de brede wegen van West en het lege grasveld van Tempelhof in Oost. Het Museum Berggruen, zalen met de stilte van een bibliotheek, maar de impact van paukenslagen, een standbeeld van Giacometti bij binnenkomst – de lijnen van een mens.

Het perron was leeg, het hele station oogde verlaten: de ruimte onder de hoge overkappingen vulde zich met zacht geplukt herfstlicht en de doffe echo van mechanische geluiden. Je weekendtas hing over je schouder. Ringmussen pikten in een weggegooid frietje naast de stationstrap.

Het was voor jullie beiden ongemakkelijk. Voor jou, omdat je niet wist of jullie voor een tijdje of voorgoed afscheid namen, voor haar – weet je nu – omdat zij dat wel wist.

'Zoiets duurt een jaar,' zei ze. 'Anderhalf.'

Je knikte, veinsde kennis en inzicht die je niet had.

'Je bent lief.' En toen: 'Je moet huilen.'

Je knikte weer, haalde je neus op. 'Van mij mag het nog veertig jaar duren,' zei je. Het simpele gegeven vernietigde je bijna: ze vertrok. Uit dit moment en uit je leven.

'Iemand missen is een vorm van houden van die persoon,' zei ze, 'van vasthouden wat je bang bent te verliezen. Maar als je het loslaat, zul je zien dat je het niet kwijt bent. Er komen weer anderen, dat beloof ik je.' Ze zweeg. Met haar donkere ogen. De lijntjes bij haar mond. En haar sterke tanden. 'Ik hou van je.'

Het was de enige keer dat ze het zo zei en het voelde als een opening, maar je durfde er niet doorheen te stappen. Je was toch nog te bang je iets in te beelden, iets wat voorbij dit moment ging, dit geschenk, en wat het met terugwerkende kracht kon besmetten. Ze keek je aan, haar ogen als zoeklampen die naar binnen schenen en alles zagen. Mensen bewogen weer om jullie heen. Ze zette haar zonnebril op. Je had het gevoel dat ze nu zonder jou deze scène uitspeelde, en niet tijdens een of andere repetitie, nee, dit was de première, en in het leven was er van alles maar één première – maar je wist niet wat je tekst was, je wist niet wat je moest doen nu je je teken had gemist: zíj moest het doen, zíj moest je leiden. Net als de eerste keer, die middag dat jullie elkaar hadden ontmoet. Maar ze zei niks.

Jullie liepen door de tunnel van het station: het witte licht, de sfeer van een ziekenhuis.

Op het plein keek je haar na. Ze sloot aan bij de mensen die in de richting van het Damrak liepen. In het late namiddaglicht van de stad. Toen ze tegenover het Victoria Hotel de straat overstak, meende je te zien dat ze een hand achter haar zonnebril bracht.

Dat zij bij jou binnenging – en in jou was – en in jou bewoog. Jullie lichamen waren nat en glad en glommen als opengesneden vis en je wist soms niet meer waar je haar moest vastpakken. Ze zei dat ze van je hield en vloog naar het westen, de zon in.

Ze liet je in de steek. Ze moest wel; ze kon niet anders, maar het deed pijn – opnieuw verlaten. Als je daar nu aan terugdenkt, voel je een lichte steek in je borst, gevolgd door een tinteling, zoals een litteken in de winter kan opvlammen. Maar de wond is dus geheeld en de les geleerd. *Je bent sterk, jij.*

Ze belde nog één keer. Ze zei dat ze je miste en dat ze hoopte dat je van je leven ging proberen te maken wat jij wilde. Omdat jij dat kon.

Of je verzon dat ze belde, maar het was haar stem in je hoofd – en zo vond je daar in elk geval wat je zocht; haar warmte, haar wijsheid, haar bemoedigende woorden.

Soms kijk je naar de geplaatste foto's van haar leven in Amerika. Ze woont net buiten Washington DC. Haar vrouw werkt op de ambassade. Ze hebben een tweejarige tweeling, een houten speelhuisje in de achtertuin en een geelblonde hond.

Een klein hotel in Granada, in de buurt van Plaza Trinidad, met een marmeren binnenplaats en een lege fontein. De bedden zijn oud en kraken, je voelt de springveren steken in je rug, billen en benen. Je broer en jij wandelen een week door de Alpujarras, door velden en bossen, langs brandgangen en landwegen, onderweg naar een volgend hotel met warme soep en dikke sneden stevig brood. Jullie praten de hele dag door, ook 's avonds in het hotel, als onderdeel van zowel het rondtrekken als het rusten; jullie hart is jullie eigen, ruige dier, ongebonden, maar verbonden. Vrij én veilig. Wortels en vleugels. Stel je voor.

9

Hilversum, Laren en Bussum, 2006-2007

Je zit met Emilie in de kleine hal van een psychiatrische kliniek in Hilversum. De ruimte ruikt naar de soepautomaat. Aan de bakstenen muur hangen foto's van verlaten, tropische stranden en gigantische watervallen in het regenwoud. De beelden maken de omgeving bipolair. Het kunstleer van je stoel plakt en kraakt. Je bent onrustig – in je borstkas vliegt een vogel die steeds tegen je ribben op botst.

Twee weken geleden is jullie broer opgenomen. Een dag later troffen Emilie en jij hem in de gemeenschappelijke ruimte. Alex had in het midden van zijn wenkbrauwen een stukje weggeschoren 'om mijn tranen de andere kant op te laten stromen'. Verder leek hij onveranderd – hoewel, zijn haar kon een borstel gebruiken en zijn lippen zaten vol harde, witte stukjes speeksel –, maar vanbinnen was hij niet dezelfde geweest. Zijn ogen gingen onrustig heen en weer als hij praatte, hij bewoog zijn vingers, handen en voeten voortdurend – tenen op de grond, hakken op en neer in de lucht, als de zuigers in de cilinders van een verbrandingsmotor – en hij had het de hele tijd over 'een jongeman' als hij over zichzelf sprak. Alles wat hij zei 'ging natuurlijk niet over één ding, maar over wel drie of vier dingen, op zo veel niveaus, maar dat begrijp jij wel' – en hij keek naar jou en knikte – 'met die meervoudige spanning op en ablaties aan je hart en de toekomst die zich ontvouwt zoals 't moet.' Hij wisselde voortdurend van intonatie, die laatste zin, bijvoorbeeld, werd ineens heel plechtig uitgesproken.

Vergeten is jouw manier van ontkennen, van negatie, een soort medicijn: je verliest wat je verdriet doet of, erger nog, wat je kan gijzelen. Je broertje, daarentegen, onthoudt alles. Die zwelt op van het verdriet, met een heel leger van gijzelnemers achter zich aan. Er is niet genoeg ruimte in jouw hoofd om alles te begraven, zoals voor je broertje niet genoeg land bestaat om te kunnen blijven vluchten. *Je merkt het, als je schouders zwaar gaan voelen.*

De jongeman praatte snel, dat wist-ie, zei Alex, maar hij had haast. Want morgen werd hij opgehaald om over water te lopen en hij moest nog verscheidene voorbereidingen treffen, zoals zijn schoenen poetsen.

Je broertje keek je aan en glimlachte. Je kon jezelf er niet toe brengen terug te lachen. Morgen zouden de patiënten van de gesloten afdeling gaan zwemmen. Je wist dat Alex niet mee mocht.

Toen, ineens, deze herinnering: toen Alex heel jong was, voerde jullie zus hem banaan. Hij was er dol op: 'Naan!' zei hij. Hij hield in zijn kleine knuist een stukje uit naar Emilie. Al het eten dat hij lekker vond, wilde hij delen. Als hij het niet lekker vond, at hij het zelf op. Je weet niet *wat* precies, maar je vond – en vindt – het veel zeggen over je broertje.

Aan de muur van de gemeenschappelijke ruimte hing een kruis. Alex zag je kijken. 'Jezus,' zei hij, 'een jongeman gestorven voor, door de zonden van anderen. Voor een betere wereld.'

Je knikte maar.

'Hij was natuurlijk niet de eerste en zeker niet de laatste die meende dat hij een zoon, dé zoon, van God was. Hier heb je er ook een paar, die dat menen. Terwijl, deze jongeman denkt: de wereld is me dierbaar, maar tegelijkertijd vind ik haar niet aanvaardbaar, en het lijkt me vreselijk als mijn vader daar de verantwoordelijkheid voor zou dragen, zelfs als ík de kans op verlossing zou zijn. Wat jullie?'

Je wist niet wat je moest, kón zeggen.

Inmiddels is Alex' medicatie aangeslagen. En hoe. Hij heeft de hele middag bijna niets gezegd of gedaan. Toen jullie aankwamen, na de lunch, was zijn haar nog nat van de douche. Hij rook naar uien. Met gebogen hoofd zat hij aan de picknicktafel, een grote bel spuug op zijn onderlip. Toen die naar beneden droop, deed hij niets. Langzaam trok het kwijl in zijn spijkerbroek. Het straalde een hulpeloosheid uit die je niet alleen frustreerde maar ook irriteerde. Je wilde wat doen. Maar ja, wat had je gedaan toen het nog kon?

Annabelle belde Emilie toen Alex werd opgenomen, je zus belde jou. En sinds dat telefoontje ben je bang voor elk telefoontje. Soms durf je je zus niet eens op te nemen. Gelukkig belt ze altijd een tweede keer. Dan neem je op en zegt: 'Sorry, ik had je net gemist.'

Je schaamt je dat je broertjes opname je zo heeft overvallen. Je schaamt je over de oorzaak: dat je jullie levens uit elkaar hebt laten lopen. Maar vooral, nu, schaam je je voor je rol in Alex' leven – en andersom. Je hebt een broer die in een inrichting zit. En wat doe jij?

De digitale klok boven de receptie geeft 15:37 aan. Jullie afspraak zou om drie uur zijn. Een kleine man met uitdunnende krullen komt de hal binnen en loopt op jullie af. Hij draagt een open doktersjas, een overhemd met boerenruit, een kaki broek.

'De broer en zus van Alexander –?' Hij noemt de achternaam van jullie broer.

Emilie knikt, staat op en steekt haar hand uit.

'Aangenaam, ik ben dokter Koutet. Mijn excuses, de vergadering liep wat uit.' Zijn hand is slap en vochtig.

'Geeft niets,' zegt je zus glimlachend.

Dat is netjes van je zus, maar, verdomme, het geeft dus wel! Eindelijk gaat het om jullie broer! Annabelle en Peter hebben de afgelopen twee weken louter over zichzelf gesproken, over dat dit allemaal zo zwaar voor ze is, als ouders. Dat is volgens je zus de inzet van hun gesprekken over Alexander geworden, wie het meeste lijdt: zij of Alex. Annabelle mailde dat het gemakkelijker was geweest als Alexander kanker had gehad, dan hadden mensen niet gedacht dat dit allemaal door haar kwam. Peter antwoordde dat zijn verdriet hem vaak verhinderde te spreken. De twee wonen sinds een halfjaar weer samen. Peters vriendin, zo vertelde Emilie, ontdekte dat hij bij Annabelle had geslapen en dat was dat.

'Komen jullie mee?'

Jullie volgen Koutet door een lange gang, die in een boog weg loopt. Het voelt alsof jullie twee raadsmannen zijn die voor dezelfde cliënt moeten pleiten zonder wederzijdse afstemming van jullie betoog.

Je wil met de dokter bespreken wat het beste is voor je broer, nu hij weg is uit huis – misschien valt daardoor deze hele situatie nog om te buigen naar iets positiefs, misschíen, maar de dokter is laat en heeft ongetwijfeld over tien minuten weer een volgende afspraak. Niet de tijd, weet je, is de meester van alles, maar het verval. De tijd laat niet alles uit elkaar vallen, maakt niet dat het huis ruïne werd en de ruïne zand en het zand woestijn, nee, de tijd volgt juist op het verval, ontstaat doordat het huis ruïne werd en de ruïne zand en het zand woestijn. En voor 'huis' kun je ook 'de aarde' nemen en dan heb je de hele – geologische – tijdschaal verklaard.

Je leven was al gebroken voordat je dat doorhad en viel daarna nog verder in stukken uit elkaar. Ook toen vormden de zogenaamde 'grote momenten', gebeurtenissen waar de tijd achteraan sjokte, de breekpunten: je geboorte (één mens werd twee), je gezin (eerst werd het meer, daarna nog meer, door minder te worden: iedereen 'sloeg zijn vleugels uit'), je schooltijd (de middelbare school, nieuwe – en dus oude – vrienden), je studietijd (een nieuw huis waar de hele tijd mensen vertrokken), al die gebeurtenissen verbrijzelden je leven, totdat het op een dag bestond uit niets anders dan scherven, fragmenten, gruzelementen en vodden en oud roest, een onherkenbare puinzooi waarvan geen geheel meer viel te maken. *Al het verdeelde huist voorgoed in ons, even afzonderlijk én onsamenhangend als zand.* Dat, een woestijn, een zandvlakte, was de uitkomst van jouw leven

– van ieder leven –, verwrongen door de, zoals de Engelsen zeggen, genadeloze handen van de klok.

De vraag is hoe je de verwoesting kunt afremmen, hoe je de verwoestijning van het bestaan kunt uitstellen, welke zalf op deze wond hoort, welke zwachtel je moet ombinden, welke vingers in welke dijkgaten kunnen worden gestoken. Hoe je de verdere verkruimeling van dit deel van je leven op z'n minst kunt vertragen.

Misschien is dat onmogelijk, zoals je ook de tijd niet kunt vertragen. Misschien brengt de toekomst niet meer dan dat: nog meer versplintering, nog meer fragmentatie, nog meer telefoontjes die het leven van je broer breken.

Koutet opent de deur van zijn kantoor, een kleine kamer met twee smalle hoge ramen. Hij laat jullie voorgaan naar het bureau met dezelfde stoelen aan beide kanten en blijft zelf staan, en zegt: 'Goed. Zo terug. Ik loop nog even kort langs het toilet.'

Tien minuten blijft Koutet weg; tien minuten waarin je zus en jij amper iets zeggen, jij omdat je te bang bent om te ontploffen (je kunt net zo goed naar de wind in de bomen turen, zo), wat je zus belet, weet je niet. Misschien zenuwen. Op de muur achter Koutets bureau hangt een klok – slaaf en scorebord van de entropie – met daaronder een andere boekstaver en knecht, een kalender. Januari: een foto van twee bruine honden in de sneeuw, met verspreid over de maand namen in een kinderhandschrift. Halverwege de eerste kolom staat, een beetje scheef zodat het woord buiten het vakje valt, 'Mama'.

Als Koutet weer binnenkomt en heeft plaatsgenomen, begint hij direct te praten; hij stelt niet één vraag. 'De verkeersleiding in het hoofd van jullie broer,' zegt hij, 'de stoplichten, de regelaars, de borden op de kruispunten en de snelweg,' – hij telt alles af op zijn vingers – 'het is op dit moment allemaal ontregeld. De normale samenhang ontbreekt. In zijn hoofd én in zijn gedrag. Hij heeft moeite met het reguleren van gedachten en emoties, met omgevingsprikkels filteren en vertrouwensrelaties aangaan – en dat is allemaal noodzakelijk voor een voorspoedig herstel. We proberen dat nu met medicatie allemaal tot rust te brengen.'

'Hoe komt het?' vraagt Emilie.

Koutet kijkt eerst naar jou en daarna naar je zus. Het valt je nu pas op dat hij belachelijk veel pennen in het borstzakje van zijn overjas heeft; een hele linie rode en blauwe soldaten staat werkeloos in het gelid.

'Dat weten we niet precies. Erfelijkheid speelt een rol, maar dat is niet alles. De omgeving. En overmatig drugsgebruik, natuurlijk. Maar waarom zoiets evolutionair kan, dat weten we niet.'

'De omgeving,' zeg je.

'Ja. Je leefomgeving. Trauma. Stress. Dat is allemaal van invloed. Vaak grijpen mensen dan naar zogenaamde genotsmiddelen. Een of meerdere ervaringen – ik weet niet welke, maar dat gaan we onderzoeken – hebben als katalysator gediend. Ik begreep dat jullie ouders het afgelopen jaar uit elkaar zijn gegaan maar sinds kort weer bij elkaar zijn? En dat jullie broer het daar moeilijk mee heeft? Het is niet iemands schuld, natuurlijk, maar dergelijke stress en drugs kúnnen, in geval van erfelijke aanleg, tot het huidige beeld leiden. Maar met goede, intensieve begeleiding en de juiste medicamenteuze behandeling zullen we hem hopelijk heel goed kunnen... helpen.'

Trauma. Stress. Drugs. Kataly–

'We zullen op de korte termijn verbetering zien, deze medicatie gaat, eenmaal goed ingesteld, werken. We willen er – voor nu – van uitgaan dat dit eenmalig was. Wel kan... Alexander... af en toe...' De dokter valt lang stil. Hij heeft een stukje wild vlees aan de binnenkant van een neusgat. 'Het kan langzaam gaan. Met af een toe een terugval. Het kan wel een halfjaar duren voordat hij zich weer kan concentreren en iets kan lezen, misschien een jaar voordat hij weer naar school kan. Áls hij eenmaal weer bij jullie ouders woont –'

Die laatste zinsnede gooit je omver, als een te hoge golf. Dat heb je de afgelopen week dus gemist, door de mails van Annabelle en Peter niet te lezen. Blijkbaar ziet deze dokter het wel zitten dat Alex weer terugkeert naar jullie ouderlijk huis.

Je begrijpt je broertje steeds beter: verdoving, krankzinnigheid is soms het enige gepaste antwoord op de werkelijkheid.

Of woede.

'Als hij eenmaal weer wáár woont?' zeg je, pissig.

Koutet kijkt verbluft.

'Een nieuwe episode is dus uitgesloten?' vraagt je zus om de ongemakkelijke stilte te vullen.

'Het is moeilijk om te horen, dat begrijp ik,' zegt dokter Koutet, 'maar dát weten we niet.'

Je hoort de ademhaling van Emilie stokken. 'Hij is nog zo jong,' zegt ze.

'Jullie menen toch niet dat hij weer bij Peter en Annabelle gaat wonen?'

'Ja, hij is jong,' zegt Koutet.

'Hoe oud is hij dan?' vraag je.

Koutet kijkt je wederom verbaasd aan, alsof elke vraag die je stelt heel wonderlijk is.

'Nou? Hoe oud is onze broer?' vraag je nogmaals.

Koutet draait naar het beeldscherm en begint te scrollen. 'Even kijken. Hij is...'

Je zus kijkt je aan met wijd opengesperde ogen. Dan draait ze haar gezicht naar de dokter. 'Zeventien.' Ze heeft een verontschuldigende glimlach op haar gezicht. 'Hij is zeventien. Net.'

Je kunt je niet aan de indruk onttrekken dat als Koutet dat niet weet, hij jullie broer helemaal niet kan helpen. En dat als Emilie het ook oké vindt dat Alex weer met Peter en Annabelle gaat wonen, zij hem evenmin kan helpen.

Maar jij hebt ook geen idee hoe je broertje nu te helpen. En iedereen weet dat jij het naliet toen je het wel wist.

Je nieuwe leven desintegreert langzaam, alle gemaakte verbindingen vallen weg. Je kon het je een jaar geleden niet voorstellen, dat alle jonge mannen met wie je woont en hebt gewoond, straks allemaal hun eigen huis zouden hebben, van geliefden tot gezinnen – maar je voelt dat steeds meer connecties wegvallen, terwijl de rimpels naast de ogen van je oudere, reeds vertrokken huisgenoten zich juist vermenigvuldigen, rimpels die valselijk lachrimpels worden genoemd, rimpels van ogen samengetrokken door pijn, verdriet of slaapgebrek. Kortom, door zorgen. *Rimpels die je niet zou moeten hebben. Rimpels als littekens van een jeugd in een ouderlijk huis als het jouwe.*

Het grindpad knispert vertrouwd onder je voeten, je sleutel past na al die jaren nog steeds. Boven het antieke kastje in de hal hangt nog altijd hetzelfde schilderij: drie boerenjongens met wijde broeken op klompen die lachend op een hek zitten. De lucht is blauw, het gras groen, hun wangen blozen. Het huis is stil.

Je loopt de trap op. De deur van Alex' kamer staat open. Het bed is onbeslapen. De kleine ruitjes van het raam zijn vies, alsof het melk heeft geregend. Het stompzinnige maar onschuldige zonlicht. *Natuurlijk is het mijn schuld.*

Hans Andreus, weet je nu. De man van 'een door een trage adem beslagen hemel'. Het enige wat je verwerft is taal, maar ook daardoor valt de wereld meer en meer aan stukken. *De Vijftigers*, *De Zestigers*, *De Zeventigers*, *De sonnetten van de kleine waanzin*, Paul Rodenko, *De Revisor*, de postmodernisten, de generatie Nix, *De Tweede Ronde*, *Tirade*, Ester Naomi Perquin. Hoe meer je weet, hoe meer je ziet. Dat de wereld geen complexe compositie is maar een kakofonie. Dat het stompzinnig is dingen met elkaar in verband te brengen; ze vallen continu uit elkaar. Voor zover de compromisloze complexiteit van alles is terug te brengen tot slogans of strofes, is dit motto treffend: *Alles valt uit elkaar, de hele tijd, het midden houdt het niet.* En wat je afleidt van verzet tegen dat verpletterende grafschrift, je verleidt, zijn bloemetjesjurken en bestuursvestjes, witte tanden en bovenarmen, zonlicht en cocktails – en filmsterren op doeken ter grootte van een warenhuisgevel en de producten die ze aanprijzen. Met je broer kan, mag dat niet zo zijn. Je mag niet worden afgeleid, de band tussen jullie moet blijven bestaan, moet het houden. Jij moet het houden. En je broertje moet het redden.

Je loopt naar beneden, de keuken in, naar de eettafel en de rieten stoelen. Je legt je hand op het houten tafelblad, kijkt naar de tegelvloer en verder. Achter het glas van de schuifdeuren liggen de klinkers van het terras, het gras, de appelboom, de rododendrons, de garage –

'O jezus, ik schrok.'

Je vader staat in de deuropening.

'Wat doe jíj hier?'

'Dank je,' zeg je. 'Ik was even vergeten hoe verwelkomend en gastvrij je was.'

'O, echt? Ik herlees af en toe nog die brief, waarin je mij en je moeder van ons ouderschap "verlost".' De eerste, niet de tweede. De eerste vond ik beter.' Hij zet zijn koffertje op de grond. De smalle, leren koffer lijkt klein naast je vader, staat daar stil en gespannen naast zijn benen.

'Weet je hoe mijn jeugd, onze jeugd was?' vraag je.

'Ik weet dat je veel hockeyde, dat je daarna aan die keukentafel zat, vaak met een glimlach, dat we elke vakantie op reis gingen, dat jullie daardoor kunnen tennissen én skiën – zo zwaar was het allemaal niet.'

Het blijft een van de grotere wonderen van het leven, dat je buiten jezelf kunt treden en jezelf kunt aanschouwen: je ziet een jonge man die, geconfronteerd door zijn vader, het niet lukt zijn gedachten en gevoelens om te zetten in lopende, aaneensluitende zinnen; die – zoals altijd weer – faalt, omdat hij niet alles in één keer kan overbrengen. Het kopje is te klein, de zee te groot en wild.

'Weet je nog wat je schreef? Dat wij "niets over jou te zeggen hebben". Maar waarom heb jij dan wel het recht iets over ons te zeggen? Je moeder was ziek en ik zorgde voor haar en jij nam ons de maat, jij las ons de les: je moeder – die dus ziek was – en je vader, die niets liever deed dan tijd met jullie doorbrengen. Iets waar ik een aantal keer een carrièreswitch voor heb gemaakt. Met telkens minder zekerheid tot gevolg. Van Buitenlandse Zaken naar Economische Zaken naar zelfstandig ondernemerschap. Weet je hoe het voor mij was? Telkens een stapje achteruit te moeten doen? Kun je je dat voorstellen? Jij denkt: het zijn maar woorden, maar weet je hoeveel pijn jouw woorden mij deden? Dat ze je moeder en mij – letterlijk – ziek hebben gemaakt?'

Je zwijgt.

'Besef je wel eens dat jouw waarheid niet altijd dé waarheid hoeft te zijn? Denk je wel eens na over wat wij allemaal voor jullie deden – en hebben gelaten?'

Gezegend zijn de mensen wier tong altijd alles kan articuleren wat leeft in hun hart. Zo'n tong heb jij niet.

Ik piste godverdomme in mijn bed, denk je.

'Nou?'

Je staat hier maar en probeert te blijven ademhalen. Je vermoedt dat als je niet bewust zou ademhalen, je borst nu niet meer op en neer zou gaan. Je longen, de schakelkamer tussen je hart en je bloedsomloop, zouden stilvallen. *Het midden houdt het niet.*

Je hebt een nieuwe kamer aan de voorkant van het huis, een kamer voor een van de oudste bewoners, met – door de kale bomen – een vrij uitzicht op de gracht. Je gaat zitten aan je bureau, zet je telefoon op stil. De vroegeavondlucht achter de huizen aan de overkant houdt zich ook stil, geen ster in zicht. Beneden windt de dag zich af, geen mensen meer op straat, geen verkeer. De lantaarnpalen weerspiegelen in het donkere, koude water.

Je gelooft niet dat je huisgenoten begrijpen wat er deze dagen allemaal gebeurt. Je gelooft niet dat je het zelf begrijpt. Je hebt het gevoel dat de schoorsteen van je hersenen niet goed trekt, dat in je hoofd als rook gedachten staan. Dat de woorden in elkaar duiken, de ogen sluiten, stikken. Je wil – en de metafoor verspringt een beetje – de luiken opengooien, het licht en de lucht binnenlaten.

Hier, op deze kamer, op deze houten planken, wil je deze stille avond gebruiken om te begrijpen wat jij en je broer en je zus en je ouders zijn geworden.

Waar te beginnen? Ineens zie je het: een beeld, als het eerste frame van een film. En je begint te tikken.

Je kunt weer ademhalen.

Je kunt weer – even – iets anders dan enkel ademhalen.

Het is een heldere, koude dag in maart en Alex staat tegen een muur in de binnentuin en speelt met een sigaret. Als je hele dag is vastgespijkerd, is dat de laatste vrijheid: zelf kiezen wanneer je je sigaret opsteekt. Het uitzicht van de betegelde tuin bestaat uit drie bijna blinde muren en een hek met ingevlochten kokosmatten. Achter dat hek staan auto's geparkeerd, ook die van Emilie. Af en toe zie je twee knipperlichten, hoor je een deur open- en dichtslaan, een motor starten, een auto wegrijden. Een alledaags geluid dat vanaf hier ronkt met een jaloersmakend privilege.

'En?' vraagt je broertje, hij kijkt naar Emilie. 'Hoelang moet ik hier nog blijven? Hoelang voordat ik over mag naar die andere kliniek?' Hij weet dat jullie net hebben gesproken over een kliniek in Utrecht, gespecialiseerd in jongvolwassenen. Alex weet dat hij daar beter kan worden geholpen, want hier is men gespecialiseerd in de 'zware gevallen' met 'een andere casuïstiek', zoals een van de dokteren uitlegde. 'Wat zeiden ze?'

Jij kijkt ook naar Emilie: haar blauwe ogen en lange wimpers, die trillen. 'Dat weten ze niet,' zegt ze. 'Eén, twee weken. Misschien drie. Zodra er een plek vrijkomt.'

Je vindt het grootmoedig dat ze Alex niet vertelt dat het volgens de dokter ook nog vijf, zes, zo niet zeven of acht weken kan duren. ('Capaciteit, dat is het probleem. Er zijn gewoon te weinig mensen.') Grootmoedig en niet wreed, want haar variant houdt de hoop levend in weerwil van de wachtlijsten.

Je weet niet of je ook zo tegen jullie broer had kunnen liegen, als hij jou had aangekeken. Je bent bang voor het gat dat ontstaat tussen 'hier en nu' en 'daar en dan' en of hoop op verandering dat kan blijven overbruggen.

Aan de andere kant, ook Alex weet dat de meeste gesprekken een tweede spoor kennen, dat van wat niet wordt gezegd, dat het soms beter is dat te negeren en soms niet. *Wanneer is de leugen liefde? En de liefde leugen?*

Alex tuit zijn lippen, uitgedroogd en gehavend als oud leer, en maakt dan een zuigend geluid, griezelig gelijk aan jonge vogeltjes die honger hebben en die boven de nestrand uit piepen. Hij knikt begrijpend, brengt een handpalm naar zijn wenkbrauw. 'Oké, oké.'

Als je nu iets zegt, moet je huilen. Je bijt dus op je lip en concentreert je op de scherpe pijn om je kalmte te bewaren.

'Moeten we nog wat voor je meenemen, morgen?' vraagt Emilie. 'Of kunnen papa of mama vanavond iets meenemen?'

'Ik weet het niet,' zegt Alex. 'Iets te roken?'

Je tanden dringen dieper je onderlip in. Het blijft lang stil. In het midden van de binnenplaats vechten twee koolmeesjes om een stuk brood zo groot als zijzelf, meer dan groot genoeg voor beide. Ze kunnen niet anders.

'Sigaretten, bedoel ik.'

'Ja,' zegt Emilie. 'Natuurlijk.'

Alex knikt. 'Fijn.'

Je ziet een jonge vrouw met verband om beide polsen achter het glas van de deur voorbijschuifelen. Om haar schouders lijkt een juk gespannen; ze trekt haar voeten door onzichtbare modder. Zijn er behalve mensen eigenlijk andere dieren die hun vrije wil tot het verste doorvoeren en zichzelf proberen te doden? Je weet dat dolfijnen kunnen besluiten te stoppen met ademhalen, maar kunnen ze ook – tijdelijk, en niet neurologisch – hun verstand verliezen?

Emilie vraagt Alex of hij 's nachts een beetje kan slapen.

'Jawel, hoor. Ik was bij de therapeut, vandaag.'

'En?'

‘Ze vroeg me hoe ik wilde voorkomen dat dit nog een keer ging gebeuren.’

Dit, denk je boos, DIT – maar je zegt niks. In Alex’ gezicht is niets neerslachtigs of gebrokens of spottends te zien.

‘En?’ vraagt je zus weer.

‘Simpel,’ zegt hij, ‘nooit meer blowen.’

Emilie knikt. ‘En hoe voel je je verder?’

‘Nou,’ – hij pakt een dropje uit de zak die Emilie heeft meegebracht, en klinkt dan ineens somber – ‘ik zit hier, peuken te roken en drop te eten, terwijl mijn vrienden straks eindexamen doen.’

De buitenstoelen hebben kussens op de zittingen liggen, en harde opstaande randen die in je onderbenen drukken. Je balt je vuist en probeert tevergeefs langer dan één of twee seconden naar je broer en zus te kijken.

‘Hé,’ zegt Alex dan. ‘Je lip bloedt.’

Jullie staan voor een stoplicht. De klok van de auto is opgemaakt uit turquoise streepjes. Je ziet dat het rechtergetal verspringt, van zeven naar acht: vier extra streepjes. Het woeden van de wereld, de uren die verstrijken. Fouten die zich opstapelen, mogelijke oplossingen die ingewikkelder worden. Verdriet dat groeit. *Probeer het verleden maar eens stil te krijgen. Het ruist in je hart, je bloedbaan. Je hoofd.*

‘Wat vond jij ervan?’ vraagt Emilie.

Je neusschot jeukt meteen van de irritatie. ‘Wat bedoel je?’ In de buitenspiegel zie je de andere wachtende auto’s.

‘Gewoon, vind je dat het goed gaat?’

Je haalt je schouders op; je jas schuurt hoorbaar langs het leer van de stoel.

Emilie kijkt opzij. Ook haar jas kraakt. ‘Nou?’

Je beantwoordt haar blik niet. Voor jullie loopt een klas kleine kinderen, twee aan twee. De huid van je borst jeukt nu ook.

'Ze doen helemaal niets voor hem. Het schiet niet op. Eerst die verkeerde plaatsing en die dokter, daarna die wachtlijst, en nu –'

Emilie schudt haar hoofd. 'Het kan allemaal goed aflopen, toch? Dit voorjaar die kliniek, dan deze zomer naar huis en dan daarna gewoon opnieuw eindexamen, op zijn oude niveau – maar dit keer goed – en dan studeren. Zoals de vader van Floris zei: dit is een goed plan.'

Je zwijgt. Hier zitten jullie dan: twee vrije, jongvolwassen mensen – de een begin twintig, de ander bijna dertig – in krakende leren jassen, in Hilversum, in een dure auto, te wachten voor een stoplicht. Straks gaat Emilie weer naar haar verloofde en zijn huis en morgenochtend naar haar werk bij een ngo in Den Haag en jij keert terug naar Amsterdam, terwijl jullie broertje achterblijft in een kliniek en Peter en Annabelle 'naar huis' zijn. Elke keer als je telefoon gaat, voel je je maag samentrekken.

De rugzakjes van de gehandschoende, gemutste kinderen die voor de auto langslopen, zijn bedrukt met Donald Duck en Mickey Mouse en andere Disneyfiguren.

'Hij zit daar peuken te roken en drop te vreten, terwijl zijn klasgenoten zich voorbereiden op hun schooltentamens en straks eindexamen doen… en bijna de wijde wereld in gaan. Hij zit daar maar. Dát is het plan nu. En wij? Wat doen wij? Studeren, werken. Onze levens leiden. Omdat dat zo belangrijk is. Voor ons.' Je probeert het zo te zeggen dat het jullie ouders en hun ideeën over jullie 'milieu' belachelijk maakt. Je weet niet eens wat voor baan je wil. Of je een baan wil, in dit brandende huis dat 'de wereld' heet. Dat laatste zeg je ook tegen Emilie, iets nadrukkelijker dan bedoeld.

Ze zucht. 'Wat stel je voor, dan?'

'Wat verwacht jij eigenlijk?' zeg je, nijdig, luid. 'Dat een van ons drie ooit nog "normaal" wordt? Hier goed uit komt? Dacht je dat? Vergeet het maar. Fucking vergeet het maar. Hoe denk je dat het komt dat ik zo'n last heb van mijn hart en jij worstelt met een te hoge bloeddruk en Alex dit nu meemaakt? Is dat toeval? Dat geloof je niet echt, toch? Je hoorde wat de dokter zei: papa en mama hebben het verneukt, ze hebben met ons een risico genomen, en het komt niet meer goed. Met geen van ons drieën. En ondertussen zitten zij' – je bent ervan geschrokken dat je Peter en Annabelle net 'papa' en 'mama' noemde – 'gewoon thuis en hebben nergens last van. En wij? Wij zijn net zo erg. Net zo fucking erg. Of jij nu werkt voor een ngo of niet, of ik nu filosofie studeer of niet. Wat maakt het uit? Onderdeel van de ramp, dat zijn we. Een tikkende tijdbom. Met je "goed aflopen".'

Emilie kijkt je lang aan; haar ogen beginnen te glanzen en de auto vult zich met een zware stilte. Je voelt direct berouw en wil sorry zeggen, maar dat voelt óók als een zwaktebod.

Je wil je zus geen pijn doen. Dat verdient ze niet. Je ziet maar één oplossing: je moet hier weg.

Precies op het moment dat het stoplicht op groen springt, doe je de deur van de auto open.

'Wat ga je doen?' vraagt Emilie.

'Naar het station.'

'Ik breng je, toch?'

De auto achter jullie toetert. Je leunt weer naar binnen voor een snelle zoen op haar wang. 'Ik loop wel vanaf hier. Bedankt voor de lift.'

Opnieuw getoeter. Je draait je om, steekt je middelvinger op en zoekt oogcontact met de bestuurder, hoopt even dat het uit de hand loopt, maar de jongen achter het stuur kijkt snel weg, en je stapt de stoep op.

Je loopt in schel zonlicht naar het station, het zand nog onevenwichtig verspreid over de knalrode klinkers van de pasgelegde stoep. Iemand moet nu de estafettestok van je gedachten van je overnemen, dus je belt Floris, maar hij neemt niet op. Je kunt Emilie niet bellen, Annabelle niet, Peter niet, haar evenmin. (Je had gelijk: het was geen manier geweest om een leven te beginnen, laat staan te leiden.)

De telefoon gaat vier keer over, dan komt de verbinding tot stand, maar het blijft stil aan de andere kant van de lijn.

'Cato?' zeg je. 'Hallo?'

'Ja,' zegt ze. 'Hallo?' Op de achtergrond klinkt geroezemoes. Natuurlijk gaan ook nu nog de borrels en de openingen en de verjaardagen gewoon door.

Je zegt voorzichtig je naam, dat je een nieuw nummer hebt. 'Ik wist je nummer nog uit mijn hoofd. Gelukkig is het nog van jou.'

'Ja.'

Het is even stil. Nog steeds dat rumoer.

'Heb je even?'

Weer een moment van stilte. 'Natuurlijk.'

Ze begint te lopen, het achtergrondgeluid sterft weg; je hoort een scooter die voorbijrijdt en dan niets. 'Hé, ben ik weer.'

'Sorry. Ik wist niet wie ik anders kon bellen.'

'Ik hoorde het van je broertje. Van mijn moeder. Wat vreselijk. Ze wilde je een berichtje sturen, maar ik had je nummer niet meer. Telefoon kwijtgeraakt.' Ze lacht. 'En via Facebook durfde ik het niet meer te vragen.' Weer serieuzer: 'Waar ben je?'

'In Hilversum. Maar ik ga nu terug naar Amsterdam.'

'Ja, ik hoorde het, dat Alex daar zit.'

Het blijft lang stil.

'Ik vind het echt heel erg,' zegt Cato. 'Mama ook.'

Je loopt langs een gesloten fotowinkel, een makelaar met achter het raam kleine bordjes met grote huizen.

'Hoe is het met je moeder?' vraag je.

'Goed. Nou ja, papa en mama zijn drie maanden geleden gescheiden. Papa had een affaire. Al drie jaar.'

'Dat meen je niet.'

'Jawel. Met de tweelingzus van zijn beste vriend, Richard. Weet je nog wie dat is?'

'Jezus.'

'Ja. Er was op het einde weinig liefde tussen die twee, hoor. Dus.'

Stilte. Je draait je hoofd weg van de wind. *Hoe kun je verheugd zijn over een wereld behalve als je ernaartoe vlucht?*

'Hoe is dat voor jou?'

'Ik vind het verraad erg. Maar het verlies, zelfs voor mama… volgens mij valt het wel mee. Als je echt van iemand houdt en bezig bent met hoe het leven voor die ander is, dan doe je dit niet. Gelukkig ziet ze dat ook. Maar het verraad, dat vindt ze wel lastig. Nog altijd. Hoeveel tijd en liefde ze in Victor heeft gestoken en wat ze daarvoor terugkrijgt. Of: niet terugkrijgt.'

'Vind je het goed als ik haar een berichtje stuur?'

'Natuurlijk.'

'Is haar adres nog hetzelfde?'

'Mama woont nog thuis. Ik weet niet voor hoelang, maar je kaartje moet het redden.'

'Wat ben je aan het doen?'

'Ik sta voor mijn studio. We hebben een verjaardagsfeestje.'

'Van wie?'

'Een jongen hier in het gebouw.'

'Je tekent en schildert nog steeds?'

'Keramiek. Ik maak borden, onder andere. Servies voor restaurants en winkels. Ik liep tijdens mijn laatste jaar stage en ik vond – vínd – het te gek. Veel leuker dan schilderen.'

Je glimlacht. Zonder dat Cato dat ziet, natuurlijk. En toch heb je het gevoel dat ze het weet.

'Weet je wie laatst een order plaatste? Casper Jansen. Of, een Casper Jansen, dus. Ik moest aan je denken. Als hij ze zelf komt ophalen, maak ik een foto. En die stuur ik dan naar dit nummer.'

Je lacht en weet daarna niet wat je moet zeggen, je moet even op iets anders letten: een duif, met de kolibrie de enige vogel die volledig verticaal kan opstijgen, hupt lamlendig voor je uit, te beroerd of uitgeput of volgevreten om te vliegen, en je struikelt bijna. Je stampt hard op de grond, het beest fladdert weg, maar niet ver. Je kunt godverdomme vliegen! denk je.

Waarom die boosheid? Je zou ook kunnen beweren dat de duif zich heeft aangepast aan de tijd, meedoet, dat wil zeggen: niet meer doet dan nodig. Misschien is de wrevel over de duif niets anders dan jouw irritatie – had de boosheid, jouw boosheid, net zo goed deze losliggende klinker of Victor kunnen treffen. *De geschiedenis herhaalt zich. Dóór die uitspraak. Snap je?*

Dan doet Cato het fatsoenlijke, het nette, het enige wat ze kan en moet doen: ze zegt dat het haar spijt, wat er allemaal is gebeurd, vier of vijf jaar geleden, op haar eindexamenfeestje, en dat ze begrijpt wat je die avond deed. Ze schrok van je boosheid, maar ze snapt nu waar die vandaan kwam. Ze zegt dat jullie 'op elkaar waren aangewezen' en dat ze je heeft laten zitten door naar Utrecht te vertrekken. Misschien, zegt ze, nee, zeker waren die paar onlineberichtjes na haar verhuizing naar Amsterdam van vorig jaar ook niet voldoende, gaven die niet genoeg rekenschap.

Je draait je telefoon en drukt hem tegen je oor en daarna tegen je wenkbrauw en je voorhoofd. Dan breng je hem terug naar je mond.

'Hallo?'

'Ik ben er,' zeg je. 'Dat is lief van je.'

'Gaat het goed?'

Je schudt je hoofd, ademt diep in – en dat doet pijn, een scherpe pijn, alsof je longen zich met water vullen. Je voelt de warmte van een traan over je gezicht.

'Ik voel me zo slecht.'

'Het is niet jouw schuld. Het is nooit jouw schuld.'

Je knikt. Ook dat kan Cato niet zien, maar toch ziet ze het. Ze zegt: 'Precies.'

Je haalt je neus op.

'Zullen we een koffie drinken, binnenkort?'

'Ja. Graag.'

Zomer. Een maand geleden is Alex ontslagen uit de jongvolwassenenkliniek, een gebouw aan de ring van Utrecht, vormgegeven, lijkt het, door al het verdriet dat het herbergt. Het gaat veel beter, al vindt hij zichzelf nog te dik en gaat denken langzaam, te langzaam, als een bandje dat vertraagd wordt afgespeeld. Peter is vandaag jarig. Emilie, Alex en jij hebben besloten om voor het eerst sinds lange tijd weer naar jullie ouderlijk huis te komen.

Sinds Alex' overplaatsing heb je weer wat contact met Peter en Annabelle, voornamelijk via de mail (niet alleen vanwege je aversie van bellen) en vooral over Alex. Je hebt hun bijvoorbeeld niets verteld over je tweede ablatie. Je weet wel dat gesprekken worden gevoerd over waar hij straks heen moet. Annabelle schrijft dat ze haar zoon uiteraard graag wil verzorgen, maar hem fysiek niet aankan; Peter vindt alles wat is gebeurd tragisch en is het eens met Annabelle maar gelooft ook niet in een gastgezin of begeleid wonen. Je weet waar dit waarschijnlijk op gaat uitdraaien: Alex die weer bij jullie ouders terechtkomt.

Natuurlijk is het lastig, natuurlijk doet het pijn. Het zijn je ouders. En het is vreselijk als je moeder het laat afweten, elke keer weer, zelfs als je moeder vreselijk is.

Jij zit in je oude kamer achter je computer Indiana Jones and the Last Crusade te spelen: Barnett College, New York, 1938. Je loopt kletsnat een hal in, er ontstaat een plas op de vloer, je vertaalt iets en loopt door naar de kleedkamer van de gymnastiekzaal. Je hebt met Alex afgesproken dat je daar alvast begint met boksen; hij komt zo weer terug, hij is beneden iets te drinken aan het halen. Jullie gaan daarna proberen het spel in één keer uit te spelen zonder af te gaan.

Later blijkt dat Annabelle en Alex een woordenwisseling krijgen op de overloop, nadat jullie moeder begon te kiften over iets kleins. Het escaleert, bereikt het punt waarop Alex het wil hebben over wat Annabelle over hem heeft verteld toen hij in Utrecht was, dat hij voorafgaand aan de opname drugs had gedeald en haar, nadat ze hem daarmee had geconfronteerd, zou hebben bedreigd. Alex staat breed en groot voor zijn moeder en wil weten waarom ze dat heeft verzonnen. Je geeft de bokscoach klappen, hoort daaroverheen de stemmen van Alex en Annabelle en drukt op pauze; ze gaan over in geschreeuw, dan hoor je een luid gestommel.

En dan stilte.

In haar kamer roept je zus: 'Wat was dat?'

Annabelle roept Peters naam. En nog eens, luider. Ze schreeuwt anders dan normaal: ze wil niet dat hij weggaat, maar dat hij komt.

Je pauzeert het spel, loopt je kamer uit.

Je zus staat ook op de gang, voor de deur van haar kamer.

'Help!' En opnieuw schreeuwt jullie moeder.

Ineens weet je het, alsof het licht aangaat in een kamer – en je hart schiet naar je keel. Je rent langs je zus, racet de trap af, langs je moeder op de overloop en neemt de laatste vijf treden met een sprong, je handen roetsjen, branden langs de trapleuning.

Je landt vlak naast je broertje.

'Wat heb je gedaan?' schreeuw je. 'Wat heb je gedaan?'

Alex ligt op de vloertegels, de ogen gesloten, een been in een ongemakkelijke hoek.

Peter verschijnt op de overloop. 'O mijn god,' zegt hij. 'O, nee.' Ook hij snelt de trap af en valt op zijn knieën neer naast je broertje. Een plas bloed verschijnt onder diens hoofd. Het ijzingwekkend heldere rood smeert zich uit over de vloer. Je vader raakt het aan. 'Jezus.'

Emilie werkt zich langs Annabelle. 'Wat is er gebeurd?' roept ze. 'Wat is er gebeurd?' Dan ziet ze Alex en blijft verstijfd staan.

Je kijkt je zus aan, zij kijkt naar jullie vader en daarna over haar schouder, naar jullie moeder. 'Vlug, een ambulance! Bel godverdomme een ambulance!' Maar niemand doet iets, dus ze rent zelf naar de keuken, naar de telefoon. 'Jullie blijven godverdomme van hem af! Allemaal!'

Jullie rennen achter Marthe aan door de gangen van de spoedeisende hulp – voorbij open deuren, patiënten, verpleegkundigen, gesloten bedgordijnen.

Je wist het. Je wíst het. *Als je beter had opgelet...*

Marthe draagt een doktersjas. Ze is arts in opleiding in dit ziekenhuis. In de auto had Emilie je haar telefoon gegeven om Marthe te bellen. Je had niet verwacht dat ze zou opnemen. 'Eem!' zei ze.

'Marthe,' zei je, en toen stokte je stem.

'Hé, wat is er?' En toen, ineens, bezorgd: 'Er is toch niets met je zus?'

'Nee.' Je zei dat Alex onderweg was naar het ziekenhuis, of daar waarschijnlijk al was. 'Mama heeft hem –'

'Heeft wat?'

Je zus haalde nog snel een auto in en zwenkte de afrit op, de borden naar het ziekenhuis volgend.

'Heeft wat?'

'Zeg iets!' zei je zus. 'Zeg iets! Praat met haar!'

Je voelde: als ik nog iets zeg, moet ik overgeven. Dit is niet waar. Dit gebeurt niet écht. Je moeder had je broertje van de trap geduwd, of je broertje was door je moeder van de trap gevallen – het maakte niets uit. Je kon niet geloven dat jullie nu hier waren aangekomen. Je maakte je zin niet af en je zus griste haar telefoon uit je hand.

'Waar moeten we heen?' roept ze nu.

Zweet loopt uit je haargrens.

'De traumakamer,' zegt Marthe, die jullie voor de ingang van het ziekenhuis heeft opgewacht. Haar gezicht is rood, alsof ze net een prijs heeft gewonnen of een compliment heeft gekregen.

'Mogen we daar naar binnen?' vraagt je zus.

'Nee, natuurlijk niet!'

Emilie stopt met rennen, legt haar handen op haar knieën. 'Waarom rennen we dan?'

Je zit naast Emilie op een bank, een laag, groezelig tafeltje voor jullie, bezaaid met leesmaptijdschriften. Annabelle en Peter praten ergens anders in het gebouw met de dokters. Je moet je tranen inhouden, klemt je kaken op elkaar. Als je nu toegeeft, klim je nooit meer uit deze put van woede en verdriet.

Jullie zitten lang, met zijn tweeën, in deze stilte. Dan zegt Emilie: 'Wat denk je dat Peter en Annabelle nu zeggen?'

'Geen idee, maar het is absurd dat zij dat gesprek hebben. Dat zij überhaupt iets te zeggen hebben. Dat kan niet langer.'

Je zegt het omdat je voelt dat je nu iets moet doen, omdat het anders te laat is, omdat je bang bent dat het misschien al te laat is en dat Alex het niet gaat redden. Dat de alsmaar aanzwellende draaikolk die om hem raasde, hem al definitief heeft opgeslokt.

'Ik ben zo bang,' zeg je, 'dat hij dit niet overleeft.'

Emilie zegt dat ze niet voor het eerst zo zit, in een kamertje zonder ramen. Dat het normaal is dat je nu denkt dat het verkeerd gaat aflopen. Dat toen mama ziek was, ze ook vaak bang was, door haar gele en uitgeteerde gezicht, dat ze vreesde dat Annabelle elk moment kon wegvallen.

'Was dat maar gebeurd,' zeg je.

Je zus kijkt je lang aan, met een blik scherp als die van een havik.

'Omdat je mijn broertje bent en zijn broer, mag je dat één keer zeggen. Eén keer.'

'Zag je wat ze deed?'

'Niemand heeft daar iets aan. Al helemaal Alex niet.'

'Maar ik wil een plan. Voor Alex. Híj heeft een plan nodig. Dit is geen plan. Wachten tot het weer misgaat, tot het nog meer misgaat, dat is waanzin. Ze bellen hier niet eens de politie!'

'Als jij een echt plan hebt, dan luister ik. Maar aangifte doen, dat hele gelazer, daar beginnen we niet aan zonder eerst met Alex te overleggen.'

'Dit is mijn plan,' zeg je. 'Met jou een plan maken. Nu. Hier.'

Alex wordt direct geopereerd en daarna naar de intensive care gebracht. Zijn hoofd is gewikkeld in gaas, uit zijn mond steekt een buisje met twee slangen. Hij draagt een blauw hemd en ligt onder een groot wit laken. De artsen hebben zijn schedel gelicht om de druk te laten ontsnappen. De zwellingen in zijn hersenen vormen nu het grootste gevaar, die mogen niet oplopen. Gelukkig is het harde hersenvlies nog intact en heeft hij geen bloedingen gehad rond zijn ogen of oren. 'Nu moet de tijd zijn werk doen,' zegt de dokter. 'Jullie broer is jong en sterk. Een vechter.' Ze glimlacht. Haar donkere ogen, bijna zwart, glimmen.

Je vindt dat een opmerkelijke woordkeus, 'vechter'. Alsof iedereen aan zichzelf wordt overgelaten. Toch knik je. 'Met wie kan ik bespreken dat mijn ouders niet de beste… voogden voor mijn broer zijn?'

De dagen daarna voelt het alsof iemand je buik heeft opengereten, een arm naar binnen heeft gestoken en vanonder je hart vasthoudt en langzaam samenperst. Je kunt je broertje amper aankijken, laat staan aanraken. Jij hebt hem in de steek gelaten. Alweer.

Emilie houdt Alex' hand wel vast. Ze praat tegen hem, zoals jij ook dat niet kan: je hebt het recht niet om te zeggen dat je hier bent, dat je van hem houdt.

Je zus zegt het wel, omdat ze het mag zeggen. Ze praat ook gewoon door tegen Alex als iemand binnenkomt, zonder naar jou te kijken, zonder acht te slaan op wie verder nog meeluistert. In zekere zin houdt ze meer van je broer dan jij. Terwijl jij slechts boos bent, of kortaf, of afzijdig, zit Emilie aan Alex' zijde en houdt zijn hand vast. En jij, jij weet niet wat je moet doen. Woede is zinloos, heeft je zus gezegd, maar woede is als een waas over de wereld gevallen en geeft je elke dag, de hele dag, het gevoel dat je iets of iemand moet kapotmaken.

Thuis, in Amsterdam, sluit je je deur, zet muziek op en gaat op bed liggen, je gezicht begraven in een kussen. En elke ochtend word je wakker doordat iemand op je borstkas lijkt te zitten.

Je moeder heeft je broertje van de trap geduwd. Maar die verantwoordelijkheid is te selectief: jij hebt hem ook van die trap geduwd.

De vijfde dag van zijn coma komt Annabelle Alex' kamer binnen. Jullie mogen maar met twee familieleden aan het bed zitten. Je veert overeind.

'Hoe gaat het?' vraagt je moeder. 'Nou?' Ze kijkt nadrukkelijk jou en niet je zus aan. Je zwijgt, luistert naar het scherpe, strakke, onderkoelde *tuut-tuut-tuut* en *ding-ding-ding* van de apparaten. Wat denk je zelf?

'Stabiel,' zeg je.

Annabelle kucht met gesloten ogen, haar zenuwtrek. Dan vraagt ze of de dokter nog nieuws heeft. Je verlegt met een blik de verplichting tot antwoorden naar je zus. Ze heeft een boek op schoot liggen, *Jane Eyre*, dat ze dichtslaat. 'Nee, niks,' zegt ze.

Dan glimlacht Annabelle naar je. 'Je oom en tante zitten beneden, in de kantine. Je vader is naar huis. Ik blijf hier wel even, bij Alexander. Met Emilie.'

Oom Otto met gespreide armen. 'Jongen toch.' Tante Josephine pakt je gebogen hoofd vast, mikt op je wangen, maar raakt jukbeenderen. 'Wat is er allemaal gebeurd?'

'Ik wil er niet over praten,' zeg je.

'Dan is het niet ineens weg,' zegt oom Otto. Zijn haar is spierwit. 'Sterker nog, het komt gewoon terug, zoals een spinnende jojo ineens terugschiet naar je hand. Met één beweging ben je zo weer terug aan het begin.'

'Otto, zijn broer ligt op de ic. En jij begint over jojo's.' Tante Josephine draait zich naar jou en kijkt je aan met ogen als aangesloten startkabels.

En dan vertel je het. In een stroom. 'Annabelle en Alex stonden op de overloop te praten over wat ze had gezegd, over het blowen. Ze wilde dat Alex afstand nam, zei dat hij te dichtbij stond. Alex zei: "Waarom sta ík te dichtbij?" Toen gaf ze hem een duw. Alex zei dat ze van hem af moest blijven – Emilie hoorde dit allemaal – en dat juist zij allemaal leugens had verteld. Toen gaf Annabelle hem nog een zet, de trap af.'

Je glimlacht, gek genoeg. Dat luchtte op.

Dan mompel je dat je naar buiten moet.

'Natuurlijk,' zegt je oom.

Je verlaat de kantine, loopt de centrale hal in. Pas wanneer ze voor de schuifdeuren naast je verschijnt, besef je dat je zus je heeft nageroepen: 'Wacht! Wacht nou.'

Je blijft staan. Het lijkt of iemand duizenden naaldjes in je ogen steekt.

'We moeten dit samen doen. Samen.'

Je wil knikken, maar kunt je hoofd amper bewegen. Je balt je vuisten.

'Waar ga je heen?' vraagt ze.

Het duurt lang voordat je antwoordt. 'Naar buiten.' Je voelt een traan over je gezicht lopen. 'Ik ben zo terug. Beloofd.'

Emilies oogleden trillen.

'Ik ben zo terug.'

Ze pakt je pols. 'Ik kan dit niet zonder jou. Ik heb je nodig.'

'Ik jou ook.' Je meent het, voelt het, herhaalt het. 'Ik jou ook.'

Naast het ziekenhuis ligt een park. De lucht is helder, de zon fel. Het veld is geel van paardenbloemen. Je hebt drie gemiste oproepen van je studentenhuis. Iets over het eten, waarschijnlijk, of een feestje. Hoe kan het dat je je daar ooit over hebt opgewonden?

Het pad voert je weg van het grasveld, tussen de bomen door. Ergens fluit een boomklever kort en schel. Iets voorbij de bosrand, verderop, ligt een vijver.

Aan het eind van het kleine bos kijk je vanuit de schaduw van de bomen naar het water. De zon glinstert op het oppervlak. Waar het water niet blinkt, is het donker, bijna zwart. De bodem is onzichtbaar. Twee wilde eenden zwemmen van je vandaan. Je verlangt naar kraakhelder, wassend water – niet dit stilstaande, dode, donkere water, water dat niets anders doet dan dit onverschillige licht reflecteren.

Je hoort de auto's over de ringweg razen, een lange, constante golf die valt en valt en valt, maar niet breekt.

Stadsbos. Zomerzon. Snelweggeluiden en vogelzang. Reflecties van de bomen in het water. Alles waar je oog op valt. *De wereld beschrijven is eenvoudiger dan er een plek in vinden.* Zij had makkelijk praten, met een huis, geld, een geliefde. En ze koos ervoor om –

Nee, je wil dat de liefde van je broertje, je wil dat alle liefde die je hebt gekregen – van je zus, je oom en tante, van Elin en Cato, van Floris en ook van haar, zelfs nu ze voorgoed is vertrokken naar de vs – bij jou veilig is, niet in cynisme verloren gaat.

Liefde, denk je, trefzekere tederheid.

Elin belde gisteren. Ze zei: 'Ik dacht, misschien moet je broer na het ziekenhuis maar hierheen komen.' Je had haar jaren niet gesproken.

'Waarom?'

'Ik voel me verantwoordelijk,' zei ze.

'Als jij verantwoordelijk bent, dan is iedereen verantwoordelijk,' zei je.

'Heeft iedereen al gebeld?' had ze gevraagd.

Wie is ermee geholpen als jij je vader aanvliegt? Wat is het nut van fantaseren over een auto die over de kop vliegt, over glas dat rondvliegt? Niets. Het is nu zaak om even liefdevol als doortastend op te treden.

'Je broertje gaat het halen,' zegt oom Otto als je de ziekenhuiskamer binnenkomt. 'De dokter was hier zojuist. De zwellingen nemen af, Alex reageert goed. Hij is sterk. Waarschijnlijk heeft hij de moeilijkste dagen achter de rug. En ze pompen die medicijnen en antipsychotica gewoon door.' Je tante kijkt opgelucht. Oom Otto knikt en knikt, met wijd open ogen. Hij lijkt, ís zelfs licht opgetogen.

Jij ook, sinds Emilie je het nieuws al vertelde in de gang, waar ze stond te wachten met haar vingers in elkaar gevouwen. Ze had een idee dat ze met jou wilde bespreken.

Alex ligt in een ziekenhuisbed, de ogen gesloten. Het beademingsapparaat heeft een groot beeldscherm, twee blauwe slangen, en maakt elke drie seconden een geluid als dat van een kopieerapparaat. In de slang die uit Alex' mond steekt, trilt een druppeltje water tegen de wand van een klein, doorzichtig reservoir. Zijn snor- en baardharen lijken iets langer, hij heeft mee-eters bij zijn neus die je niet eerder hebt gezien, maar het is het lieve, wijze gezicht van je broer.

'Hij is echt heel sterk,' zegt oom Otto.

Natuurlijk is hij sterk! Dit is Alex, jouw broertje, of beter: jouw broer, die van een stellage is gesprongen, die op pistes onverschrokken schansen neemt, die naast je stond in het ziekenhuis toen jullie moeder zo ziek was dat jullie dachten dat ze doodging en zei: 'Ze gaat niet dood. Ze blijft hier', die samen met jou op de Vliegende Hollander onbekende wegen en hellingen trotseerde. En je broer met wie je zo vaak in één bed hebt gelegen dat je zijn haar, als je wil, kunt ruiken, waar je ook bent.

Alex' buik gaat onder het geel-blauwe laken zachtjes op en neer. Je zus komt in de deuropening staan. 'Dat weet ik,' zeg je. 'Maar ik wil niet alleen maar wachten en toekijken, ik...' Je kijkt achterom, maakt oogcontact met Emilie. 'Wíj willen hem helpen. Maar dan hebben we jullie hulp nodig. We willen Alex' voogden worden. Zodat wij de beste beslissingen kunnen nemen.'

Je zus stapt de kamer in en zegt: 'Hij moet straks weer naar een instelling, om te herstellen, te revalideren. Daarna mag hij in de weekenden naar huis. Maar welk huis is veilig voor hem? Peter en Annabelle? Nee. We willen alles doen voor Alexander, alles, maar hij kan niet op een studentenkamer wonen en ook niet in het appartement van mij en Marthe... We kunnen dit niet alleen.'

Tante Josephine knikt. 'We hebben het precies daarover gehad. Wij dachten: misschien moeten we weer naar Nederland komen, zodat Alex bij ons kan komen wonen.'

Emilie zegt: 'Jullie krijgen dan wel oorlog.'

Tante Josephine knikt wederom. 'Dat is dan maar zo,' zegt ze.

Oom Otto glimlacht. *De ware tegenstander boezemt je grenzeloze moed in.*

'Goed. Wie gaat het Peter en Annabelle vertellen?' vraag je.

'Ik,' zegt tante Josephine. 'We – iedereen, heeft al veel te lang toegekeken.'

Je voelt aan de sleutelbos in je broekzak, en weet wat je gaat doen. *Vanaf een bepaald punt af is er geen terugkeer meer mogelijk. Het gaat erom dat punt te bereiken.* Je richt je tot je zus: 'Kun jij hier blijven en met Marthe naar huis?'

Je zit in een warme, met schemerduister gevulde kamer op je broertjes bed, een boek in je handen, *Gullivers reizen*. Je knipt een lampje aan.

De stilte in de kamer is gespannen, nog altijd; verwachtingsvol, zoals de snaren van een viool strak staan in afwachting van de strijkstok – het lichaam is een archiefkast, slaat alles op, ook wat je hoofd vergeet. Je bent tegelijkertijd bang én opgelucht. Dat laatste, omdat die tijd voorbij is.

Dan komt je vader binnen. Hij komt naast je zitten op de bedrand, is stil en je weet niet waarom maar je kijkt naar de ring aan zijn pink. En dan zegt hij, op een toon alsof jij hem iets hebt gevraagd: 'Het is wel heel erg, van je broertje.'

Je kijkt op en zegt dat als hij het waagt om nog zoiets te zeggen, je hem hier, in deze kamer, zult vermoorden. Je zegt dat je het enkel nog niet hebt gedaan, omdat het Alex' kamer is.

'En jij dan? Wat heb jij gedaan?' Je vaders haar is grijs en dun geworden en niet langer een dekmantel voor een hoofdhuid vol schilfers. Hij zegt dat jij altijd voor jezelf hebt gekozen. 'Dat weet je, hè? Misschien kun jij mij uitleggen: wat is daar nou volwassen aan? En het lijkt me niet aan jou om mij en je moeder de maat te nemen, gezien jouw gedrag en karakter. Neem zelf eens verantwoordelijkheid en sta niet alleen maar langs de lijn te roeptoeteren.'

Je moet lachen. 'Roeptoeteren?'

'Het was niet je moeders schuld. Het was een ongeluk.'

Tussen de posters van Jay-Z, Adriana Lima en Zinedine Zidane zie je de strip eendenbehang.

'Het was niet haar schuld. Hij stapte – hij verstapte zich.'

Je denkt: hou je bek. Je denkt: hou godverdomme je bek. Je denkt: hou godverdomme nú je bek. Maar hij begint weer te praten. Hij zegt dat Alexander ook gewelddadig is geweest tegen je moeder, dat je dat moet weten, en dat het financieel niet meezit, dus dat het lastig is iemand te vinden die kan helpen met de zorg voor Alexander. Dan volgt een relaas over de beurs en 'de klap' die die heeft gemaakt, terwijl je weet dat je vader vanuit het kantoor op de gracht met het geld van je grootvader investeringen heeft gedaan in een bedrijf in vrijetijdskleding en in een laserapparaat waarmee je schilderijen kunt schoonmaken en dat het allemaal niets heeft opgeleverd. 'En je moeder doet ontzettend haar best,' zegt je vader tot slot.

Je kijkt in je vaders ogen, ziet de groen met bruine vlekken, de roest van ingehouden tranen, van een onverwerkte jeugd, en je laat de stiltes vallen als regendruppels, totdat alles nat is – en de volgende druppel niet langer stoort.

Buiten het raam is de lucht een gedonkerd azuurblauw. Het grijze licht in de kamer herinnert je aan de ochtenden dat je naast je broertje lag en naar de stilte luisterde met gespitste oren. Je hart voelt onrustig, als een springveer die wordt ingeduwd en weerstand biedt. Je ademt rustig uit, door je buik. Een sprongetje en dan is het weer kalm.

'Dus je begrijpt,' begint je vader dan, 'dat je moeder zich kapot is geschrokken dat de artsen overwegen jou en Emilie als contactpersonen aan te stellen.' Hij zegt dat Emilie en jij niets weten over wat zich de afgelopen jaren allemaal heeft afgespeeld tussen Alexander en Annabelle, dat jullie broertje bepaald niet het liefste jongetje van de klas is geweest. Wat hun is aangedaan, wat hun allemaal is overkomen. En dat jullie hun dan nu zó hun zoon willen ontnemen. Hoofdschuddend zegt hij dat, in ongeloof, zo lijkt het, over zo veel onrecht.

Je ogen prikken, je handen jeuken daadwerkelijk, maar je denkt aan je broertje. Dus je zegt je vader dat hij onzin uitkraamt. Je zegt hem dat je broertje een lief, goed en zachtaardig iemand is en dat het goed gaat komen met hem. Dat jij, je zus en tante Josephine en oom Otto daarvoor zullen zorgen. En dat hij jullie geen strobreed in de weg gaat leggen. Dat hij en Annabelle geluk hebben als Alex geen aangifte doet, straks. En je zegt hem dat hij nu de kamer uit moet, omdat je anders niet voor jezelf kunt instaan.

Je vader kijkt je lang aan. Dan lacht hij schamper, alsof hij commentaar geeft op de stilte, maar het is angst en ongemak, ongemak over de veranderde machtsverhouding, angst voor een fysiek treffen. 'Doe jij maar wat, uh, je denkt dat goed is,' zegt hij. 'Dan kom jij er wel.' Hij probeert cynisch te klinken, maar het lukt niet. Je knikt en je vader staat op en loopt de kamer uit.

Daar zit je dan. Op je broertjes bed, te kijken naar die bekende lucht achter dat raam, terwijl door de open deur een steeds storender stilte de kamer binnensijpelt. Je weet dat Peter en Annabelle nu met elkaar praten, samenzweren, schande spreken van jullie gedrag. Waarschijnlijk komt je moeder zo naar boven om verhaal te halen, nee, om haar verhaal te doen. Fulmineren over jullie ondankbaarheid.

Niets verbindt mensen meer dan een gemeenschappelijke vijand. De buitengroep voor de binnengroep, je eigen kinderen.

Het is om te lachen, zo belachelijk, als het niet zo ontzettend veel verdriet teweeg zou brengen.

Je loopt door je oude straat. Je telefoon trilt in je broekzak. Je moet diep ademhalen voordat je het apparaat durft op te vissen.

'Hé,' zegt Cato, 'hoe gaat het?'

'Belabberd,' antwoord je.

Jullie vallen allebei stil.

'Waar ben je?' vraagt ze dan.

'Thuis. Niet in Amsterdam, maar in Laren. Tenminste, ik loop nu naar buiten.'

'Ik ben bij mama. Zal ik je komen halen?'

En waarom niet iemand die je al jaren kent? Vertrouwen en veiligheid: is dat een slechte basis voor liefde?

'Cato?'

'Ja?'

'Ik mis je. Ik denk zo vaak aan je. Als ik door de stad fiets. Tijdens college. Thuis, als iedereen kletst, lacht en zuipt. En dan denk ik: wat ben jij – want dan praat ik tegen je –, wat ben jij nu aan het doen? En dan hoop ik dat je je goed voelt, dat het goed met je gáát. En op andere momenten, als ik aan je denk en besef dat alles is misgelopen, dan lukt me dat niet, zo genereus zijn, dan voel ik zo'n buikpijn.'

Cato is lang stil. 'Ik heb hetzelfde,' zegt ze dan.

Overal verhuisdozen, de bovenste flappen open. Tegen de muren staan lijsten, de eettafel heeft nog bubbeltjesplastic om de poten – de bestelde nieuwe stoelen laten nog op zich wachten. Een aluminium vouwtrap staat naast de hoge ramen. De stalamp mist een kap.

Maar: de bank staat, het vloerkleed ligt. De bos bloemen die jullie hebben meebracht, pronkt in een prachtige groen-witte vaas. De boekenkast is al ingeruimd en je moeder zegt (stel je voor!): 'Ik dacht, dan heb ik dat alvast gehad en anders staren al die lege planken je zo aan.'

Je knikt.

'Wat een fijn huis,' zeg je.

'Ja,' zegt je moeder. 'Mijn eigen plek.' Ze glimlacht. 'Ook jullie plek, natuurlijk. Altijd. En het huis van jullie vader is ook jullie plek. We waren het lang niet altijd eens met elkaar, maar dat weet ik zeker: jullie hebben niet één ouderlijk huis nu, maar twee.'

10

Epe en Amsterdam, 2006-2008

Lang, geel gras en onkruid tussen het grind, voor de deur een kattenstaartgordijn, binnen in de hal dode vliegen op de diepe, betegelde vensterbanken. Het huis is koel en stil en exact hetzelfde. De wereldontvanger in de keuken pruttelt, klassieke muziek, Arvo Pärt. De klok verdeelt de dag in behapbare brokjes. Tante Josephine staat aan de gootsteen in de bijkeuken haar handen te wassen – een borsteltje schraapt over de toppen van haar vingers. Wanneer ze je ziet, glimlacht ze haar rode wangen bol. *Thuis is waar je niet hoeft te doen alsof.*

Jullie zoenen elkaar gedag – sigaartjes en kaneel – en tante Josephine wijst door het halvemaanvormige raam boven de wasbak naar je broertje, die in een houten tuinstoel zit, midden op het grasveld, een boek in zijn schoot.

'Ze zeiden wat – dat hij een halfjaar niet kon lezen? Ian Fleming. Hij heeft de halve reeks al weggewerkt.' Ze klinkt trots, opgetogen als een gelovige, nederig en dankbaar gestemd door een wonder. 'Ik laat beschouwingen over het misogyne, Brits-imperialistisch gehalte van het oeuvre van die gladjakker voorlopig maar even achterwege.'

'Dat kan-ie wel hebben, hoor.'

De gordijnen, zeiden ze, moesten minimaal drie weken dicht tegen de hoofdpijn. Het werden er twee, en toen gingen ze binnen vijf dagen van een beetje open naar halfopen naar helemaal open. Van een paar erwtjes eten naar een heel maal ging ook sneller dan verwacht. En Alex zat precies twee dagen in een rolstoel, daarna kon hij zelfstandig twee rondjes lopen over de afdeling, en al snel een kwartiertje wandelen, naar het park en terug. 'Het gaat goed,' zei je op een dag. 'Ja,' antwoordde je broertje, 'het mos groeit maar ergens anders.'

'Hoe was het op de weg?' vraagt je tante.

'Prima.'

'Ben je alleen?'

Je knikt.

'Jammer.'

Je glimlacht. Het is fijn dat je tante zo gesteld is op Cato, op haar scherpte, warmte en haar lach. De bewondering is wederzijds: Cato heeft alle boeken van je tante gelezen en haalt haar vaak aan. Na hun eerste ontmoeting zei ze plagerig en liefdevol: 'Ik wist niet dat jullie maar liefst twee genieën in de familie hebben.' En later eens: 'Zonder haar was je nooit schrijver geworden, dat weet je toch?' *Genie*, denk je nu: liefdevol, maar wat een quatsch. Je tante heeft al fantastische boeken gepubliceerd – essaybundels, over feminisme, poëzie, gaia – en jij één gedicht.

Je schreef het over je broer, aus einem Guss, en stuurde het naar een literair tijdschrift. Ze zeiden ja. Na publicatie volgden mails, afspraken met uitgeverijen, contractaanbiedingen. Tante Josephine zei: 'Heel mooi, maar je gaat naar...' en ze noemde een uitgeverij. Het voelde veilig, logisch. Maar als ze iets had verklapt over de wanhoop en spanning die gepaard gaan met een publicabele bundel samenstellen, had je je misschien wel twee keer bedacht voordat je waar dan ook een contract zou tekenen. Aan de andere kant, dan had Cato je toch wel overtuigd dat je je droom moest blijven volgen. *Van anderen leren we het meest.*

Cato. Toen je die dag in je oude straat met haar belde en even later in de auto zat, bewoog je naar haar toe – haar ogen zacht, gretig – en zei je 'Ik hou van jou' en Cato kwam dichterbij en zei 'Ik van jou' en heel even wist je niet zeker of het ging gebeuren, maar toen hoorde je de zachte klik van het speeksel tussen haar opengaande lippen en zoenden jullie en een gevoel van grote rust en verlangen, van afronding en opvoering, spoelde over je heen.

Cato. Je kunt het nog steeds niet geloven. Zoals ze 's ochtends op je komt liggen. Hoe haar lippen je nek zoeken, vinden, haar vingers beginnen te dwalen. Ergens tijdens die verkenning, die jacht, draai je haar om, voel je haar bekken tegen jouw bekken, haar luide adem die stukslaat op je gezicht, haar sterke handen die de huid van je schouders straktrekken en later, lager, haar scherpe nagels in de zijkant van je buik, je flanken daardoor altijd een beetje gehavend, velden van blauwe bloemen. Al bloeien ze de laatste weken minder.

Cato.

Je wil tante Josephine net vragen naar je oom als ze zegt: 'Shit. Het ziekenhuis. Wat zeiden ze?' Ze draait de radio zachter.

'Dat die ablaties waarschijnlijk dus niet hebben geholpen, dat het niet minder wordt en dat het niet vanzelf overgaat.'

Je tante glimlacht, duidelijk met verdriet.

Je was na de laatste ablatie gestopt met al je pillen, in de hoop dat de aanvallen van je ritmestoornis zouden wegblijven, en dat was ook zo, even, maar de laatste tijd heb je weer meer last en neem je er weer medicatie voor. Een derde of vierde ablatie, zegt de cardioloog, helpt maar zelden. En dan moet je de risico's van de ingreep gaan afwegen tegen de eventuele opbrengsten.

'We wachten even af. Voorlopig werken de pillen.'

Je tante laat de stilte na haar glimlach nog even voortduren. Dan zegt ze: 'Emilie komt later, toch?'

'Ja. Maar met een change of plans. Ze komt met de trein. Ik haal haar op van het station.'

'O?'

'Tom had de auto langer nodig, iets met het nieuwe huis.'

'Is het een leuk huis?'

'Ja. Wel in Bussum.'

'En jij en Cato hebben eindelijk een plek gevonden?'

'Ja. Vorige week! Sorry, helemaal vergeten te vertellen. Die plek in Oud-West. Drie- en vierhoog. Klein, maar vlak bij het park. We kunnen er volgende maand in.'

'Wat goed. En hoe gaat het schrijven?'

'Ha, dat is anders. Wat een werk.'

'Elk woord tien keer wegen.'

'Pfff. Maar echt.'

'Ja. Je waarde als schrijver ligt in je werk. De oorsprong is misschien levenslust, passie voor schoonheid, of wat dan ook bewondering opwekt. Soms herkennen mensen zichzelf in jouw werk, tekortkomingen incluis, of soms vertegenwoordigt jouw werk hun aspiraties: generositeit van geest, een ontwikkeld wereldbeeld, melancholie. Oog voor de natuur. Het mystieke. Haasse, bijvoorbeeld. Die heeft dat allemaal. Vasalis. Hadewijch is een mystica, Burnier werd er een, Wolff en Deken zijn chroniqueurs, Trui Bosboom is historica. Blaman handelt in verhalen, die de werkelijkheid weigeren op te splitsen – alles is één ervaring. Geen van hen dacht: ik ben mystica, ik ben historica, ik ben lesbienne, ik ben "huisvrouw". En uit, zo je wil, hun "persoonlijkheid" vloeide hun werk voort. Wat ik volgens mij bedoel te zeggen, is dat als je zo duidelijk mogelijk zegt wat je voelt dat je moet zeggen, dan is dat de waarde van je werk, dat iedereen kan teruglezen wat jíj wilde zeggen. Dan resteert de vraag: waarom wil je precies dát zeggen? Daar hoef je geen passend antwoord op te vinden, maar het is wel belangrijk dat je als schrijver je verantwoordelijkheid neemt, dat je je bekommert over wát je zegt.'

Ze kijkt weer uit het raam, kort jouw kant op – je glimlacht – en dan weer naar buiten.

'Wat de verdere "waarde" van je werk betreft, laat dat maar aan anderen. Ik kan Mulisch lezen zonder te snappen waarom mensen hem ooit lazen. Dan koop ik nog liever nieuwe kleren. De betekenis van Reve voor de homo-emancipatie is heel groot. Maar het is evengoed een pathetische, verwende man zonder al te veel steekhoudende ideeën. En Hermans was denk ik bang voor het donker. Wel een knappe denker, maar zonder enige empathie en stilistisch wisselvallig. Dat waren natuurlijk allemaal romanciers, maar het geldt ook voor Kouwenaar en Nijhoff. En Herzberg. Anderen bepalen wat het "waard" is. Of wás. Voor jou bestaat alleen het werk.'

Je knikt. *Je hoeft niet per se via kinderen je vermogen tot liefde vorm te geven. Er is zoveel meer. Niet alleen zo veel meer liefde om te geven, maar ook zo velen die het nodig hebben.*

'Heb je wel plezier in het schrijven?'

'Ja.'

'Goed zo. En het lesgeven?'

'Ook. Hebben we al iets van Alex' school gehoord?'

Tante Josephine knikt. 'Dat gaat goed. Je oom zal het jullie straks vertellen.'

Oom Otto en tante Josephine willen dat Alex naar een school in de buurt gaat, zodat hij niet elke dag met de trein op en neer hoeft. Dat geeft meer stress, meer dode uren. Ze hebben je broer bij een plaatselijke scholengemeenschap aangemeld, waar hij vorige week met hen erbij een kennismakingsgesprek heeft gevoerd.

Tante Josephine zegt, nu weer terwijl ze naar buiten kijkt, dat ze altijd al het gevoel heeft gehad dat ze je vader niet genoeg heeft kunnen helpen. Dat ze blij is, al is dat niet helemaal het juiste woord, dat ze nu iets kan doen, en dat ze het goed wil doen – niet alleen voor Alex.

'Hoe was dat bij Peter en Annabelle?' vraag je dan.

'Wat bedoel je?'

'De eerste jaren. Van hun huwelijk. Hoe ging dat?'

'De eerste jaren was het hosanna tussen Peter en Annabelle. Hij zat in de buurt, in Brussel, als onderdeel van de permanente vertegenwoordig van Nederland bij de NAVO, en we waren zo verheugd dat hij iemand had gevonden. En Annabelle… ze was zo knap en innemend. En Emilie, o Emilie… die kwam snel ja, maar ze was een perfecte baby. Alsof ze in het laboratorium was gemaakt door de knapste koppen.'

Hosanna. Veel ellende is met liefde begonnen.

'Het ging mis toen Peter zonder overleg die baan bij Buitenlandse Zaken opzegde en daar niets voor terugkwam. Hij wilde niet dat jullie zouden opgroeien zoals wij, met om de zoveel jaar verhuizen, met telkens een nieuw huis, een nieuwe school, nieuwe vrienden. Ik denk dat Annabelle juist hoopte op een leven in het buitenland, ver weg van de ellende, van de vroege dood van haar vader en de ruzie met haar moeder, een leven waarin ze haar talenten als gastvrouw goed kon… inzetten? Je moeder was heel warm, kon heel goed 'hosten' en 'entertainen', zoals ze dat tegenwoordig noemen. Ze kwam uit een "armere" straat in Wassenaar. Ze was bang om geen aansluiting te vinden, om buiten te worden gesloten, om als het ware terug te vallen.'

'Mhmm.'

'Je moeder heeft het niet gemakkelijk gehad. Haar moeder sloeg haar, geloof ik. Dat moet je haar zelf maar vragen. De jeugd van je vader was evenmin prettig, natuurlijk.'

'Dat is geen excuus.'

Tante Josephine zucht. 'Nee, dat denk ik ook niet.'

Het is even stil.

'Heb je geluncht?'

Licht beschaamd schud je van nee.

'Dan maak ik wat. Ga jij maar even hoi zeggen.' Ze loopt al richting de ijskast.

Je blijft nog even voor het raam staan en kijkt naar je broertje – en loopt dan over de vlakken zonlicht op de tegelvloer de tuin in. Een zwarte specht is te horen, maar niet te zien, al speur je de oudere, vrijstaande beuken goed af.

De tuin is, net als het huis, niet veranderd. Wel laat het seizoen zich gelden: door de zachte, kleurrijke ontploffingen van de warme stolp van de zomer, lijkt de tuin hoger én kleiner dan in de kale, koude vlakte van de winter.

Je pakt een houten stoeltje van onder de veranda. Op de laatste stenen van het terras liggen kapotte slakkenhuizen, de nijverheid van een zanglijstertje.

'Hé. Je bent er al,' zegt Alex, terwijl hij het boek laat zakken. Inderdaad Ian Fleming, je kunt een glimlach niet onderdrukken.

'Ik kon de auto van Cato's moeder lenen,' zeg je, nadat je op de zuchtende groene latjes bent gaan zitten.

'Hoe is het?'

'Goed.'

'Boek goed?'

'Fascinerend.' Hij klinkt deels ironisch, deels oprecht. Misschien is hij zich bewust van wat er allemaal schort aan het boek, maar verhindert dat hem niet om ervan te genieten.

'Heb je honger?'

Je broertje knikt.

'Tante Josephine maakt lunch.'

Nu glimlacht Alex.

'Hoe was het in het ziekenhuis?'

'Goed.'

'Fijn.'

'Kijk,' zeg je, en je wijst. 'Een winterkoninkje. Daar, onder de rand van de rieten kap, in de klimplant. Met dat korte staartje. Zie je?'

Je broertjes ogen vernauwen. Hij is even stil. 'Verdomd,' zegt hij dan. 'Wat een prachtig beestje.'

Tante Josephine komt naar buiten met een dienblad met thee en bruine boterhammen met pindakaas en komkommer, een sigaartje in haar mond. Ze loopt langzamer dan vroeger, haar schouders meer gebogen, maar met dezelfde gang, haar ene been iets gestrekter dan het andere.

'Kijk eens.'

Je tantes handen zijn ouder geworden, de huid dunner, de aderen boller en blauwer, haar nagels geler, maar nog altijd voorzien van een krans aarde. Het simpele gegeven raakt je diep.

Alex en jij drinken thee. Eten boterhammen. De onschuldige helderheid van Alex' ogen is gebleven, maar hij kijkt niet on-wijs en in hem flikkert weer een vlam, waarvan je de warmte weer kunt voelen. *De langste relaties van je leven zijn die met je broers en zussen.*

Je rijdt naar het dorp. Een paar wielrenners schieten over het fietspad. Een handvol koeien staat in de wei. Krachtig zonlicht neemt de wereld onder vuur.

Je verbaasde jezelf doordat je je vanochtend pas oprecht afvroeg of je bent gaan schrijven door je tante. Dat dus in jouw specifieke jeugd de mogelijkheid zich aandiende, hoezeer op de achtergrond ook, om boeken te schrijven. *Paden ontstaan* –

Floris belt: 'Hoe is het met je broer?'

'Goed, goed.'

'Mooi.'

'Hoe is het daar?'

'Wat kan ik zeggen? Huisslot, fietsslot, kantoorpas, computerwachtwoord en verificatiecodes, al die deurtjes en sloten die open moeten en weer dicht. Ik hoop niet dat zo'n stage bij zo'n kantoor model staat voor het echte leven daar, maar ik vrees van wel.'

'Alex zei gisteren iets opmerkelijks, over wat z'n therapeut had gezegd.'

'Wat dan?'

'Dat niet iedereen begrijpt dat het voor sommige mensen heel veel kracht kost om normaal te doen, of in elk geval zo over te komen. En dat je daar wel zin in moet hebben.'

'Hoe oud is hij?'

'Achttien.'

'Poeh.'

Je rijdt een tunnel van overhangende takken in, zet je koplampen aan.

'Ja,' zeg je.

'Zou je zelf ook niet een keer met iemand gaan praten?' vraagt Floris.

'Dat zei Cato eerder deze week ook al. We hadden ruzie.'

'En?'

'En ik heb al genoeg aan mijn hoofd. Ik vind dat ik eigenlijk al te veel tijd en energie heb verloren aan het verleden.'

'Snap ik. Ik vraag me alleen af… is dat niet een tik contraproductief? In principe ben je toch altijd met het verleden bezig? Ook als je focust op het heden of de toekomst? Misschien moet je wel gewoon even over dat drempeltje – *kom maar over dat drempeltje heen, hoor, wij zijn heel normale mensen* – en dan…'

Dan, ineens, tegelijkertijd met Floris' woorden, besef je dat hij je vriend is – en je hoort even niet meer wat hij zegt, maar voelt dat je openstaat voor zijn stem, zijn mening en ideeën. '…een paar nummers van mijn pa, voor als de eerste of de tweede geen plek heeft…'

Je kijkt jezelf aan in de achteruitkijkspiegel en je ziet een stel ogen gelijk aan elk ander paar, met het verschil dat deze twee jouw bestaan diepte en kleur geven, maar je moet nooit denken dat de hele wereld zich vormt via jouw perceptie, dat anderen haar niet volledig anders kunnen bezien.

Je gebruikt de woorden die je werden aangeleerd. Als ze je niet bevallen, leer dan andere woorden.

'…ik val in herhaling, maar vraag me af of dat niet óók een probleem is?' zegt Floris. 'Of je jezelf daar niet tekort mee doet? In zekere zin is die houding ook problematisch, niet?'

'Mhmm.'

Hij lacht hardop. '*Heur ie mie wa, hoe klook ik bun?* En nu weer "normaal". Mijn ouders willen graag da'k me gedraag als een deftige vent, anders hadden ze me niet Floris maar Johnny of Guus genoemd.'

Jullie komen bijna te laat. Cato moest nog föhnen en jij kon je nette schoenen niet vinden, dus jullie rijden ruim na de geplande vertrektijd weg en komen op de ring in een file terecht tot aan Het Gooi. Je ziet een ooievaar op een lantaarnpaal, die toekijkt hoe het verkeer onder hem traag voorbijtrekt. Na Eemnes opent zich zowel de weg als het landschap. Twee buizerds turen vanaf houten palen langs het weiland, een grote zilverreiger vliegt langs. De zon is onmeedogend en de auto heeft geen airco, dus je moet zweten van het overhemd en het pak, van de warme lucht die uit de ventilatieroosters stroomt, van de angst te laat te komen. Je verlaat de snelweg bij de afslag Epe-Nunspeet, rijdt te hard over de provinciale weg, passeert nieuwbouw – de moderne dorpsrand – en draait dan op een rotonde het dorp in. Over drie minuten begint het, jullie moeten nog zes minuten afleggen.

'We halen het wel,' zegt Cato, die je ziet spieken op je telefoon die in de handsfree hangt.

Huizen schieten voorbij. Bij de laatste twee stoplichten rijd je twee keer te ver door, zodat je over het stuur moet leunen om de lichten te kunnen zien verspringen. Je zucht.

Dan verschijnt eindelijk het hoge, kleurrijke schoolgebouw. Je neemt de laatste bocht met piepende banden, achterin glijdt iets van de bank en verdwijnt onder je stoel.

'Fuck,' zegt Cato. 'Het cadeau. Nou ja. Niet vergeten, pak ik zo.'

De straat staat vol met glanzende auto's, dubbel geparkeerd, op de stoep, voor een uitrit. De koplampen reflecteren op de grijze lak van een Mercedes. Je rijdt de auto er zo dicht tegenaan dat je de lampen niet meer kunt zien, zet ze uit, dan de motor. Je smijt de deur open,

Cato reikt met haar hand achter je stoel, maar ze kan het cadeau niet vinden en zegt voor de tiende keer 'We halen het wel'. Je houdt het niet meer.

'Godverdomme, hoe kun je dat cadeau nou dáár neerleggen?'

Cato kijkt op en zegt: 'Nee. Dit gaan we niet doen. Dit is niet van mij, niet vóór mij, deze woede. Jíj was te laat, jíj rijdt als een malloot en jíj bent gespannen over vandaag. Ik heb tenminste nog aan een cadeau gedacht.'

'Omdat ík het vroeg!'

'O, zeker níet. Ik zei dat we een cadeau moesten kopen en toen vroeg jíj – later – of ik dat al had gedaan. Als dit zo blijft doorgaan, dat jij je frustratie en woede op mij afreageert, dan zeg ik je nu alvast: dat gaan we niet lang volhouden. Echt niet.'

'Sorry. Je hebt gelijk.' Je voelt de vlammen nog wel likken aan de binnenkant van je borstkas, maar je weet dat het klopt wat Cato zegt.

'Ik hoef helemaal geen gelijk te hebben: ik wil dat jij je gedraagt. Ik schiet hier helemaal van in de stress. In Frankrijk ook al!'

'Sorry, sorry, sorry.'

'Oké. We laten het even... We hebben iets te vieren.' Ze glimlacht met ogen waaruit het verdriet weigert weg te trekken. 'Niet?'

De gymzaal is warm en vol. Aan de zijkanten van de zaal zwenken ventilatoren als turende schildwachten. De ceremonie is nog niet begonnen.

Tante Josephine en oom Otto zitten ver vooraan, naast Emilie en Tom. Oom Otto houdt een dun boekje omhoog, tante Josephine zwaait. Je zus en haar vriend staan te praten, raken elkaar veelvuldig aan, lachen: na al die jaren hebben ze het nog altijd leuk met elkaar. Maar oom Otto tikt ze nu aan. Hij draagt een jasje, Tom een polo. Jullie banen je een weg door de dikke lucht, een boeket van aftershave, parfum en overdadig aangebrachte Axe die de geur van puberzweet niet kan verhullen.

Je ziet nu pas wat je zus aanheeft. Ze draagt een smaragdgroene, geborduurde sjaal om haar bolle buik. Het is voor iedereen duidelijk, nu: je neefje krijgt een broertje.

'Goede timing,' zegt oom Otto, wanneer jullie – als laatsten van de rij, en keurig op een rijtje – gaan zitten.

Je zus heeft een bos bloemen, jullie een boek, oom Otto heeft als eindexamencadeau een straatnaambordje laten maken met een plantsoen vernoemd naar je broertje. Geen gracht of laan of plein, nee, een *plantsoen.*

Oom Otto heeft één ding voor je geijkt: de rol van oom. Je zal proberen je neefjes met evenveel liefde en humor bij te staan.

'Hoe is het met jou, Cato?' vraagt tante Josephine. 'Je ziet er gezond en gelukkig uit.'

'Nou,' zegt Cato. 'We hadden prachtig weer. De hele week. 's Ochtends gingen we naar een marktje om oesters te kopen, daarna koffiedrinken op het enige terras. 's Middags zwommen we in de zee. Het eten was vreselijk lekker. Het was allemaal even heerlijk.' Dan verandert ze van onderwerp. 'En vandaag is een bijzondere dag, natuurlijk.' Ze pakt je hand en glimlacht. Je voelt je wangen warm worden.

'Ja,' zeg je. Soms kun je nog steeds niet geloven dat ze voor jou heeft gekozen – dit is zo'n dag. Eerder dan je zou willen, laat Cato je hand weer los. Ze verzweeg – uiteraard – jullie ruzies, haar huilbuien. Als je oogcontact probeert te maken, ontwijkt ze je blik.

Soms kan eerlijkheid het leven bedreigen dat je hebt opgebouwd.

Je zoekt naar je broertje. Je vindt hem helemaal vooraan, op de eerste rij, kletsend met een klasgenoot, een jongen met rood haar. Alex draagt een jasje. Hij heeft weer een mager gezicht en volle krullen. En alsof hij voelt dat je naar hem kijkt, kijkt hij jullie kant op. Hij glimlacht, steekt koeltjes een hand op.

'We zijn zo trots,' zegt oom Otto.

'Ja ja,' zegt tante Josephine. 'Dat weten ze heus wel.'

'En met wat voor een lijst.'

Je weet eigenlijk niet precies 'met wat voor een lijst'.

'Een-na-beste van de school,' zegt je oom.

'Het is geen wedstrijd,' zegt je tante scherp, vanuit haar stellige overtuiging dat mensen het niet tegen elkaar zouden moeten opnemen. 'Maar het is inderdaad een goede lijst.' Ook in haar stem is trots te horen.

Je zus buigt naar voren vanaf haar stoel en in het rumoer van de ruimte kijken jullie elkaar kort aan. Ze knipoogt. Dan begint de ceremonie.

Wanneer Alex' naam wordt omgeroepen, loopt hij naar voren en neemt met zijn handen gekruist op zijn rug plaats op enkele meters van het spreekgestoelte, waarachter de boomlange, kale rector door docenten gepende praatjes over leerlingen voordraagt. Soms is het geestig, soms vervallen de voordrachten in gemeenplaatsen over 'integriteit' en 'ambitie' of lepelt hij net iets te voorspelbare anekdotes op over scholieren die 'tijdens de werkweek dronken als uitgedroogde waterbuffels'.

Aangezien Alex slechts één jaar op deze school heeft gezeten, heeft de rector maar weinig steekhoudends te melden, behalve dat je broertje blijk heeft gegeven van 'een bewonderenswaardig doorzettingsvermogen'.

Op het 'profiel' van Alex, waarvan de grootste verdienste is dat de clichés hem geen recht doen, volgt applaus, waarna je broertje wordt uitgenodigd een handtekening te plaatsen onder zijn diploma – Cato knijpt in je hand – en dan baant hij zich handenschuddend een weg naar het eind van de tafel, terwijl je merkt dat je ogen vochtig worden.

Onverwachts loopt je broertje naar de rector, waarop een onverstaanbare uitwisseling volgt. De rector stapt achter de katheder vandaan en geeft met een joviaal armgebaar Alex ruim baan. Je broertje neemt plaats achter het spreekgestoelte, trekt de microfoon iets naar beneden: 'Ik kwam voor een jaar naar deze school. Maar volgens mij heb ik vrienden voor het leven gemaakt. Dank jullie wel.' Hij kijkt in jullie richting en glimlacht. 'En mijn oom en tante, mijn zus en broer, mijn bloedverwanten: dank.'

Je staat met Emilie buiten een sigaret te roken. Of: jij rookt, je zus nam – heel schuldbewust – één trekje. Het is de tweede of derde keer dat je op dit schoolplein bent. Alex is nog binnen, handen aan het schudden, met klasgenoten aan het kletsen; oom Otto en tante Josephine praten met Tom en Cato – al is het waarschijnlijker dat Cato en je tante over een favoriete auteur praten en dat oom Otto naar ze luistert, of dat hij weer tegen Tom is begonnen over het fiasco van de Betuweroute: Tom is ingenieur en oom Otto neemt aan dat hij daarom alles weet van grootschalige bouwprojecten.

'Dit mag echt niet.' Je zus neemt nog een hijs en geeft dan de sigaret terug.

'Wat een dag, hè?'

Emilie knikt.

Jullie staan zwijgend naast elkaar. Er valt niets te zeggen, er hoeft ook niets te worden gezegd. Het voelt alsof de puzzel is gelegd, alsof de dagen – eindelijk – op hun plek zijn gevallen.

Te proberen het te begrijpen, denk je dan, *en nooit, nooit iets vergeten.*

Je schiet de sigaret op een van de grijze tegels, ingestrooid met zwartgelopen kauwgom.

'Hoe is het met je hart?'

'We nemen onze pillen en leven nog.'

Emilie lacht.

'Nee, gaat goed, hoor. Het speelt vooral 's nachts op. Dan heb ik gelukkig nog een andere pil, naast de bètablokker en de bloedverdunners, die ik kan proberen voordat ik naar het ziekenhuis moet. Ze willen op langere termijn nog altijd wel opereren, om het gedeelte te isoleren dat de stoornis veroorzaakt. Maar voor nu werkt dit goed.'

'Hoe doen ze dat?'

'Dan branden ze littekenweefsel rondom de onrustige cellen.'

'Wat?'

'Ze nemen de oorzaak weg. Dan kan het hart niet langer kortsluiten. *The thrilling wire in the blood, sings below inveterate scars, appeasing long-forgotten wars.*'

'Hmmm, de spanning eraf halen, dat is altijd goed. Vrijer leven.'

'Hoe is het met jullie?'

'Komen we zo op. Hoe gaat het met je scriptie?'

'Goed. Ben nog aan het lezen. Begin na de zomer echt.'

'Waarover?'

'Communisme. Of, democratisch socialisme. Specifieker, Marx' idee over de mogelijkheid of eigenlijk de on-mogelijkheid om vrijheid te bereiken onder het kapitalisme.'

Emilie lacht. 'Natuurlijk.'

'Wat?'

'Niks. Waar ging-ie voor geschiedenis ook alweer over?'

'Martin Luther Kings kritiek op het brandende huis van het kapitalisme. Zijn woorden, niet alleen de mijne. Het kapitalisme overwinnen vereist niet alleen het verwerpen van overheersing, maar ook dat mensen hun wederzijdse afhankelijkheid erkennen en die van de aarde.'

Je zus lacht. Sproeten op haar neusbrug, lichtblauwe, intelligente ogen. 'Je gaat tante Josephine vast trots maken. Mij evengoed. En ik ben heel trots op hem, maar ook op jou, op ons.'

'Ik ook,' zeg je, en je slaat je armen om haar heen.

Cato maakt haar jurk los, blaast een lok uit haar gezicht en zet een raam open – het helpt niet. De hitte blijft hangen. Buiten is het evengoed warm. Ze gaat op de vensterbank zitten, wrijft over haar pijnlijke voeten. Ze kijkt naar haar hakken, bij de deur, de daders. Je staat in de zitkamer, naast de tafel. Je overhemd plakt aan je rug. De halsbandparkieten in het park kwetteren luid. Ergens gooit iemand een autodeur dicht. Het geluid is te hard, te scherp, voor deze hitte.

Cato zei weinig in de auto. Keek vooral uit het raam. Je weet dat ze boos is over het cadeau. Of eigenlijk is ze – zoals steeds vaker – boos over jouw woede. Een boosheid die zich uit in zwijgen, een irritatie die stilte woorden geeft.

Je loopt naar de badkamer en trekt je overhemd uit. Je gaat op de badrand zitten en doet ook je schoenen en sokken uit. Alles is klam. Je voeten zijn wit.

Dit is een wereld niet van woorden maar van niet-woorden.

Terug in de zitkamer zit Cato nog steeds bij het raam. Ze rookt een sigaret, kijkt je kort aan. Je hoopt dat ze glimlacht.

'Sorry,' zeg je.

'Het is zó heftig.' Ze neemt een hijs.

'Dat snap ik.'

En nog een. 'Mijn hele middag is dan verpest.'

'Het spijt me echt.'

'De hele dag.'

'Ja.' En, ineens, heb je het gevoel te veel toe te geven. 'Als ík mijn frustraties deel, is het afreageren, woede. Als jij het doet, is het delen, "verdriet".'

'Omdat jij schreeuwt en ik niet.'

‘Je bent net zo – nee, wat jij doet, is valser dan schreeuwen.’

‘Wat bedoel je?’

‘Het kan niet allebei waar zijn,’ zeg je. ‘Die “droomvakantie” in Frankrijk en je constante irritatie daar. Je speelt dan een spel.’

‘O, zeker niet. Ik kan op verschillende dingen toch anders reageren? Sowieso reageer ik anders dan jij. Ik kan relativeren. Jij, jij bent snel boos… Dat is oké, hoor. Maar –’

‘Maar wat?’

Ze zegt niks, neemt een snelle hijs, blaast de rook uit zonder te inhaleren. Onder haar adamsappel glinstert het zweet.

‘Laat me raden…’

Cato kijkt je aan.

‘…maar niet voor jou? Niet voor ons?’

‘Je vraagt me iets en je geeft zelf antwoord.’

‘Je zei niets!’

Ze staat op – bruine benen, haar dat glanst. ‘Ik – was – aan – het – denken!’ Ze komt naar je toe gelopen, niet als iemand die toenadering beoogt, maar als een bokser die de bel heeft gehoord. ‘Dit kan zo niet,’ zegt ze.

‘Wat niet?’

‘Jij. Je bent boos, geïrriteerd, zoekt naar wat ik verkeerd doe. Ik ben bang dat ik iets verkeerd doe, waardoor ik juist dingen verkeerd doe. Dat ik dit zeg…’ Ze schudt haar hoofd. ‘Weet je: ík dacht aan dat cadeau, ík nam het mee en ík –’

‘– was te laat!’

Cato kijkt je aan met ogen vol ongeloof, een schuddend hoofd. ‘Jij kon je schoenen niet vinden!’

‘Ik ging ze alleen maar zoeken, omdat jij je haar nog ging föhnen, in deze hitte! Ik had prima op mijn gympen gekund.’

‘Je gaat niet op je gympen naar de diploma-uitreiking van je broertje.’

'Nu klink je als mijn vader.'

Ze kijkt je aan met open mond, knippert met haar ogen.

'En jíj bood aan dat cadeau te kopen,' zeg je.

'Ik zei dat wé nog een cadeau moesten kopen! En dan ga je ervan uit dat ik dat doe?'

'Nee, nee, nee. Die laat ik me niet in de schoenen schuiven: dat ik je niet laat antwoorden, terwijl je niets zegt, dat ik geen cadeau koop, omdat jij het al hebt gekocht: *that dog won't hunt.*'

Cato neemt nog een diepe hijs. Gooit de sigaret dan uit het raam. Ze schudt haar hoofd. 'Dit gaat niet. Ik ga godverdomme niet zo worden als mijn moeder en te lang dansen naar de pijpen van een man. Je gaat het niet verdraaien. Ik heb niets verkeerd gedaan. Jij zoekt ruzie. Jij máákt ruzie. We wonen samen en jij maakt alleen maar ruzie.'

'Ik – maak – ruzie?'

'Je schreeuwt tegen me!'

En inderdaad: je bent zeker op straat te horen; je laat zelfs dramatische pauzes vallen; je staat dreigend voorovergebogen.

'Jij ook tegen mij!' zeg je, je stem krampachtig rustig. Je hebt zin om iets kapot te maken.

Cato antwoordt met een afgemat 'Super' en staat op van de vensterbank. Ze loopt naar de slaapkamer. Doet de deur dicht. Komt naar buiten in slippers, een kort broekje en een wit T-shirt. 'Ik ga,' zegt ze.

'Sorry,' zeg je. 'Je hebt gelijk.'

'Daar heeft niemand wat aan, dat ik "gelijk" heb. Ik voel hoe boos je bent over die pillen, dat hart, en dat druppelt overal in door… Ik wil gewoon graag dat je er iets aan doet, aan al die shitzooi die die kutouders van je in jou hebben geplaatst! Want dit ga ik niet lang volhouden!'

In de behandelkamer hangt een ingelijst affiche van een tentoonstelling. *Kazimir Malevich en de Russische avant-garde.* Het gebruikte beeld is *Supremus #50*, een van je lievelingswerken. De vrouw tegenover je heeft slordig en toch sierlijk opgestoken haar. Om haar hals hangt een zilveren kruis. Aan haar bleke handen geen trouwring. Maar veel agenten dragen ook geen trouwring tijdens hun dienst.

'Waarom ben je hiernaartoe gekomen?'

'Ik ben boos. Op mijn ouders. Over hun kinderen, hoe ze daarmee omgingen, hoe ze hun ouderschap hebben vormgegeven. Ik voel die woede in mijn botten. Zelfs na mijn masterdiploma-uitreiking, cum laude, in het bijzijn van mijn vriendin, mijn oom, mijn tante, mijn zus en mijn broer – mijn broer! –, iedereen vrolijk, iedereen uitgelaten, voel ik dat de woede diep vanbinnen zich schuilhoudt. Loerend op een kans om te ontsnappen. En mijn vriendin voelt de woede al, als ik "godver-, godverdomme" tier als ik iets laat vallen – en eigenlijk ook als ik dat niet doe, dan woekert die woede nog steeds, als een giftig brouwsel in mijn merg, dat komt in mijn bloed en dat bloed pompt mijn kapotte hart dan mijn bloedbaan in en het is niet te voorkomen dat dat zich op een gegeven moment, zonder serieuze aanleiding, in monsterlijke proporties via mijn bloed, mijn longen en dan mijn adem naar buiten barst.'

'Twee jaar terug lag mijn broertje in het ziekenhuis, door mijn ouders. Ik ken niemand die zo sterk, liefdevol en attent is, die zo veel levenskracht heeft als Alex. Niemand die van zoiets zo goed herstelt. Ik dacht: we laten het achter ons. Nu ben ik boos dat hij geen aangifte heeft gedaan. Dat ze ermee wegkomen. Nu ben ik boos dat ik er iets mee moet.'

De verleiding bekruipt je, ook nu nog, op te staan en weg te lopen. Waarom moet jíj er – wederom – iets mee? Je hebt er zo veel last van gehad: toen, uiteraard en nu, met je hart. Maar dan denk je aan Cato.

De vrouw tegenover je kijkt je aan met kalme ogen.

'Ik wil niet vastzitten in die woede, ze kleurt alles. Ik heb last van mijn hart. En mijn vriendin trekt het ook niet meer. In mijn studententijd kon ik zooien en zuipen. Nu reageer ik me af door met mijn omgeving te bekvechten. Ik wil dat niet. Soms denk ik dat het kind dat ik was een spons was die zich helemaal volzoog met woede en agressie – en dat als iemand nu ergens op drukt al die ellende eruit komt. Ik wil de spanning eraf halen. Gráág.'

Je had je voorbereid en je bent eigenlijk best tevreden met hoe je verhaal eruit komt.

Nooit improviseren zonder eerst te organiseren.

De psycholoog lijkt minder onder de indruk en legt haar klembord naast zich neer op een bijzettafeltje en zegt: 'Woede is verdriet. Verdriet vraagt om troost, troost vraagt om aandacht en aandacht vereist dat iemand je opmerkt. Verdriet moet zo dus erkend worden om te helen. Meestal heb ik vier tot zes afspraken nodig om de koers te veranderen. Om tot een andere manier van kijken te komen. Om de woorden te vinden waarmee we het verhaal kunnen vertellen en hervertellen en veranderen. Soms duurt dat langer. Maar het lukt bijna altijd, een verhaal te maken van iets wat lang geleden is gebeurd. Want het kan natuurlijk niet dat de angst van een vierjarig kind je leven bepaalt. Daartoe zullen we hier en daar andere "herinneringen" terugplaatsen ter vervanging van je huidige herinneringen.'

Je ligt in bed, onder de dekens. Je hoort de auto van je vader op het grindpad tot stilstand komen, de motor gaat uit, tikt, een deur wordt geopend en weer gesloten. Zijn stappen kraken op de kiezels. Je moeder en je zus kijken beneden televisie, je broertje ligt al te slapen en je vader is weer thuis. Alles is weer helemaal heel – compleet, vredig en volmaakt.

11

Húsavík, Epe, Blaricum, Amsterdam en Laren, 2013-2016

Brief van Alexander, geschreven in IJsland maar verstuurd in Nederland:

Tja... overal en nergens hier
(vrijwel overal wel even prachtig)

Lieve broer,

(woensdag)

IJsland is fantastisch! Wat een ongehoorzaam landschap, wat een wandelingen! Heb alleen wat pech met een loopneus die een verstopte neus die keelpijn is geworden. Bij elke slok die ik neem, voelt het alsof ik een rasp naar binnen werk. Hoop dat ik kan onthouden er wat bewuster van te genieten als dat gevoel straks weg is en ik me weer beter voel. Het is misschien ook een wat zeurderige maar effectieve manier om me eraan te herinneren dat we allemaal met elkaar verbonden zijn. Ook met de mensen die enkel met je in het vliegtuig zitten en die je daarna nooit meer ziet, maar van wie je wel verkoudheid en keelontsteking meeneemt (dank je vriendelijk).

Eergisteren zijn Jamie en ik aangekomen in het Hoge Noorden. We waren op een boot, walvissen spotten. Naast ons stond een oude Oostenrijker, een vogelaar, ik zag het meteen, met zijn zoon of kleinzoon, en ik moest natuurlijk aan jou en oom Otto denken. De man leek op een broer van Louis van Gaal en praatte maar door, terwijl de jongen afgemeten antwoorden gaf van één of twee lettergrepen, maar de man had dat dus niet door. Ik leerde veel over de grutto, dat die zichzelf zo volvreet dat-ie een aanloopje moet nemen om op te stijgen, en dat hij dan 11.000 kilometer kan vliegen, over de Atlantische Oceaan, zonder herkenningspunten en toch nog corrigeert voor de wind, om precies uit te komen waar hij naartoe onderweg was! Maar goed, dit weet jij waarschijnlijk allemaal al. De oude viskotter voer op volle kracht naar de plek waar een walvis was gezien. Onderweg deelde de schippersdochter vanaf de brug ook nog wat feitjes over de speakers: walvissen zijn de grootste dieren uit de geschiedenis van de planeet; ze kunnen wel dertig (!) meter lang worden. En, ik dacht dit vind jij wel leuk om te weten, het hart van een walvis kan zo groot zijn als een (oude) Mini, een volwassen mens zou door de aorta kunnen lopen!

Wist jij (dit las ik net allemaal op de computer in het hotel) dat de eerste walvissen afstamden van landdieren die vijftig miljoen jaar geleden de zeeën in trokken? Dat ze naar de diepten van de oceaan duiken om zich te voeden met plankton en krill (ja), en vervolgens naar de oppervlakte zwemmen om te ademen (ja), en om te poepen en te urineren (mhmm, nee, ik niet in ieder geval), waardoor een voedselrijke 'poo-nami' vrijkomt die de groei van fytoplankton stimuleert, een soort zeealgen die via fotosynthese koolstof uit de lucht halen (huh wat)? Wanneer fytoplankton sterft, wordt een deel van de koolstof die ze hebben opgevangen aan het oppervlak gerecycled, maar een deel van de dode algen zinkt naar de bodem van de zee en neemt de opgevangen koolstof mee, wat de planeet helpt om af te koelen. Kortom, walvissen geven de fysische en chemische aard van de planeet vorm! De lucht die vogeltjes weer inademen. Ik vind het fascinerend en denk soms: ik had misschien toch biologie in plaats van psychologie moeten gaan studeren. Nou ja. Misschien kan ik nog een tweede master doen.

Toen we na een halfuur aankwamen bij de lunchplek van de gespotte walvis, lagen er nog vier of vijf andere boten te dobberen in de baai. Als de walvis onderging, ging de motor uit. De crew wist precies hoe-

lang de walvis onder bleef maar niet precies waar die weer bovenkwam. Vanuit het kraaiennest speurde onze gidsende schippersdochter het water af. Na een minuut of zeven ging de motor weer aan, niet veel later verscheen de walvis ergens aan het wateroppervlak, een eindje van de duik vandaan. Alle boten voeren met de motoren op overdrive naar de walvis, zodat we die nog even konden zien glinsteren in het water. Dan was het wachten op de volgende duik, om de vin met een prachtig, elegant slagje onder water te zien verdwijnen.

Ondertussen vertelde de dochter over de luidsprekers verder over de leefgewoonten van de walvis: ze kwamen daar elke zomer om aan te sterken, zwommen dan de hele oceaan (de walvisweg) weer over, vijf kilometer per uur (!), en communiceren onderweg in een hoogontwikkelde, eigen taal. (Ze kunnen ook heel goed horen.) Ik vroeg aan de jonge vrouw of die walvis dan niet een beetje gek werd van ons, al die brullende motoren, de hele dag. Ze keek me aan, lachte en zei, of hij brengt zo geld in het laatje 'or we chop him up'.

Haha! Daar kreeg ik – mijn mond vol tanden – door een IJslandse kalm, nuchter en overtuigd de economische basis van onze maatschappij uitgelegd: marktwerking als graadmeter voor het behoud van leven! De psychologie van het kapitalisme, of het recht van het meeste rendement. *Wie neemt de mens zijn vergunning tot doden af?*

In de auto terug keek ik uit het raam, dacht aan de grutto en de walvis en tranen liepen langs mijn verbrande gezicht. Jamie vroeg me wat er was. Maar hoe leg je dat uit?

Nou, om te beginnen doordat ik Jamie deze brief ook laat lezen. Ik hoop dat je dat goed vindt.

Overigens, dat uitzicht uit de auto is vaak prachtig. Heb behoorlijk wat foto's gemaakt die ik je thuis ga laten zien. Onderweg hiernaartoe kwamen we langs een vulkanisch meer, of, hoe zeg je dat, een meer met in de buurt allemaal kleinere, pruttelende plassen, die roken naar rottende eieren. Niet bepaald de geur van brood vers uit de oven, maar toch op zijn eigen, vreemde wijze aangenaam. Dat gek-blauwe meer lag aan de voet van een heuvel die Jamie en ik vanaf de parkeerplaats te voet beklommen. Daar waren we wel twee uur mee bezig en de mensen beneden werden steeds kleiner, net als de auto's in de verte en boven op de berg (nou ja, het was eerder iets tussen een heuvel en een berg in) bedacht ik 1. hoe bizar het was dat wij dit allemaal in een auto konden doen, terwijl nog geen tachtig jaar geleden de bus het beste was om vooruit te komen en nog weer tachtig jaar daarvoor het paard of de pony (ze hebben hier hun eigen pony's: grappige, kleine paardjes, ik noem ze de Houyhnhnms) en dat was dan eigenlijk millennialang zo en 2. dat de wereld er beneden uitzag alsof iemand hem met Märklin-spullen had nagebouwd en hoe omgekeerd dat was, dat ik niet dacht dat wij *die wereld hadden nagebouwd. Ik dacht dat het kwam doordat we in Nederland geen bergen hebben en wel zolderkamers met modeltreinen. 3. Dieren worden zo groot als de ruimte die ze daarvoor krijgen (binnen wat ik maar even de bandbreedte van hun natuurlijke grootte noem, uiteraard) en doordat mensen hun leefwereld decimeren, worden ze steeds kleiner (dit geldt, bijvoorbeeld, voor de leeuw. Die krimpt!).*

Boven op de heuvel zei Jamie iets heel liefs, dat ik zo lief was. Jamie zag er zo knap, verbrand en cool uit. Ik moest denken aan iets wat ik las in een gedicht dat jij mij ooit opstuurde, dat de ogen van onze geliefden ons uitsnijden tot wie we willen zijn. Weet je dat nog?

Daarboven was álles ver weg. En zo hoog leek het landschap in het licht bijna rood. De weg naar de Gullfoss was een zandweg, met stenen zo groot als tennisballen, we konden niet hard rijden. Zand en stenen. Heel anders dan het landschap aan de kust, dat nog het meeste op een maanlandschap lijkt en dat overigens helemaal niet 'authentiek' is, want de eerste Vikingen die hier aankwamen, troffen een groen eiland vol bomen, een vogelparadijs. Ze begonnen te kappen en te kappen en te kappen en de wortels verdwenen en de regen viel en de aarde spoel-

de weg en wat je overhield, is dit maanlandschap. Dat lijkt heel oud en oorspronkelijk maar het is dus piepjong en mensgemaakt. Ha.

We lunchten bij de prachtige, rustige waterval, waar we een ander Nederlands stel tegenkwamen dat ook het eiland om reed, maar dan in tegengestelde richting. 'Heb je één waterval gezien, dan heb je ze allemaal gezien,' zei de man verveeld, en ik moest heel hard lachen. Mijn verkoudheid veranderde die lach gelukkig in een soort hoest- en proestaanval. 'Gaat het wel?' vroeg de vrouw, heel lief. 'Hij is heel verkouden,' antwoordde Jamie. 'Al dat vocht in de lucht, hè?'

De manier waarop Jamie dat zei, hielp niet bij het stoppen met lachen.

(donderdag)

Prachtig weer nog steeds maar ik blijf verkouden. IJsland is een soort Ierland, maar dan weidser en kaler en met scherpe richels in plaats van stenen muurtjes en iets minder bomen en iets minder gevlekt met schapen en koeien. En toch: IJsland is een soort van Ierland, zoals alles een soort van variant is van iets anders. Je hebt hier natuurlijk ook meer gletsjers en ijsvelden. (Serieus. Die gletsjers.)

Ik zag tijdens onze wandeling vandaag een kleine koe (geen kalfje!) van wie het hoofd me heel erg deed denken aan het hoofd van Tyrion, uit Game of Thrones *(kijk je nou al?). Ik maakte een foto!*

Vlak voor we vertrokken, kwam ik mevrouw Vermeulen tegen. Weet je wat ze zei? Dat ze je eerste gedicht in Hollands Maandblad *had gelezen (ze was niet voor niets onze lerares Nederlands, me dunkt), en dat ze ons herkende in de twee jongetjes. Ze vertelde dat 'Iedereen in het dorp, op de markt en op feestjes, door elkaar luidkeels op de hoogte gehouden,* intens *medelijden had met jullie'. Duidelijk was dat ze een hekel had aan al die mensen. Dat bleek wel uit de nadruk die ze legde op het woord 'intens'. Ze zei het overigens pas nadat ze had gevraagd of ik het oké vond om over dat gedicht te praten. Want als jij dat gedicht zonder mijn instemming had gepubliceerd (ze zei niet 'geschreven'), als ik dat 'onoverkomelijk' vond, dan begreep ze dat helemaal en dan zou ze er verder niet over praten. Ook niet met anderen. Jezus, wat vond ik dat goed! Ze vroeg wat ik deed (niet 'wat ik studeerde' maar wat ik 'deed', ook zo heerlijk!) en ik vertelde over Amsterdam, De Pels, en we kletsten over klanten die kunnen bestellen alsof ze de eigenaar van de kroeg zijn. Ze vertelde dat de eigenaar van Mauve een groot fan is van Geert Wilders, zo groot dat hij met hem is meegevlogen naar Australië, om hem daar 'vrijuit' te horen spreken. Hahaha. Kun je je het voorstellen? De halve wereld overvliegen om iemand precies hetzelfde te horen zeggen als hier? We moesten allebei hard lachen.*

Ze vroeg ook wat voor boeken ik las (nú overigens Letters from Iceland, *dank! Elke dag lees ik Jamie stukken voor als we in de auto zitten en 's avonds in bed ook, haha, tot Jamies grote genoegen,* not, *haha). Vermeulens vraag voelde als een overhoring (sommige dingen veranderen dus nooit, of misschien wel, maar net als een rivier die haar loop verlegt: slechts extreem langzaam, en nog minder snel als mensen haar loop indammen en vastleggen). Ik wou dat ik haar Audens boek had kunnen aanraden! Ik zei: Isherwood. Ze moest glimlachen en vroeg me hoe het verder ging. Ik vertelde over mijn studie, over Jamie, over de toneelstukken waarin ik had gespeeld, Tollens, over het huis, het boksen en mijn bijbaantjes. Vertelde haar ook over mijn vrijdagen, dat ik naar de adolescentenkliniek van het Academisch Medisch Centrum ging om jongeren te vertellen over het leven na zo'n 'klap'. Vertel dat eigenlijk nooit en ik hoorde mezelf toelichten waarom: ik zei dat ik iets positiefs wilde vertellen, wat hoop wilde stellen tegenover de ellende daar, de deuren met een cijferslot, verplichte etenstijden, medicatie die je traag en dik maakt. Een van de interessantere dingen van het leven is toch wel dat je soms heel* open en eerlijk kunt zijn tegen vreemden maar niet tegen je vrienden. Ik wil niet dat ze mij zien als die jongen die opgenomen is geweest.

Besef dat deze brief nu minder over IJsland gaat dan over mij, maar volgens mij gaat reizen ook niet alleen maar over de plekken die je bezoekt, het gaat ook over het effect van die plekken op jezelf, op je gedachten en gevoelens, en reflecties. Bovendien bespaar ik je zo een verslag van onze accommodaties (vannacht een afgelegen hostel aan een baai, met een extreem knap Chileens stel achter de receptie, met wie we later een muziekquiz speelden: playlist aan, scherm uit, en dan artiest, liedje en de eerste regel raden) en andere minder interessante activiteiten (wandelen, wandelen en nog meer wandelen) en wat we eten (zuivel, zuivel en nog meer zuivel). Je kunt natuurlijk ook opschrijven wat je ziet maar daar ben ik niet slim genoeg voor. Of, laat ik zeggen: niet sensitief genoeg. Nee, niet ijdel genoeg. Hahahah!

O ja, het wonder geschiedde: mijn verkoudheid is bijna weg!

(vrijdag)

Het regent. Ineens. We zitten in een hotel, een oude school. Het is een fijne plek als je houdt van hip Berlijn, of van een surrogaat van hip Berlijn. De keuze is straks: wil je met vakantie naar een strip mall of een ersatz-Berlijn?

Ik ben gisteren iets vergeten. Een gedachte die ik had over Peter en Annabelle. Aan de hand van een soort (Engelstalige) comedyshow die we in Reykjavik zagen: als zij zouden aanvaarden dat hun krampachtige samenzijn ons heeft beschadigd, dan stort hun hele constructie, het idee dat wij hen dankbaar moeten zijn voor onze letterlijke en figuurlijke levens, in elkaar. Dan blijven ze achter met lege handen, met twee verspilde levens en drie gebutste, gekraste kinderen. Misschien is dat gewoonweg een té hard gelag.

Maar met het verwijt (dat ik ondankbaar ben) kan ik dus leven, *omdat ik het even onjuist en wereldvreemd vind als logisch en menselijk: zíj kunnen ermee leven.*

Dat inzicht, dáár ben ik dankbaar voor.

En voor het zonlicht op een gletsjer: prachtig.

(zaterdag)

IJslanders hebben een goed gevoel voor humor, schrijft Auden. Ik heb geen idee. Ik merk als ik teruglees wat ik gisteren schreef dat mijn gevoel voor humor in elk geval afneemt. Jamie en ik spreken eigenlijk alleen andere toeristen: het massatoerisme van de afgelopen dertig, veertig jaar heeft veel veranderd: steden werden pretparken zonder interactie. Alles is een voorgekauwde ervaring. Niks is nog rauw, onverwacht, onkenbaar. Nou ja, daarvoor bestaat gelukkig de literatuur.

O ja, ik heb je manuscript mee! Mijn lievelingsgedicht is 'Drie overwegingen' (zal wel weer komen door die octopus). Dat andere gedicht over vroeger: ik heb het gevoel dat daar nog wel wat meer zit? Of dat je schrijft met de handrem erop? Zelfs worstel ik (ook?) met die opvatting: het zijn toch je ouders. Na alles wat ze ons hebben aangedaan. Dat je denkt: waarom hebben zij nog het recht mij te controleren, het verhaal dat ik vertel? Om te beslissen wat anderen van mij mogen weten en vinden? Dat bepaal ik zelf wel.

(-middag)

Vanmiddag mijn kop gestoten aan een lage dorpel, denk dat het hotel wraak nam voor mijn ersatzverhaal van hierboven. Doffe pijn achter m'n ogen. Las net weer even terug wat ik schreef.

Ik heb zo lang schaamte gevoeld. Over wat ik had meegemaakt en wie ik was geworden. Ik wil geen schaamte meer voelen; ik wil mijn leven in eigen handen nemen en míjn verhaal vertellen. Het is niet aan

Peter en Annabelle te beslissen wat het verhaal, wat de waarheid van ons leven is en die bevoegdheid strekt zich ook zeker niet uit tot anderen en wat die van jou en van Emilie en van mij menen te weten en vinden. En toch, als hun 'verdriet' ter sprake komt, hou ik me vaak op de vlakte. Schaamte.

En schuld. Want die terughoudendheid heeft ook te maken, merk ik, met een zekere loyaliteit die ik voel: ze zijn toch mijn 'ouders' en het woord 'ouder' vraagt om respect, vraagt het en krijgt het – soms zonder het te verdienen.

Goed, genoeg. Koppijn.

Liefs uit IJsland, nog drie dagen en dan ben ik alweer terug (eerder dan deze brief waarschijnlijk dus, haha! Oh well*…). Ik ga nú aan mijn brief aan Emilie beginnen, of nee, morgen, als de wraak van het hotel voelt als een bult en niet als een dozijn spechten die mijn schedel proberen open te hameren).*

Ik hou van jou,

A.

'Annabelle en Peter,' zegt je broer, 'zouden die vandaag nou eindelijk eens denken: wat een rommeltje hebben we ervan gemaakt?'

Hij loopt voor je uit, over voorzichtig krakende droge bladeren. In de schaduw van de bosrand wandelen jullie langs een weiland. Het is een warme junidag, de wind ligt aangelijnd; zelfs het lange gras om de houten palen van het hek beweegt niet. De vogels rondom het veld zingen onzichtbaar hun lied. Een winterkoninkje schiet laag boven de grond weg met nerveuze vleugelslagen. Blijkbaar is de berusting van IJsland er nog een van vlagen, niet continu.

Jullie vieren vanavond met een etentje bij tante Josephine en oom Otto, in hun grote eetkeuken – ietwat verlaat – Alex' vijfentwintigste verjaardag en zijn traineeship bij het ministerie van vws. Alex' schoolvrienden komen, collega's uit De Pels, jaargenoten, en natuurlijk Jamie; Emilie en Tom komen ook. Cato komt vanuit haar atelier in Amsterdam.

'Heb je iets van ze gehoord dan?' vraag je.

'Van mama een "Gefeliciteerd!" met een relaas over hoe moeilijk het is voor een moeder om haar zoon niet te zien. Van papa in eerste instantie een opgewekte felicitatie, daarna dat hij helaas ook deze verjaardag niet mag meemaken.' Hij lacht.

'En?'

'Tja.'

'Ik heb dat ook, op de zogenaamde "grote momenten" – Kerstmis, een diploma-uitreiking, verjaardagen, hoewel ik verwachtingen heb afgezworen – dat ik denk: waarom kan het nou niet normaal zijn? Ik denk dat zij dat ook hebben. Ik weet alleen niet of ze ooit de zelfreflectie kunnen opbrengen om het waarom te achterhalen. Dat vond ik zo goed van je brief uit IJsland, dat inzicht. Toen dacht ik: dat had ik ook moeten doen, psychologie studeren.'

'Ha. Dank. Ik dacht zelf juist biologie. Of filosofie.'

'Voordeel van filosofie is wel dat het minder met ligbankgewauwel in verband wordt gebracht en meer met – pak 'm beet – Socrates en Hannah Arendt. En met "een meer gelijke en solidaire wereld". En dat soort hoogdravende idealen. Al lees je tijdens de studie eigenlijk schrikbarend weinig Rosa Luxemburg.'

Een kleine vogel stijgt op uit het gras met hysterisch klappende vleugels. Het zingt helder en blijft klimmen tot het als een zwart stipje afsteekt tegen de blauwe lucht, om vervolgens met gestrekte wieken in stilte omlaag te wentelen.

'Ja.' Alex staat stil en zwijgt. Zegt dan: 'Weer zo'n prachtig beestje.'

'Een veldleeuwerik.'

'Mhmm. Is dat ook een trekvogel?'

Je knikt. 'Ze overwinteren zuidelijker dan waar ze broeden. Dus de Zweedse hier en de Nederlandse in Frankrijk.' De vogel is verdwenen tussen het gras. 'De fitissen uit Scandinavië komen ook hierheen, in augustus en september, maar die trekken verder.'

'Mooi dat jij dát allemaal weet.'

Het geheim van de tijd is dat hij niet is op te delen; we herinneren ons ons leven niet, we leven ermee.

'Jij had het ook kunnen weten, als je je wat minder met dat hondenopvangtehuis had beziggehouden.'

'Pianoles,' zegt hij, peinzend. 'Ik wilde pianospelen, weet je nog? Heb het ook nog een tijdje gedaan. Bij die oude nonnen aan de overkant. Van wie ik nu overigens vermoed dat ze een stelletje waren. Totdat ik daar niet meer heen mocht. Wat voor een kunstenaar is aan mij verloren gegaan. Een groot verlies, niet alleen voor de mensheid, maar ook voor Peter en Annabelle. Gelukkig ga jij een boek uitbrengen.'

Je moet lachen.

'Ja. Die bundel. En daarna die operatie.'

'Vind je het spannend? De operatie, bedoel ik.'

'Jawel. Maar ik word niet beoordeeld op die operatie. Op dat boek wel. Dat vind ik spannender.'

'Maak je geen zorgen: het is goed.' Alex gooit het mandarijntje omhoog. 'Kom,' zegt hij, en hij loopt verder, richting een bankje onder een grote eik. Onder jullie voeten knisperen vertrouwd de bladeren.

'Je kunt het altijd weer oppakken,' zeg je na enkele stappen. 'Een oude piano vragen voor je verjaardag.'

Hij lacht. 'Scarlatti red ik niet meer.'

'Als je het leuk vindt maakt dat toch niks uit? Niet iedere tennisser is Serena Williams.' Misschien ben je nu te serieus, maar je hebt het al gezegd.

Alex gaat zitten. 'Het gaat er niet om dat ik nu geen piano kan spelen, het gaat erom dat het toen niet mocht, van de koning en de koningin van Laputa.'

'Ik weet het.'

'Hoe dan ook: volgens mij is mijn cadeau al gekocht.'

'Yup.' Je neemt naast je broer plaats op het smalle, houten bankje. 'Door ons. Maar misschien wil het vorstenpaar van Laputa je dit jaar een handje helpen...'

Alex schiet in de lach. 'Ja. Sure. Annabelle zei dat als ik dan toch "feitelijk" haar zoon niet meer ben, net als jij, de volledige erfenis dan net zo goed naar Emilie kan gaan.'

Al sinds hij bij Otto en Josephine ging wonen, betalen Peter en Annabelle niets meer aan de kosten van Alex' levensonderhoud, zijn studie of kamerhuur. En nu dit.

In de schaduw van de eik kijken jullie naar het droge, enkelhoge gras en de paardenbloemen in de verder lege weide. Het zonlicht wordt met vrachtladingen uit de hemel gekieperd, ook over de kruinen van de bomen aan de overkant van het veld. Daaronder liggen de vossen, de reeën, de edelherten en de wilde zwijnen rustig te slapen.

Jullie ruggen tegen de stevige stam, jullie benen gestrekt, enkels over elkaar, hakken in de aarde tussen de gladgeschuurde wortels van de boom.

'Kom op, wat is het? Mijn cadeau.'

'Zeg ik niet.'

Je broertje kijkt je aan en zucht.

'Oké, een zegelring.'

Hij glimlacht. 'Oké dan.'

'Oké, niet.'

'Ach, wat jammer.'

En jullie moeten allebei hard lachen.

De ochtend dat je Peter weer ziet, is het voor het eerst in een week droog. De zwarte aarde van de bospaden en de herfstbladeren op de bosvloer, alles is nog steeds nat. Vochtigheid hangt in de lucht, de hemel is grijs.

Peter is een oude man geworden. Dun haar, lange, borstelige wenkbrauwen, levervlekken op zijn slapen en handen. De gouden zegelring glimt nog altijd.

Je hebt na je hartoperatie een maand in het ziekenhuis gelegen, complicatie volgde op complicatie, je bent elf kilo afgevallen. Na zeven weken horizontaal leven, vier in het ziekenhuis, drie op de bank, verlang je terug naar een collegezaal met studenten die je apathisch aangapen – daar mag je tenminste staan. De eerste week raakte je al buiten adem als je de trap op liep, nu gaat het beter, je kunt buiten een halfuurtje bewegen zonder te moeten rusten.

Je vader heeft over de operatie drie vragen gesteld. Hij vertelde vooral over de hond, een wens van Marianne, zijn vriendin. Het beest is allergisch voor gras. Hij is, vertelde Peter, terwijl de hond aan de lijn trok, onderzocht in een speciale kliniek in Utrecht en krijgt nu medicatie. Die medicijnen kosten honderden euro's per maand, zei hij met een moeilijk gezicht. 'De pillenmaffia,' voegde hij nog toe en toen viel het gesprek stil.

Je kijkt aandachtig naar je vader. Híj wilde afspreken, maar je weigert hem te vragen waarom. In jullie tekstberichten ontweek hij de vraag. ('Is het zo gek dat een vader met zijn oudste zoon wil wandelen?')

'Wat je wil,' schreef je terug.

Je vertrouwt het nog steeds niet.

'Ik hoop dat je snel zult zijn hersteld. Dan kom je ook gauw weer aan schrijven toe? Je bent met je bundel een hele beroemdheid, intussen.'

'Een beroemde dichter lijkt me een contradictio in terminis. De meeste van mijn studenten weten niet eens dat ik schrijf.'

'Ben je bezig met nieuw werk?'

Dit is de eerste keer dat je vader naar je schrijven vraagt. Net op tijd besef je dat die constatering kan overkomen als een verwijt.

'Ja, met een verhaal over iemand die ik tijdens mijn studie heb leren kennen. Of, heb gekend. Proza dus. Wat toen allemaal is gebeurd, daar probeer ik enigszins mijn vinger achter te krijgen. Dat kan nog wel even duren. Ik heb ook geen haast. Hoeft ook niet. Ik ben blij dat ik een baan heb.'

'Ja, je tante heeft ook alleen maar kunnen schrijven dankzij het geld van je grootvader. Aan de universiteit heeft ze het niet lang volgehouden. Nou ja, ze is dan ook nooit echt verbonden geweest met de "echte" wereld.'

Denk maar niet dat ik hap.

'Ze vertelde dat opa vroeger ook last had van ritmestoornissen?'

'Zou kunnen. Maar ik denk niet dat het een bouwfout is, als je dat bedoelt.'

Natuurlijk niet. Een bouwfout kan naar hem herleid worden, dan heeft hij je niet goed 'gemaakt'. Maar als het komt door stress uit je jeugd, dan leidt dat ook naar hem, dan heeft hij het niet goed 'gedaan'. Kijk eens hoe netjes hij dat oplost.

'In de zeventien jaar dat ik je dagelijks heb meegemaakt, verwonderde ik mij er juist over hoe sterk je hart was. Ik denk dat emoties een hele grote, zo niet de grootste rol spelen bij hartproblemen.'

'Volgens mijn arts is het vaak erfelijk. Maar dat doet verder ook niet zoveel ter zake bij zo'n bouwfout, hoe het komt.'

'Het kan best zijn dat het een bouwfoutje is, spontaan ontstaan, maar ik denk dat dat is getriggerd door de omstandigheden van je huidige leven. Je hebt het toch ook pas een jaar of tien?'

Je zegt niets.

'Hoe gaat het lesgeven?'

'Goed,' zeg je.

'Het is belangrijk werk.'

'Gelukkig is dat weerspiegeld in de vergoeding.'

'En hoe is het met je broer?'

'Goed.'

'En je zus?'

'Ook.'

'Twee kinderen, niet?'

'Ja.'

Hij knikt. 'En ben je nog met dat meisje De Witte? Je zit nu toch even bij haar moeder, om aan te sterken? Die ouders zijn gescheiden, niet?'

Ze is geen 'meisje'.

'Ja,' zeg je weer.

'Eén ding kan je niet worden verweten: wollig taalgebruik.' Terwijl je nadenkt over een antwoord, zegt Peter: 'Je moeder en ik gaan uit elkaar.'

'En waarom vertel je mij dat?'

Kijk.

'Nou, als er nieuws is, dan laat ik dat weten.'

'Dat deed je de vorige keer anders niet, toen jullie gingen "scheiden".'

'Dat was anders. Toen hadden jij en ik geen contact met elkaar.'

'En nu wel?'

Wederom een stilte. Die groeit. Het grijze licht trekt zich langzaam terug uit het bos, de hemel ontvangt het met duisternis. Je gaat de stilte niet verbreken, imm–

'Je moeder is boos.'

Nu komt de aap uit de mouw.

‘Ze voelt zich verraden. En ik mag het huis niet meer in. Ze heeft de sloten veranderd. Maar het moet worden verkocht... Mariannes huis is te klein voor ons tweeën en de hond.’

Dus dat is de viertrapsraket: een affaire, overstappen, huis verkopen en dan met de overwaarde een nieuw huis kopen, om daar opnieuw te beginnen, met een nieuwe partner. En met een hond. Sinds wanneer houdt hij eigenlijk van honden?

‘En wat heb ik daarmee te maken? Ik woon daar al heel lang niet meer.’

‘Jij bent je moeders oudste zoon. Misschien luistert ze wel naar jou.’

‘Grappig dat je dat zegt,’ – een trucje geleerd van je therapeut – ‘want dat gevoel heb ik niet. Bovendien heb ik niet het idee dat ik als kind zo’n boodschap moet brengen.’

Een vrouw met een kleine hond met een gerimpelde kop komt langsgelopen. Peter trekt aan de riem. Je hebt precies dezelfde handen als hij. Dezelfde vingers, net te kort ten opzichte van de palm. Dezelfde verhoorning van de huid. Je hebt dezelfde stem, ook. En je hebt dezelfde woede. Je bent bang dat als je naar je vader kijkt, je niet ziet wie je gaat worden, maar wie je al bent.

‘Nou?’ vraagt je vader.

‘Nou wat?’ zeg je, oprecht overvallen.

‘Wil je het haar vragen?’

‘Nee.’

‘God, je zal een keer iets voor je vader doen.’

‘Ik vind het jammer dat je niet inziet dat deze wandeling al een hele geste is.’

‘Je gaat dus niet met je moeder praten? Zorgen dat ik bij mijn eigen spullen kan?’

‘Nee.’

Let op. De façade die omlaagkomt, in drie, twee, é–

'Wat had ik ook verwacht? Laf en zelfzuchtig ben je. Dat was al toen je jong was. Zelfzuchtig toen je vertrok naar die andere familie. Laf, ook. En daar was niet tegenop op te voeden. Je was altijd al zo. Zoals je nu bent.'

De anesthesist kwam binnen – schort halverwege de armen – en keek over de bedrand. 'Wat doe jíj hier?' Hij had je een paar dagen eerder gesedeerd voor een standaardingreep, een laparoscopische isolatie van onrustige hartcellen. De chirurg had voor de procedure een gaatje gemaakt in het hart. Dat was nu gaan lekken en de hartzak – het vlies rondom je hart – vulde zich als een ballon die drukte op je hartspier en de pompcapaciteit beperkte. Elke keer dat je hart sloeg en daarna samentrok, had het minder ruimte om opnieuw te openen. Je kon alleen maar denken: deze pijn is buitengewoon.

Het andere wat je dacht: als ik nu sterf, is dat triest voor Alex, voor Emilie en Cato; en mijn vrienden zullen treuren en de mensen die me haten, zullen zich misschien verheugen (geen dank), maar ik heb tenminste geen kinderen, ik ben niemands primaire verzorger, ik ben vrij van die verantwoordelijkheid, van die zwaarstwegende plicht. Of misschien juist niet, misschien ben ik al jaren een gevangene van die gedachte.

Ha, ik heb een brief geschreven aan het kind in Peter. Hoef 'm niet aan hem te sturen, schrijven doet al een hoop. Deel 'm wel graag. Zie de bijlage. X, A

Amsterdam, 5 augustus 2015

Lief Petertje,

Wanneer ik me voorstel dat jij als vijfjarige deze brief daadwerkelijk zou ontvangen, dan zie ik de verbazing in je ogen. Het is absurd om een brief te krijgen van een vreemdeling, die zegt je te kennen. Die bovendien claimt te weten hoe jij wordt als volwassen man, een man met een vrouw, drie kinderen, een baan en verantwoordelijkheden. Niet alleen is dat vreemd, maar daar wil jij nog helemaal niet mee bezig zijn. Je wil sneeuwballen gooien in de winter en balletje trappen in de zomer. Je wil verstoppertje spelen, buskruit. Je wil – iets later – een hut bouwen met vrienden en daar samen in slapen, nadat jullie een fikkie hebben gestookt om knakworstjes op te roosteren. Je wil voor de eerste keer verliefd worden, een kusje stelen van het mooiste meisje uit de klas. Je wil ook – gek genoeg, en weer later – dat iemand voor het eerst je hart breekt. Je wil dan ook voor de eerste keer net iets te veel biertjes drinken met je vrienden – en dat nog een aantal keer. Je wil een eerste kater, een eerste wip, een eerste dans. Je wil te laat thuiskomen en op je falie krijgen, om dan sorry te mompelen... en het de volgende keer dunnetjes over te doen. Je wil opgroeien in warmte. En vooral: veilig.

Maar alles wat je wil: je zal het niet krijgen.

Je bent nu vijf. Ik weet niet wat je je nog herinnert van je eerste jaren. Je bent geboren in Helsinki, leefde in je eerste jaar bij je grootouders in Zwitserland en werd vervolgens meegetrokken, de wereld in. Eén waarin je vader op dit moment carrière maakt als diplomaat en je moeder dit het belangrijkst vindt: de buitenkant, het voorkomen. Je leert de komende jaren etiquette, talen en culturen, dat wel. Overgelaten aan een gouvernante; dat ook. Net als je zusje, straks, als zij wordt geboren. Je gaat veel van de wereld zien; je bent intelligent en je zult dingen snel oppikken.

Op het moment dat je pubertijd aanbreekt, zul je naar Nederland worden gestuurd. Om daar, wederom overgelaten, ditmaal aan een oom en tante die je nauwelijks kent, je eindexamen te halen. Je mist je zusje. Je voelt je verlaten, in een land waar je alleen in de zomers kwam. Terwijl, dat is nou juist de tijd om je af te reageren op een vader en een moeder, daarmee moet je overhoop kunnen liggen, daar moet je onredelijk tegen kunnen doen. Gewoon: puberen, zoals iedereen.

En dat krijg je dus ook niet. Tenminste, niet die ouders, want de rest van het puberen, dat gaat vanzelf. Je komt overhoop te liggen met je oom, je krijgt gedoe op school en wanneer zich dan iets voordoet met je oom en tante wat ik nog steeds niet heb achterhaald, word je naar een internaat gestuurd. De meest onveilige plek denkbaar voor een puber. Het gaat beter op de middelbare school waar je overdag verblijft; waar je populair bent, echt het mannetje. Maar iedere avond kom je 'thuis' op het internaat, waar een alcoholist met losse handjes de dienst uitmaakt. Je bent vast niet op je mondje gevallen en kijkend naar mijn eigen lijf: je wordt zeker niet iel. Ik stel me voor dat je wel eens in het verweer komt en dat moet bekopen met klappen.

Verdomme man, wat een gemis! Dat had je gewoon verdiend, die warmte en veiligheid, zoals alleen ouders die kunnen bieden, zoals ieder kind die verdient. Want ondanks alle weelde, mogelijkheden en de spreekwoordelijke zilveren paplepel, moest je het zonder die twee stellen. En dan kan die paplepel nog zo van zilver zijn: koude pap is niet te vreten.

En zo gaat er – haast automatisch – iets mis. Om Petertje heen groeit een volwassen vent: Peter. Beresterk, met een bulderende stem en een intellect waarmee je je medestudenten intimideert. Peter wordt lid van het Rotterdams Studenten Corps en merkt dat die beer, die kolos, dat die werkt. Dat die wordt gezien. Bevestigd. Dat die kan domineren in een mannenbolwerk, waarin het recht van de sterkste geldt. Boven op de apenrots. En Peter verliest jou, Petertje, volledig uit het oog. Herkent jou niet meer. Erkent jou niet meer. Vanaf je studententijd word je een man die geen oog meer heeft voor het kind in hemzelf, dat nog altijd behoefte heeft aan warmte en veiligheid.

En zo raak je dan decennialang moederziel alleen opgesloten in een grote, boze man die zich slachtoffer voelt van alles, die een diplomatieke carrière 'opgaf' voor de kinderen en die vervolgens, terend op vaders geld, verderging als ondernemer – in navolging van Rotterdamse studievriendjes, maar dan zonder succes (helaas: je wordt een waardeloze ondernemer, Petertje); en naarmate de jaren verstrijken, is die boze man alleen maar bozer geworden. Zonder zichzelf enigszins kritisch te kunnen bekijken, zonder zijn talenten én tekortkomingen onder ogen te komen, zonder de onvervulde behoeftes van het kind te vervullen, of daar enige aandacht voor te hebben.

Geloof me, Petertje, als hij dat wel had gedaan, dan had dat een hoop gedoe gescheeld. Voor veel mensen, onder wie mijn zus, mijn broer en ikzelf.

Ik begreep Peter niet, ik kon 'm nooit begrijpen. Ik weet niet zeker of ik dat nu wel kan. Wat ik wel zeker weet en beloof aan jou, Petertje, is dat ik jou zal proberen te herkennen en erkennen. Te zien. Je bent verwaarloosd, vergeten, verdrukt en heel diep weggestopt, daar waar geen licht komt, geen warmte, op een onveilige plek. Verborgen in een nare, boze man die door jou te verdrukken eigenlijk ontzettend zielig is geworden.

En als ik dan vroeger ergens, heel ver weg, een glimp van je opving in z'n ogen, dan werd hij doodsbang en vervolgens boos en driftig. Dan stonden die ogen op onweer. Ogen waar ik vroeger voor wegrende, ogen waar ik op den duur maar om leerde lachen. Maar ook dat is verkeerd: het is niet om te lachen. Het is heel verdrietig.

Dus, ik zal proberen je te zien, in grote, boze Peter. Jij krijgt mijn aandacht, waardoor Peter verwordt tot een zielige man met gebreken. Eentje die helaas niet meer te redden valt. Dat is ook niet aan mij. Ik moet aandacht hebben voor het kind in mij, dat net als jij die onveiligheid, die kilte, lang heeft moeten ervaren. En ik weet dat ik van grote Peter nooit meer ga krijgen wat ik nodig had.

Ik zal jou zien en daardoor zo veel mogelijk vrede hebben met het verdrietige gegeven dat Peter een gebroken mens is. Kapot.

Ik ben dat niet. En ik zal dat ook nooit worden. Juist omdat ik dit inzie. Omdat ik jou nu zie. Eindelijk. En dat doet veel met me. Terwijl ik dit tik, heb ik een constante rommelende kramp in mijn borst. Maar ik adem door. Ik adem door dit heen. Ik zie jou. Arme jij.

Dag lief Petertje,

Tot ziens,

Alex

'Mama vroeg of je nog iets wil hebben.' Aan de andere kant van de lijn is het zo stil dat niet duidelijk is of de verbinding heel goed is of juist verbroken.

'Ik hoef niks.' Je loopt door de zitkamer en pakt een stapeltje boeken op en legt het neer naast een ander stapeltje. Cato en jij gaan ook verhuizen, de kamers worden leger, het appartement steeds onpersoonlijker. Jullie vertrekken naar de periferie, meer natuur, minder mensen, naar een oude boerderij met een moestuin en schuren en een stal, gekocht met een groep vrienden, een commune – al klinkt dat woord hopeloos naïef en ouderwets – waar jullie vanuit de ideeën van circulariteit, dienstbaarheid en zorgzaamheid zullen proberen te leven. De redenen daarvoor zijn even filosofisch als praktisch van aard: het is de enige woonruimte die jullie – en alleen met vrienden – kunnen betalen. Die werkelijkheid is omarmd: de meeste auto's gaan de deur uit, de moestuin wordt de basis voor het dieet, jullie krijgen een composttoilet en een corveerooster. Cato kan in de stal keramiekles geven en aan de slag met haar vrije werk. Jij kunt overal schrijven, dus ook daar, en het dorp heeft een station, natuurlijk.

Verder kunnen jullie in het buitengebied ontspannen. Afstand tot de stadse definitie van 'wat ertoe doet', of dus: toe zóu doen, doet wonderen. Daarnaast kunnen jullie 's middags, wandelend in het bos, beter praten. En dat is nog steeds wat je het liefste doet: in gezelschap van de wind en de wolken, van de bomen en de vogels en de wilde beesten, praten met Cato, naar haar luisteren, haar horen en zien, en jezelf verstaanbaar maken.

'Niks?' vraagt Emilie. 'Er zit vast nog wel iets tussen. Straks krijg je spijt... Wacht even.'

Op de achtergrond een huilende baby. Je neefje. De derde. Acht jaar na de eerste! Het is een van de meer paradoxale gegevens van je leven, als je in de buurt bent van je neefjes of de jonge kinderen van vrienden, breng je het liefste tijd met hen door, op hun ooghoogte of liggend op de grond, naast de muren van een legokasteel, of dienstdoend als levend klimtoestel of trampoline. Gegiechel, gelach met rode konen en missende voortanden. Geknuffel. Je oudste neefje dat een briefje schrijft: 'Ik zou willen dat j~~o~~ij OP mijn ver jaar dag komt lievs.' Tuurlijk, je neefjes kunnen hysterisch uit de band springen, ze kunnen elkaar de tent uit vechten over een stuk speelgoed waar ze al jaren geen aandacht meer voor hadden – en toch voel je bovenal tederheid. Een jong kind. Niet aan de rand van de wereld, niet aan de rand van volwassenheid, maar in het midden van zijn eigen, kleine universum, zijn eigen, volmaakte ik op dat moment in de tijd.

Het is paradoxaal omdat je die liefde zo graag geeft, maar niet weet of je zelf kinderen wil. Cato weet het evenmin. Misschien behoort die beslissing ook niet tot het heden, wacht die ergens in de toekomst – en dan is het nog de vraag of het lukt. Jullie zijn inmiddels allebei voorbij de dertig. Op weg naar die toekomst probeer je je zo bewust mogelijk door het leven te bewegen, de scheurtjes te herstellen en liefdevolle ondersteuning te geven aan iedereen in je omgeving, onder wie dus ook jijzelf.

'Ja, ben ik weer,' zegt je zus. 'En?'

'Ik wil niets met die verhuizing te maken hebben. Ik hou van je, ik bewonder je dat je helpt, maar Peter en Annabelle zijn volwassen mensen, het is hun huis en –'

'Alex komt niet. Dat begrijp ik. Maar jij? Kom nou gewoon even kijken. Annabelle vindt het ook fijn als we wat spullen meenemen. Dit klinkt klef, maar ze heeft ons als baby's wel gewiegd en heel veel liefde voor ons gevoeld, en nog steeds. Zo is het wel. En anders gaat alles naar een opkoper.'

Je zucht.

‘Wil je geen afscheid nemen van het huis?’

Je staat voor het raam, laat het zonlicht op je gezicht vallen. Oud glas, in houten kozijnen, die rammelen als de wind waait. Eeuwige tocht. Geluiden van kinderen die naar het park gaan of terugkomen. Dronken toeristen die de Overtoom schreeuwend aflopen. Een onderbuurman die doof is door de klassieke muziek die hij – daardoor steeds luider – beluistert. Straks krijg je rust, ruimte, een leven dat verloopt met de regelmaat van de zon en de seizoenen. En toch: je gaat deze plek missen.

‘Morgen is mama er niet. Kom anders dan even? Eten we samen een boterham?’

Het is een frisse ochtend met laag lentelicht dat als paardenbloempluisjes op de voorruit valt als je de auto op de oprit parkeert, achter een oude Saab en een rode bouwcontainer – de zijkanten tijdelijk verhoogd met het witte spaanplaat van oude boekenkasten en een donkergroen bedframe. Op je telefoon een bericht van Alex: ‘Sterkte vandaag, broer. x’ en van Cato: ‘<3’. Net wanneer je de autodeur opent, komt je moeder de voordeur uit gelopen, een platte doos en een stapel papieren onder haar arm. Ze ziet eruit alsof ze net naar de kapper is geweest.

Je ademt diep in. ‘Goedemorgen,’ zeg je, terwijl je je schoenen op het grind plaatst en omhoogkomt.

Je moeder zucht. De broche op haar trui schittert. ‘Goedemorgen.’

Je sluit de autodeur, probeert een glimlach.

‘Ik had je gebeld, op je verjaardag, maar je nam niet op, toen probeerde ik het nog een keer. Toen heb ik maar ingesproken. Dank voor het terugbellen.’

Je zegt niets.

‘Heb je het geluisterd?’

Nee. Dat heb je niet. Zoveel zegt de stilte ook.

'Wat had je gezegd?'

'Dat ik hoopte dat je gelukkiger zult worden dan je het afgelopen jaar bent geweest. Dat je weer lekker in je vel komt te zitten. Ik denk niet dat dat nu zo is.'

'Waarom denk je dat?'

'Dat gedoe met je hart waarover je zus vertelde, is het inmiddels weer goed?'

Je knikt en baalt meteen van de admissie.

'Ik dacht het omdat ik al tijden geen nieuwe gedichten van je heb gezien en je moeder leest en bewaart alles. Dus, daarom: dat ik hoopte dat je de weg omhoog was ingeslagen.'

Met een beetje welwillendheid herken je hier natuurlijk best iets van een poging in om betrokken over te komen. Het is, anders dan bij je vader, niet prestatiegericht, al is het wel op de prestatie gericht, maar dan in negatieve zin; wat zij allemaal niet van je gezien heeft.

Je denkt: ze is onverbeterlijk, ze moet je gewoon verwonden, steken, onder je vleugels, uit angst dat je anders uitvliegt. Je begrijpt het wel, maar je kunt het niet goedkeuren. Je kunt haar, via je werk, terechtwijzen: de universiteit, het Vlaamse tijdschrift dat zij klaarblijkelijk heeft gemist, het boekencontract voor het document op je laptop dat nu nog de werktitel *Ochtend, licht* heeft.

'Heb je nog iets van je vader gehoord? Komt hij nog iets opruimen?'

'Kun je hem niet "mijn man" of "Peter" noemen? Je hoeft hem niet meteen *mijn* vader te maken.'

'Hij is toch jouw vader?'

'En jouw man.'

'Binnenkort ex-man.'

'Ja, dat hadden jullie al veel eerder moeten doen.'

Je moeder zucht opnieuw. 'Daar gaan we weer: de verwijten. Als je eindelijk zelf vader bent en het beter doet, mag je mij vertellen wat ik allemaal verkeerd heb gedaan. Je broertje klaagt ook al zo. Ik heb altijd voor jullie gezorgd en altijd van jullie gehouden. Dat was niet makkelijk.'

'Het was niet makkelijk om van ons te houden?'

Annabelle kucht; haar ogen sluiten kort en haar hoofd gaat enkele keren kort heen en weer.

'Misschien, als je zelf ouder bent, dat je het begrijpt.'

'Wellicht.'

'Wellicht.'

'Wat betekent dat, dat ik "het begrijp"? Dat ik het allemaal precies zo zie als jij, dat jíj altijd het slachtoffer bent geweest? Van het lot, van je man, van je kinderen. Is dat het? En niet de handelende ouder?'

'Als je hiernaartoe bent gekomen om mij allerlei verwijten te maken, dan ga ik.'

'Je was al onderweg naar je auto. En je zou hier niet zijn.'

Ze maakt een wegwerpgebaar.

'Hoe dan ook: ik kwam hier niet voor jou.'

'Nee, je bent hier om te kijken of jij en Cato nog spullen van mij kunnen gebruiken voor jullie nieuwe huis. Waarover je me ook niets hebt verteld.'

'Ik kwam voor mezelf. Om afscheid te nemen.'

'Van mij? Ik hoop nog een tijdje mee te kunnen.'

'En ík hoop dat je nog eens "sorry" zegt. Ik was – wij waren kinderen. En nee, ik kwam hier om afscheid te nemen van het huis.'

Een goudvink – een mannetje, met een helder roodroze buik – zit doodstil in een kleine sierboom in de voortuin.

'Waarom haat je mij zo?'

'Ik haat je niet.'

'Ik ben bij jullie vader gebleven om jullie dit' – ze maakt een weids armgebaar – 'te geven. Zíjn soort leven. Een leven dat ik zelf niet heb gekend. Jullie jeugd was niet alleen maar ellende.'

'Je wilde dat leven geven aan jezelf. En toen bleek Peter het zakelijk instinct te hebben van een cavia.'

'Ik heb altijd mijn best gedaan.'

'Ik weet dat dat jouw standpunt is en dank je vriendelijk.'

Je knikt, denkt door te zullen lopen naar de voordeur maar blijft toch staan. Je zegt: 'Weet je nog, de moeder van Casper Jansen –'

Nee. Dit is niet wat je wil. Dit is niet de gewenste insteek van dit gesprek. Dit gaat niet de verlangde uitkomst opleveren.

Je zwijgt. Annabelle ook.

Dan zegt ze: 'Waarom laten jullie mij niet gewoon je moeder zijn? Want dat ben ik, jullie moeder.'

Het is alsof ze altijd heeft gedaan wat een ouder zoal doet: begrip tonen, liefdevol zijn, grenzen aangeven, grappen maken, meehuilen, zeggen dat het goed komt, alsof ze elke ruzie, elke klap is vergeten.

'Ik denk dat ik dat ooit heel fijn zou hebben gevonden.' Het is geen antwoord, geen verwijt, ook – het is een constatering. 'Tegelijkertijd: die tijd is voorbij. Komt niet meer terug.'

Je moeder kijkt je aan, haar lippen stijf op elkaar gedrukt, met een gespannen nek. 'En nog iets,' zeg je dan. 'Ik ben niet blind voor wat jij hebt gedaan, de eerste jaren van óns leven, al kan ik het natuurlijk niet voor me zien; het is niet iets wat ik ben vergeten – het vindt voor mijn herinneringen plaats maar ik ben me ervan bewust. Net als van je verdriet, voor wat jou is overkomen, de eerste jaren van jouw leven en je jeugd. Ik geloof alleen niet dat ik degene ben die je kan helpen bij de verwerking ervan. En dat spijt me. Meer dan ik je ooit kan vertellen.'

Dan loop je door. De messing klopper hangt dof en grijzig in de schaduw van het huis. De donkergroene verf van de deur is op veel plekken gebarsten.

'Hé,' zegt je zus. Ze komt de trap af gestommeld. 'Sorry. Kwam je Annabelle nog tegen? Ze belde en toen ik zei dat jij zou komen, kwam ze langs om nog snel iets op te halen, maar toen bleef ze hangen.'

Je knikt. 'Het was oké.'

'Ja?'

'Ja.' Je voelt je moe, als na het sporten, maar je bent niet langer boos of teleurgesteld. Ook niet in je zus. De koele hal ruikt naar steen, hout en verleden – de beits van de trapleuning, de tegels op de vloer. *Het is jouw manier van in de wereld staan.*

'Wil je wat drinken?'

Je schudt je hoofd.

'Goed, ik ben nog even bezig. Kijk even rond.'

Het huis is ontmanteld; hier en daar staat nog een kastje, een krukje, een lamp of leunt een lijst tegen de muur.

In de hal boven staan wat kartonnen dozen in een hoek, de gordijnroedes liggen ernaast op de grond als afgedankte toneelattributen.

'Alles zonder sticker kun je meenemen,' zegt Emilie in haar oude kamer, die – zoals alle kamers, eigenlijk – kleiner is dan je je herinnert. Zoveel van haar leven heeft zich in deze kamer afgespeeld, zoveel ook wat jij niet weet. 'Tom en ik hebben wat kinderboekjes uitgekozen, maar waarschijnlijk willen jullie ook wel wat? Ik weet niet of het vrouwvriendelijk genoeg is, maar ik heb *Otje* apart gelegd. En nog een boek van Annie M.G. Schmidt, over het circus. In je oude kamer staat nog een doos met wat spullen van jou. Je hoeft het niet mee te nemen. Je hoeft niets te doen. Als je me wil helpen, mag!'

Je kamer is leeg. In een hoek staat een doos gevuld met nooit teruggebrachte boeken van de bibliotheek en wat eigen boeken en spullen. Je herkent direct de mintgroene kaft van *Gullivers reizen.* Verder: een opgezette vink die je van oom Otto hebt gekregen, een foto van jou en Cato lachend op een verjaardagsfeestje en een ingelijste foto van jou en Alex, genomen in de tuin van jullie oom en tante, Boubie op de achtergrond. Een groene houten jojo. Een meerkleurenpen. Een stapeltje floppydisks, Tank Wars en The Secret of Monkey Island, bovenop: 'NIET WISSEN! OF WEGGOOIEN!!!'

En je moeder hééft het allemaal bewaard.

Je sliep hier voor het eerst meer dan dertig jaar geleden, na jullie verhuizing van de Hamdorfflaan, bent hier al bijna vijftien jaar weg – nog even en je hebt hier langer niet gewoond dan wel. En toch... de geur van dit huis, van deze kamer, de geur van wat gebeurd is, en het stof in de lucht dat iets te zeggen heeft, ten minste, als je er lang genoeg naar kijkt. En op de muren, de afdruk van de schaduwen van de bomen in de achtertuin, die niet alleen het seizoen bevatten, maar ook de tijd van de dag.

Het licht is het mysterie niet, het mysterie is dat iets het licht tegenhoudt op zijn weg van daar naar elders, het *hier*.

Op de slaapkamer van je ouders hangt nog altijd de foto van hun huwelijksdag. Je ziet jezelf weerspiegeld in het glas. Benieuwd wie die gaat meenemen. De ramen zijn vies met stuifmeel. Buiten, in de tuin, bloeien de rododendrons.

Dit huis, die tuin: het theater van je jeugd. Een doorlopende voorstelling over meerdere verdiepingen. Een karikatuur van een kindertijd. Een kakkerstragedie.

Dit huis. Alles. Wat ooit was, wat nu niet langer kan gebeuren.

Wat je niet langer herbeleeft.

Dit huis is alles in je leven gewéést. De herinneringen die het herbergt, zijn jouw herinneringen. Algemene woorden als 'keukentafel', 'kledingkast' en 'slaapkamer' hebben voor iedereen een unieke, persoonlijke betekenis: liefde, jouw liefde; handen, de handen van jouw vader en moeder. Bloed, jouw bloed.

Er waren geen blauwe plekken die je niet kon verklaren. Er was geen mitella die net zo plotsklaps verdween als dat-ie was verschenen. Je moeder liep niet weg en kwam dan toch weer terug. Nee, nadat Peter en Annabelle ruzie hadden gemaakt, liep Emilie naar hun slaapkamer en maakte ze het bed op of liep ze naar de keuken en raapte daar de scherven van de vloer, zette de stoelen terug, ruimde de tafel af. Tegen Annabelle zei ze dat Peter het had gedaan, en tegen Peter Annabelle.

'NIET WISSEN! OF WEGGOOIEN!!!' Het goede en het slechte. De architectuur van je leven.

De leuke momenten: een winterse zaterdagochtend, een doelpunt op een hockeyveld; een zomerse zondagochtend, lachend in bed; een donkere avond aan het bureau in je kamer – zelfs als dat allemaal nooit gebeurde. *Het spijt je niet alleen dat het zo'n verdrietig verhaal is geworden, je gunt jezelf niet alleen wat anders: je wéét dat het net zo goed níet zo'n verdrietig verhaal had hoeven zijn. Je voelt het, dat je er los van staat, dat het anders had kunnen zijn.*

Stel je voor: je hebt buikpijn – van het lachen.

En ook je ouders lachen.

Dit huis. Waar je tot je achttiende woonde, je verjaardagen vierde. En elk kind, ieder jaar weer volgelopen met ervaringen, leeft nog steeds in je, net als het kind van het jaar daarvoor en het jaar daarvoor – als de poppetjes van een matroesjka. En elke grotere pop is sterk genoeg om het verdriet van de kleinere pop op te nemen, het een plek te geven.

Je zit op je broertjes kale bed, op ooghoogte hangen eenden in formatie in de lucht. Op de vloer, voor het raam, valt zonlicht in een parallellogram naar binnen. Je kijkt naar dat bekende stuk van de lucht.

Je handen zijn jouw handen, je voelt je hart rustig en regelmatig slaan in je vingertoppen. In jou stroomt je verleden. Je weet wat je ouders jou en Emilie en Alex aan vodden en oud roest hebben meegeven, vodden die je hier niet meer kunt vinden, oud roest dat niemand anders kan zien, zooi die jullie elke dag meezeulen. Maar je gaat het hier neerzetten, waar het hoort. Je gaat het achterlaten in dit huis, zodat je niet telkens hoeft terug te keren naar het begin om het vastgelegde verloop te volgen, om uit te komen op het voorspelbare einde. *Vrijheid is niets anders dan een kans het anders te doen.*

Je gaat je zus helpen. Je staat op van het bed, loopt dan nog een keer alle ruimtes van het huis door, het huis dat je verlaat. Je kwam voor jezelf. Om afscheid te nemen.

Het is ochtend, het is licht. Je moet zo aan de slag.

Woord van dank en verantwoording

Schrijven doe je alleen, is de gangbare opvatting. De waarheid is echter dat we nooit alleen zijn, ook niet als we schrijven: iedereen is verbonden met bloedverwanten, verre en nabije vrienden, geliefden, andere schrijvers en kunstenaars, docenten. De lijst van mensen aan wie ik dank ben verschuldigd is lang, te lang voor één dankwoord. Ik noem de mensen die niet ongenoemd kunnen blijven: Lynn Berger, Carolien Borgers, Lena Bril, Femke Essink, David Garvelink, Sanneke van Hassel, Thomas Heerma van Voss, Milou Klein Lankhorst, Beppie Klonks, Lune van der Meulen, Gilean Nolst Trenité, Philip de Roos, Thomas Rueb, Victor Schiferli, Mustafa Stitou, Roxane Stormer, Tamar de Waal, Claire Witteveen, Maartje Wortel en, uiteraard, mijn zus en mijn broer. Dit boek is opgedragen aan jullie allen.

Mijn dank gaat verder uit naar Art Omi, een kunstcentrum waar ik in het voorjaar van 2017 verbleef om te werken aan dit boek, en naar het Nederlands Letterenfonds, waarvan ik een projectsubsidie ontving.

Ik was drieëntwintig toen een eerste versie van het openingshoofdstuk werd gepubliceerd (als 'De ochtenden', *De Gids* 2008-2) en zesendertig toen, in iets andere vorm, hoofdstuk acht verscheen (als 'Wat je losliet', *Hollands Maandblad*, 2021-1). Het kostte bijna veertien jaar om dit boek te schrijven. Ik wilde iets zeggen over mijn jeugd wat waarachtig voelde en ik wilde pas stoppen als dat – naar mijn idee – was gelukt.

Wat je van bloed weet is gebaseerd op mensen en gebeurtenissen uit mijn leven. Veel van de beschreven plekken bestaan echt, scènes en dialogen zijn uit het leven gegrepen, toch is het belangrijk te benadrukken dat het een roman betreft en dat de beschrijvingen van de mensen die erin voorkomen fictief zijn.

De titel van dit boek is geïnspireerd op een regel uit het gedicht 'Map' van Linda Hogan, uit DARK. SWEET. *New and Selected Poems* (Coffee House Press, 2014).

In hoofdstuk twee denkt de jeugdige hoofdpersoon 'Wachten is vermoeiend: een kwartier duurt een uur en een uur een halve dag, enzovoort', een frase die zijn oorsprong vindt in Multatuli's *Max Havelaar*.

De opmerkingen in een e-mail uit hoofdstuk zeven, over een groot Amerikaans onderzoek naar de samenhang tussen negatieve ervaringen in de kindertijd en gezondheidsproblemen op latere leeftijd, zijn verwoord zoals Maud Effting het ooit deed in *de Volkskrant*.

De vrouw uit hoofdstuk acht zegt veel dingen die het citeren waard zijn – de 'jij' doet dat dan ook gretig –, maar zij citeert op haar beurt soms ook iemand: bijvoorbeeld Marja Pruis ('Het geheim van het in stand houden van een intieme betrekking is dat je genoegen neemt met wat de ander je vertelt'), Hans Andreus ('Natuurlijk is het mijn schuld / als het licht daar niet is / waar ik ben') of Franz Kafka ('De ware tegenstander boezemt je grenzeloze moed in' en 'Vanaf een bepaald punt af is er geen terugkeer meer mogelijk. Het gaat erom dat punt te bereiken'). Een van de voor haar gebruikte omschrijvingen is afkomstig van een andere dichter, Leonard Cohen ('Haar haar als een slaperige, gouden storm op haar kussen').

Nog weer een andere dichter, Tracy K. Smith, maakt in het vignet voorafgaand aan hoofdstuk negen haar opwachting in de Spaanse bergen, met haar metafoor voor het menselijk hart ('Een ruig dier, ongebonden'). Daarna worden, in datzelfde hoofdstuk, nog aangehaald: W.B. Yeats ('Alles valt uit elkaar, de hele tijd, het midden houdt het niet'), Philip K. Dick ('Krankzinnigheid is soms het enige gepaste antwoord op de werkelijkheid') en Hella Haasse (de bagage van je kindertijd sorteren op 'vodden en oud roest').

De jij citeert verder, als hij in hoofdstuk tien met zijn zus praat, ook T.S. Eliot ('*The thrilling wire in the blood [...] appeasing long-forgotten wars*') en even daarna, bij de beschrijving van een gesprek met zijn jongere broer, Pieter Boskma ('De wind ligt aangelijnd').

De wetenschappelijke informatie in de brief uit IJsland is onder meer gebaseerd op twee essays van Meehan Crist uit de *London Review of Books*: 'Is it OK to have a child?' en 'Our cyborg progeny: Gaia will save us. Sort of'. De inspiratie voor de brief is het erin genoemde, prachtige boek van W.H. Auden en Louis MacNeice.

Als de volwassen hoofdpersoon in hoofdstuk elf terugkeert naar het ouderlijk huis, vallen hem variaties op woorden van verschillende schrijvers binnen, schrijvers die ik zelf graag lees: Ida Gerhardt ('De geur van wat gebeurd is'), Jenny Offill ('En het stof in de lucht dat iets te zeggen heeft, tenminste, als je er lang genoeg naar kijkt'), Louise Bogan ('En op de muren, de afdruk van de schaduwen van de bomen in de achtertuin, die niet alleen het seizoen bevatten, maar ook de tijd van de dag') en ten slotte, Albert Camus, met zijn cruciale inzicht: 'Vrijheid is niets anders dan een kans het anders te doen.'

Van de overige citaten zijn de bronnen te vinden in de tekst.